中华现代学术名著丛书

孟姜女故事研究及其他

顾颉刚 著
王煦华 编

创于1897 商务印书馆 The Commercial Press

2014年·北京

图书在版编目(CIP)数据

孟姜女故事研究及其他 / 顾颉刚著;王煦华编. —北京:商务印书馆,2014
(中华现代学术名著丛书)
ISBN 978-7-100-10059-5

Ⅰ.①孟… Ⅱ.①顾…②王… Ⅲ.①民间故事—文学研究—中国②民俗学—研究—中国 Ⅳ.①I207.7②K892

中国版本图书馆 CIP 数据核字(2013)第 135340 号

中华现代学术名著丛书
孟姜女故事研究及其他
顾颉刚 著
王煦华 编

商 务 印 书 馆 出 版
(北京王府井大街36号 邮政编码 100710)
商 务 印 书 馆 发 行
北京瑞古冠中印刷厂印刷
ISBN 978-7-100-10059-5

2014 年 4 月第 1 版　　开本 880×1240 1/32
2014 年 4 月北京第 1 次印刷　　印张 12⅝ 插页 1
定价: 36.00 元

顾 颉 刚

(1893—1980)

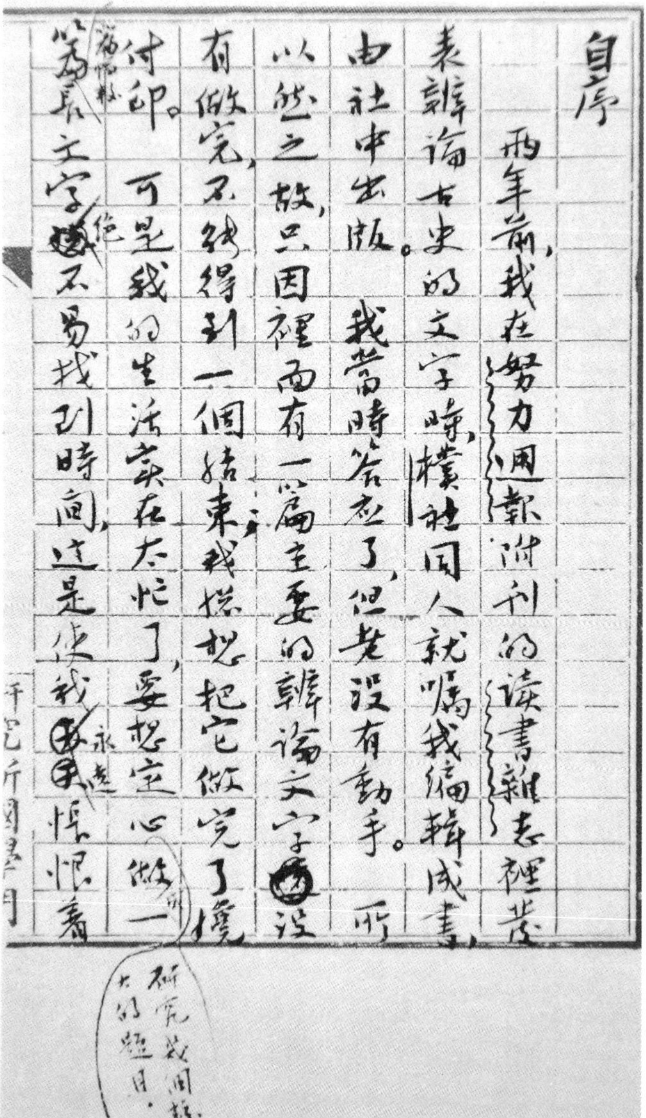
自序

两年前，我在努力周刊附刊的读书杂志里发表评论古史的文字时，朴社同人就嘱我编辑成书，由社中出版。我当时答应了，但老没有动手。所以然之故，只因里面有一篇主要的评论文字没有做完，不能得到一个结束，我总想把它做完了才付印。可是我的生活实在太忙了，要想定心做一篇长文字绝不易找到时间，这是使我永远怅恨着

作者手迹

出版说明

百年前，张之洞尝劝学曰："世运之明晦，人才之盛衰，其表在政，其里在学。"是时，国势颓危，列强环伺，传统频遭质疑，西学新知亟亟而入。一时间，中西学并立，文史哲分家，经济、政治、社会等新学科勃兴，令国人乱花迷眼。然而，淆乱之中，自有元气淋漓之象。中华现代学术之转型正是完成于这一混沌时期，于切磋琢磨、交锋碰撞中不断前行，涌现了一大批学术名家与经典之作。而学术与思想之新变，亦带动了社会各领域的全面转型，为中华复兴奠定了坚实基础。

时至今日，中华现代学术已走过百余年，其间百家林立、论辩蜂起，沉浮消长瞬息万变，情势之复杂自不待言。温故而知新，述往事而思来者。"中华现代学术名著丛书"之编纂，其意正在于此，冀辨章学术，考镜源流，收纳各学科学派名家名作，以展现中华传统文化之新变，探求中华现代学术之根基。

"中华现代学术名著丛书"收录上自晚清下至20世纪80年代末中国大陆及港澳台地区、海外华人学者的原创学术名著（包括外文著作），以人文社会科学为主体兼及其他，涵盖文学、历史、哲学、政治、经济、法律和社会学等众多学科。

出版“中华现代学术名著丛书”，为本馆一大夙愿。自1897年始创起，本馆以“昌明教育，开启民智”为己任，有幸首刊了中华现代学术史上诸多开山之著、扛鼎之作；于中华现代学术之建立与变迁而言，既为参与者，也是见证者。作为对前人出版成绩与文化理念的承续，本馆倾力谋划，经学界通人擘画，并得国家出版基金支持，终以此丛书呈现于读者面前。唯望无论多少年，皆能傲立于书架，并希冀其能与“汉译世界学术名著丛书”共相辉映。如此宏愿，难免汲深绠短之忧，诚盼专家学者和广大读者共襄助之。

商务印书馆编辑部

2010年12月

凡　例

一、“中华现代学术名著丛书”收录晚清以迄20世纪80年代末，为中华学人所著，成就斐然、泽被学林之学术著作。入选著作以名著为主，酌量选录名篇合集。

二、入选著作内容、编次一仍其旧，唯各书卷首冠以作者照片、手迹等。卷末附作者学术年表和题解文章，诚邀专家学者撰写而成，意在介绍作者学术成就，著作成书背景、学术价值及版本流变等情况。

三、入选著作率以原刊或作者修订、校阅本为底本，参校他本，正其讹误。前人引书，时有省略更改，倘不失原意，则不以原书文字改动引文；如确需校改，则出脚注说明版本依据，以“编者注”或“校者注”形式说明。

四、作者自有其文字风格，各时代均有其语言习惯，故不按现行用法、写法及表现手法改动原文；原书专名（人名、地名、术语）及译名与今不统一者，亦不作改动。如确系作者笔误、排印舛误、数据计算与外文拼写错误等，则予径改。

五、原书为直（横）排繁体者，除个别特殊情况，均改作横排简体。其中原书无标点或仅有简单断句者，一律改为新式标点，专名号从略。

六、除特殊情况外，原书篇后注移作脚注，双行夹注改为单行夹注。文献著录则从其原貌，稍加统一。

七、原书因年代久远而字迹模糊或纸页残缺者，据所缺字数用“□”表示；字数难以确定者，则用“（下缺）”表示。

目　录

上编　孟姜女故事研究

中编　吴歌研究

下编　妙峰山与东岳庙研究

上　　编

孟姜女故事研究

孟姜女故事的转变*

孟姜女的故事,论其年代已经流传了二千五百年,按其地域几乎传遍了中国本部,实在是一个极有力的故事。可惜一班学者只注意于朝章国故而绝不注意于民间的传说,以至失去了许多好的材料。但材料虽失去了许多,至于古今传说的系统却尚未泯灭,我们还可以在断编残简之中把它的系统搜寻出来。

孟姜女即《左传》上的"杞梁之妻",这是容易知道的,因为杞梁之妻哭夫崩城屡见于汉人的记载,而孟姜之夫"范希郎"的一个名字还保存得"杞梁"二字的声音,这个考定可说是没有疑义,于是我们就从《左传》上寻起。

《左传·襄公二十三年》云:

> 齐侯(齐庄公)还自晋,不入,遂袭莒,门于且于;伤股而退,明日,将复战,期于寿舒。杞殖华还载甲夜入且于之隧,宿于莒郊。明日,先遇莒子于蒲侯氏。莒子重赂之,使无死,曰:"请有盟!"华周对曰:"贪货弃命,亦君所恶也,昏而受命,日未中而弃之,何以事君!"莒子亲鼓之,从而伐之,获杞梁,莒人行成。

---

* 本文原载《歌谣周刊》第69号。

齐侯归，遇杞梁之妻于郊，使吊之。辞曰："殖之有罪，何辱命焉！若免于罪，犹有先人之敝庐在，下妾不得与郊吊！"齐侯吊诸其室。

这是说，齐侯打莒国，杞梁华周（即杞殖华还，当是一名一字）作先锋，杞梁打死了。齐侯回去时，在郊外遇见他的妻子，向她吊唁，她不以郊吊为然，说道："若杞梁有罪，也不必吊；倘使没有罪，他还有家咧，我不应该在郊外受你的吊。"齐侯听了她的话，便到他的家里去吊了。在这一节上，我们只看见杞梁之妻是一个谨守礼法的人，她虽在哀痛的时候，仍能以礼处事，神智不乱，这是使人钦敬的。至于她在夫死之后如何哀伤，《左传》上一点没有记出。她何以到了郊外，是不是去迎接她的丈夫的灵柩，《左传》上也没有说明，华周有没有和杞梁同死，在《左传》上的也看不出来。

这是公元前549年的事。从此以后，这事就成了一件故事，这件故事在当时如何扩张，如何转变，可惜我们现在已经无从知道。

过了二百年，到战国的中期，有《檀弓》一书（今在《小戴礼记》中，大约是孔子的三四传弟子所记）出世。这书上所记曾子的说话中也提着这一段事：

哀公使人吊蕢尚，遇诸道，辟于路，画宫而受吊焉。

曾子曰："蕢尚不如杞梁之妻之知礼也！齐庄公袭莒于夺（夺即隧），杞梁死焉。其妻迎其柩于路而哭之哀。庄公使人吊之。对曰：'君之臣不免于罪，则将肆诸市朝而妻妾执。君之臣免于罪，则有先人之敝庐在，君无所辱命！'"

这一段话较《左传》所记的没有什么大变动，只增加了“其妻迎其柩于路而哭之哀”一语。但这一语是极可注意的。它说明她到郊外为的是迎柩，在迎柩的时候哭得很哀伤。《左传》上说的单是礼法，这书上就涂上感情的色彩了。这是很重要的一变，古今无数孟姜女的故事都是在这“哭之哀”的三个字上转出来的。

比《檀弓》稍后的记载，是《孟子》上记的淳于髡的话：

> 淳于髡曰：“……昔者王豹处于淇，而河西善讴；绵驹处于高唐，而齐右善歌；华周杞梁之妻善哭其夫而变国俗。有诸内，必形诸外。为其事而无其功者，髡未尝睹之也……”（《告子》下）

在这一段上，使得我们知道齐国人都喜欢学杞梁之妻（华周之妻，或在那时的故事中亦是一个善哭的人，或华周二字只是牵连及之，均不可知；但在这件故事中无关重要，我们可以不管）的哭调，成了一时的风气。又使得我们知道杞梁之妻的哭，与王豹的讴，绵驹的歌，处于同等的地位，一样的流行。我们从此可以窥见这件故事所以能够流传的缘故，齐国歌唱的风气确是一个有力的帮助。

于是我们去寻战国时歌唱中哭调的记载，看除了杞梁之妻外，再有何人以此擅名的。现在已得到的，是以下数条：

> 雍门子以哭见于孟尝君。已而陈辞通意，抚心发声，孟尝君为之增欷呜唈，流涕狼戾不可止。（《淮南子·览冥训》）
>
> 韩娥、秦青、薛谈之讴，侯同曼声之歌，愤于志，积于内，盈而发音，则莫不比于律而和于人心。（《淮南子·氾论训》）

> 薛谭学讴于秦青，未穷青之技，自谓尽之，遂辞归，秦青弗止，饯于郊衢，抚节悲歌，声振林木，响遏行云。薛谭乃谢求反，终身不敢言归。秦青顾谓其友曰："昔韩娥东之齐，匮粮，过雍门，鬻歌假食，既去而余音绕梁欐，三日不绝，左右以其人弗去。过逆旅，逆旅人辱之。韩娥因曼声哀哭。一里（一本作十里）老幼悲愁，垂涕相对，三日不食。遽而追之。娥还，复为曼声长歌。一里老幼喜跃抃舞，弗能自禁，忘向之悲也。乃厚赂发之。故雍门之人至今善歌哭，放娥之遗声。"（《列子·汤问篇》。《列子》一书虽伪，但它原是集合战国时诸书而成，故此条可信为战国的记载。）

这三段中，都很明白的给与我们以"齐人善唱哭调"的史实。雍门，高诱、杜预都说是齐城门。雍门的人既因韩娥而善哭，雍门子周（依《说苑》名周）又以善哭有名，可见齐都城中的哭的风气的普遍。秦青、薛谭之讴，淮南既说其"愤于志，积于内"，薛谭的学讴又因秦青的"抚节悲歌"而不归，又可见他们所作的歌讴也多带有愤悱悲哀的风味的。用现在的歌唱来看，悲歌哀哭秦腔为最。秦腔中用"哭头"（唱前带哭的一呼，不用音乐的补助）处极多，凄清高厉，声随泪下，足使听客欷歔不欢。齐国中既通行一种哭调，而淳于髡又说这种哭调是因杞梁之妻的善哭其夫而相习以成风气的，那么，我们可以怀疑这话的"倒果为因"了。杞梁之妻在夫亡之后，《左传》上绝没有说到她哭，绝没有提到她悲伤，而战国时的书上忽有她"哭之哀"记载，忽有她"善哭而变国俗"的记载，而战国时正风行着这种哭调，又正有韩娥、秦青、雍门周一班善唱哭调的歌曲家出来，这岂不是杞梁之妻的哭调中有韩娥、秦青、雍门周的成分在内吗？又岂不是杞梁之妻的故事中所加增的哀哭一段事是战国时音乐界风气的反映吗？《淮南子·修务训》云：

邯郸师有出新曲者，托之李奇；诸人皆争学之。后知其非也，而皆弃其曲。

邯郸师为什么要这样呢？《修务训》在前面说明道：

世俗之人多尊古而贱今，故为道者必托之于神农黄帝而后能入说。乱世暗主高远其所从来，因而贵之，为学者蔽于论而尊其所闻，相与危坐而称之，正领而诵之。

读此，可知音乐界的"托古改制"，与政治界原无二致，为的是要引人注意，受人的尊敬。所以杞梁之妻的哭和她的哭的变俗，很有出于韩娥一辈人所为的可能。既不是韩娥一辈人所托，也尽有听者把他们的哭调与杞梁之妻的故事混合为一的可能。何以故？歌者和听者对于杞梁之妻的观念，原即是世主和学者对于神农、黄帝的观念。

用了这个眼光去看战国和西汉人对于杞梁之妻的赞歌和称述，没有不准的：上文所举的两段战国时的话——"哭之哀"和"善哭而变国俗"——不用说了，我们再去看西汉人的说话。

《韩诗外传》的作者韩婴，是西汉文景时人，《外传》上（卷六）引淳于髡的话，作：

杞梁之妻悲哭，而人称咏。

“称咏”即是歌吟。这是说把她的悲哭作为歌吟。

《文选》所录古诗十九首中的第五首,《玉台新咏》(卷一)归入枚乘《杂诗》第一首。枚乘亦是西汉文景时人。诗云:

西北有高楼,上与浮云齐,
交疏结绮窗,阿阁三重阶。
上有弦歌声,音响一何悲?
谁能为此曲,无乃杞梁妻?
清商随风发,中曲正徘徊,
一弹再三叹,慷慨有余哀。
不惜歌者苦,但伤知音稀,
愿为双鸣鹤,奋翅起高飞!

这是写一个路人听着高楼上的弦歌声而凝想道,“哪一位能唱出这样悲伤慷慨的歌呢?恐怕是杞梁之妻吧?”他叙述这歌声道:“清商随风发”,“慷慨有余哀”,可见这种歌声是很激越的。又说“中曲正徘徊,一弹再三叹”(叹,是和声),可见这种歌声很缓慢的,羡声很多的,与“曼声哀哭”的韩娥之声如出一辙。

王褒是西汉宣帝时人。他做的《洞箫赋》(《文选》卷十七)形容箫声的美妙道:

钟期、牙、旷怅然而愕立兮;杞梁之妻不能为其气!

钟子期、伯牙、师旷是丝乐方面著名的人,杞梁之妻是歌曲方面著名的人。他形容箫声的美,说它甚至使得钟子期等愕立而不敢奏,杞梁之妻失气而不敢歌。在此,可见杞梁之妻的歌是以“气”擅长的。这亦即是“曼声”之义。曼声,是引声长吟;长吟必须气足,故云“为其气”。十年前,我曾见秦腔女伶小香水的戏,她擅长哭头,有一次演《烧骨记》,一个哭头竟延长至四五分钟,高亢处如潮涌,细沉处如泉滴,把怨愤之情不停地吐出,愈久愈紧练,愈紧练愈悲哀,不但歌者须善于运气,即听者的吸息亦随着她的歌声在胸膈间荡转而不得吐。现在用来想象那时的杞梁妻的歌曲,觉得甚是亲切。

所以杞梁之妻的故事的中心,在战国以前是不受郊吊,在西汉以前是悲歌哀哭。

在西汉的后期,这个故事的中心又从悲歌而变为“崩城”了。

第一个叙述崩城的事的人,就现在所知的是刘向。他在《说苑》里说:

杞梁华舟进斗,杀二十七人而死。其妻闻之而哭,城为之阤,而隅为之崩。(《立节篇》)

昔华舟杞梁战而死,其妻悲之,向城而哭,隅为之崩,城为之阤。(《善说篇》)

叙述得较详细的,是他的《列女传》(卷四,《贞顺传》)。这书里说:

庄公袭莒,殖战而死。庄公归,遇其妻,使使者吊之于路,杞梁妻曰:“令殖有罪,君何辱命焉! 若令殖免于罪,则贱妾有先人之弊庐在，下妾不得与郊吊！”于是庄公乃还车诣其室，成礼，然后去。

杞梁之妻无子，内外无五属之亲。既无所归，乃就（一本作枕）其夫之尸于城下而哭之。内诚感人，道路过者莫不为之挥涕。十日（一本作七日）而城为之崩。既葬曰：“吾何归矣！夫妇人必有所倚者也：父在则倚父，夫在则倚夫，子在则倚子。今吾上则无父，中则无夫，下则无子，内无所依以见吾诚，外无所依以立吾节，吾岂能更二哉！亦死而已！”遂赴淄水而死。

君子谓杞梁之妻贞而知礼。诗云：“我心伤悲，聊与子同归。”

下面颂她道：

杞梁战死，其妻收丧。
齐庄道吊，避不敢当。
哭夫于城，城为之崩。
自以无亲，赴淄而薨。

其实刘向把《左传》做上半篇，把当时的传说做下半篇，二者合而为一，颇为不伦。因为春秋时知识阶级的所以赞美她，原以郊外非行礼之地，她能却非礼的吊，足见她是一个很知礼的人；现在说她“就其夫之尸于城下而哭”，难道城下倒是行礼的地方吗？一哭哭了十天，以至城崩身死，这更是礼法所许的吗？礼本来是节制人情的东西，它为贤者抑减其情，为不肖者兴起其情，使得没有过与不及的弊病，所以《檀弓》上说道：

弁人有其母死而孺子泣者。孔子曰:"哀则哀矣,而难为继也。夫礼,为可传也,为可继也。故哭踊有节。"(《檀弓》上)

子游曰:"……直情而迳行者,戎狄之道也。礼道则不然。"(《檀弓》下)

孔子恶野哭者(《檀弓》上)。郑玄注:"为其变众。《周礼》:衔枚氏'掌禁野叫呼叹鸣于国中者,行歌哭于国中之道者'。"陈皓注:"郊野之际,道路之间,哭非其地,又且仓卒行之,使人疑骇,故恶之也。"

由此看来,杞梁之妻不但哭踊无节,纵情灭性,为戎狄之道而非可继之礼,并且在野中叫呼,使人疑骇,为孔子所恶而衔枚氏所禁。她既失礼,又犯法,岂非和"知礼"二字差得太远了!况且中国之礼素严男女之防,非惟防着一班不相干的男女,亦且防着夫妇。所以在礼上,寡妇不得夜哭,为的是犯"思情性"(性欲)的嫌疑。鲁国的敬姜是春秋战国时人都称为知礼的,试看她的行事:

穆伯(敬姜夫)之丧,敬姜昼哭。文伯(敬姜子)之丧,昼夜哭(《国语》作暮哭)。孔子曰:"知礼矣!"(陈注:"哭夫以礼,哭子以情,中节矣。")

文伯之丧,敬姜据其床而不哭,曰:"……今及其死也,朋友诸臣未有出涕者,而内人(妻妾)皆行哭失声。斯子也,必多旷于礼矣夫!"(以上《檀弓》下)

公父文伯卒,其母戒其妾曰:"吾闻之,'好内,女死之'。……今吾子夭死,吾恶其以好内闻也。二三妇……请无

> 瘠色，无洵涕，无掐膺，无忧容……是昭吾子也！"仲尼闻之曰："……公父氏之妇智也夫！欲明其子之令德。"(《国语·鲁语》下)

由此看来，杞梁之妻不但自己犯了"思情性"的嫌疑，并且足以彰明其丈夫的"好内"与"旷礼"，将为敬姜所痛恨而孔子所羞称。这样的妇人，到处犯着礼法的愆尤，如何配得列在"贞顺"之中？如何反被《檀弓》表彰了？我们在这里，应当说一句公道话：这崩城和投水的故事，是没有受过礼法熏陶的"齐东野人"(淄水在齐东)想象出来的杞梁之妻的悲哀，和神灵对于她表示的奇迹，刘向误听了"野人"的故事，遂至误收在"君子"的列女传。但他虽误听误收，而能使得我们知道西汉时即有这种的传说，这是应当对他表示感谢的。

从此以后，大家一说到杞梁之妻，总是说她哭夫崩城，把"却郊吊"的一事竟忘记了——这本是讲究礼法的君子所重的，和野人有什么相干呢！

王充是东汉初年的一个大怀疑家，他欢喜用理智去打破神话。他根本不信有崩城的事，所以他在《论衡·感虚篇》中驳道：

> 传书言杞梁氏之妻向城而哭，城为之崩。此言杞梁从军不还，其妻痛之，向城而哭，至诚悲痛，精气动城，故城为之崩也。夫言向城而哭者，实也；城为之崩者，虚也。夫人哭悲莫过雍门子，雍门子哭对孟尝君，孟尝君为之于邑。盖哭之精诚，故对向之者悽怆感动也。夫雍门子能动孟尝之心，不能感孟尝衣者，衣不知恻怛，不以人心相关通也。今城，土也，土犹

衣也，无心腹之藏，安能为悲哭感动而崩！使至诚之声能动城土，则其对林木哭能折草破木乎？向水火而泣能涌水灭火乎？夫草木水火与土无异，然杞梁之妻不能崩城明矣。或时城适自崩，杞梁妻适哭下，世好虚，不原其实，故崩城之名至今不灭。

他不以故事的眼光看故事，而以实事的眼光看故事，他知道“城为之崩”是虚，而不知道他所认为实事的“向城而哭”亦即由崩城而来，这不能不说是他的错误。至于“城适自崩，杞梁妻适哭下”，欲为理性的解释，反而见其多事。但我们在这里，也可知道一点传说流行，大家倾信的状况。（《变动篇》中也有驳诘的话。不复举。）

东汉的末年，蔡邕推原琴曲的本事，著有《琴操》一书，这书中（卷下）载着一段“芑（即杞）梁妻叹”的故事。《芑梁妻叹》是琴曲名，是琴师作曲以状杞梁之妻的叹声的，但他竟说是杞梁之妻自做的了。原文如下：

《芑梁妻叹》者，齐邑芑梁殖之妻所作也。庄公袭莒，殖战而死。妻叹曰：“上则无父，中则无夫，下则无子，外无所依，内无所倚，将何以立！吾节岂能更二哉？亦死而已矣！”于是乃援琴而鼓之曰：

乐莫乐兮新相知！
悲莫悲兮生别离！
哀感皇天城为堕！

曲终，遂自投淄水而死。

这一段故事虽是和《列女传》所记差不多,但有很奇怪的地方。她死了丈夫不哭,反去鼓琴,有类于庄子的妻死鼓盆而歌。歌凡三句:上二句是《楚辞·九歌》"少司命"一章中语,似乎和他们夫妇的事实不切;下一句是自己说"我的哀可以感动皇天,使城倒堕",堕城只是口中所唱之辞。歌曲一完,她就投水死了,也没有十日或七日的话。把它和《列女传》相较,觉得《列女传》的杞梁妻太过费力,而《琴操》的杞梁妻则太过飘逸了。

自东汉末以至六朝末,这四百余年之中,这件故事的中心——崩城——没有什么改变,看以下诸语可见:

邹衍匹夫,杞氏匹妇,尚有城崩霜陨之异。(《后汉书》卷五十七刘瑜传)

臣伏以为犬马之诚不能动人,譬人之诚不能动天。崩城陨霜,臣初信之;以臣心况,徒虚语耳。(《文选》卷三十七,曹植《求通亲亲表》)

贞夫沦莒役,杜吊结齐君。惊心眩白日,长洲崩秋云。精微贯穹旻,高城为隤坟。(《乐府诗集》卷七十三,宋吴迈远《杞梁妻》)

以前只是说崩城,到底崩的是哪地方的城,还没有提起过。西晋崔豹的《古今注》(卷中)首说是杞都城。

《杞梁妻》,杞植妻妹明月之所作也。杞植战死,妻叹曰:"上则无父,中则无夫,下则无子,生人之苦至矣!"乃抗声长哭,杞都城感之而颓,遂投水而死。其妹悲其姊之贞操,乃为作歌,名曰《杞梁妻》焉。

这一段以杞殖作“杞植”,又忽然跑出一个妻妹明月来作曲(这或因夫死不应鼓琴之故),与蔡邕《琴操》说不同,暂且不论。最奇怪的,是“杞都城感之而颓”。杞梁只是姓杞,并非杞君,他和都城有什么相关?况杞国在今河南开封道中间的杞县,莒国在今山东济宁道东北的莒县,两处相去千里,何以会得杞梁战死于莒国而其妻哭倒了杞城?这分明是杞地的人要拉拢杞梁夫妇做他们的同乡先哲,所以立出这个异说。

在后魏郦道元的《水经注》(卷二十六“沭水”条莒县)中,却说所崩的城是莒城:

> 沭水……东南过莒县东。……《列女传》曰:“……妻乃哭于城下,七日而城崩。”故《琴操》云:“……哀感皇天,城为之坠”,即是城也。其城三重,并悉崇峻;惟南开一门,内城方十二里,郭周四十余里。

杞梁之妻所哭倒的,无论是东汉人没有指实的城,是崔豹的杞城,是郦道元的莒城,总之在中国的中部,不离乎齐国的附近。杞梁夫妇的事实,无论如何改变,他们也总是春秋时的人,齐国的臣民。谁知到了唐朝,这个故事竟大变了!最早见的,是唐末诗僧贯休的《杞梁妻》:

> 秦之无道兮四海枯,
> 筑长城兮遮北胡。

筑人筑土一万里，
杞梁贞妇啼呜呜——
上无父兮中无夫，
下无子兮孤复孤。
一号城崩塞色苦；
再号杞梁骨出土。
疲魂饥魄相逐归，
陌上少年莫相非！①

这诗有三点可以惊人的：

(1)杞梁是秦朝人。

(2)秦筑长城，连人筑在里头，杞梁也是被筑的一个。

(3)杞梁之妻一号而城崩，再号而其夫的骸骨出土。

这首诗是这件故事的一个大关键。它是总结“春秋时死于战事的杞梁”的种种传说，而另开“秦时死于筑城的范郎”的种种传说的。从此以后，长城与他们夫妇就结成了不解之缘了。

这件故事所以会得如此转变，当然有很多复杂的原因在内。就我所推测得到的而言，这原因至少有二种：一是乐府中《饮马长城窟行》与《杞梁妻歌》的合流；一是唐代的时势的反映。

《饮马长城窟行》最早的一首(即“青青河畔草，绵绵思远道”之篇)，《文选》上说是古辞，《玉台新咏》说是蔡邕所作。此说虽未能考定，但看《乐府诗集》(卷三十八)此题下所录诗有魏文帝、陈琳……直至唐末十六家的作品，便可知道这种曲调是三国六朝以

① 见《乐府诗集》卷七十三，尚未检他的《禅月集》。——原注

至唐代一直流行的。他们所咏的大概分两派，雄壮的是杀敌凯还，悲苦的是筑城惨死。建筑长城的劳苦伤民，虽战国、秦、汉间的民众作品并无流传，但这原是想象得到的。（《水经注》引杨泉《物理论》云："秦筑长城，死者相属，民歌曰：'生男慎勿举……'其冤痛如此。"杨泉是晋代人，这四句歌恐即由陈琳诗传讹，故不举。）三国时陈琳所作，即属于悲苦的方面。诗云：

> 饮马长城窟，水寒伤马骨。……
> 长城何连连，连连三千里。
> 边城多健少，内舍多寡妇。
> 作书与内舍，"便嫁莫留住！
> 善事新姑嫜，时时念我故夫子！"
> 报书往边地，"君今出语一何鄙！
> 身在祸难中，何为稽留他家子！
> 生男慎莫举，生女哺用脯，
> 君独不见长城下，死人骸骨相撑柱！
> 结发行事君，慊慊心意关。
> 明知边地苦，贱妾何能久自全！"

这说的是夫妇惨别之情，虽没有说出人名，但颇有成为故事的趋势。唐代王翰作此曲，其下半篇云：

> 回来饮马长城窟，长城道旁多白骨。
> 问之耆老何代人，云是秦王筑城卒。
> 黄昏塞北无人烟，鬼哭啾啾声沸天。

无罪见诛功不赏，孤魂流落此城边。

这把长城下的白骨，指明是秦王的筑城卒了。《乐府诗集》又有僧子兰一诗，子兰不知何时人，看集上把他放在王建之后，或是晚唐人。诗云：

游客长城下，饮马长城窟。
马嘶闻水腥，为浸征人骨。
岂不是流泉，终不成潺湲。
洗尽骨上土，不洗骨中冤。
骨若不流水，四海有还魂。
空流呜咽声，声中疑是言。

这更是把陈琳的"君独不见长城下，死人骸骨相撑柱"一语发挥尽致。拿这几篇与贯休的《杞梁妻》合看，真分不出是两件事了。它们为什么会得这般的接近？只因古诗的乐府，原即现在的歌剧，流传既广，自然容易变迁。《饮马长城窟行》本无指实的人，恰好杞梁之妻有崩城的传说，所以就使她做了"贱妾何能久自全"的寡妇，来一吐"鬼哭啾啾声沸天"的怨气。于是这两种歌曲中的故事就合流而成一系了。

唐代的时势怎样呢？那时的武功是号为极盛的，太宗、高宗、玄宗三朝，东伐高丽、新罗，西征吐蕃、突厥，又在边境设置十节度使，带了重兵，垦种荒田，防御外蕃，兵士终年劬劳于外，他们的悲伤，看杜甫的《兵车行》、《新婚别》诸诗均可见。他们离家之后，他们的夫人所度的岁月，自然更是难受。他们魂梦中系恋着的，或是在“玉门关”，或是在“辽阳”，或是在“渔阳”，或是在“黄龙”，或是在“马邑，龙堆”，反正都是在这延亘数千里的长城一带。长城这件东西，从种族和国家看来固然是一个重镇，但闺中少妇的怨愤所归，她们看着便与妖孽无殊。谁人是逞了自己的野心而造长城的？大家知道是秦始皇。谁人是为了丈夫惨死的悲哀而哭倒城的？大家知道是杞梁之妻，这两件故事由联想而并合，就成为“杞梁妻哭倒秦始皇的长城”。于是杞梁遂非做了秦朝人而去造长城不可了！她们再想，杞梁妻何以要在长城下哭呢？长城何以为她倒掉呢？这一定是杞梁被秦始皇筑在长城之下，必须由她哭倒了城，白骨才能出土。于是遂有“筑人筑土一万里”，“再号杞梁骨出土”的话流传出来了！她们大家有一口哭倒长城的怨气，大家想借着杞梁之妻的故事来消自己的块垒，所以杞梁之妻就成为一个“丈夫远征不归的悲哀”的结晶体。

在这等征战和徭役不息的时势之中，所有的故事，经着那时人的感情的渲染和涂饰，都容易倾向到这一方面。我们再可以寻出一个卢莫愁，做杞梁之妻的故事的旁证。

莫愁，是六朝人诗中的一个欢乐的女子，这个意义单看她的名字已甚明白。《玉台新咏》（卷九）载歌词一首（《乐府诗集》作梁武帝《河中之水》歌）云：

> 河中之水向东流，洛阳女儿名莫愁。
> 莫愁十三能织绮，十四采桑南陌头；
> 十五嫁为卢家妇，十六生子字阿侯。
> 卢家兰室桂为梁，中有郁金苏合香。
> 头上金钗十二行，足下丝履五文章。

> 珊瑚挂镜烂生光，平头奴子提履箱。
> 人生富贵何所望，恨不嫁与东家王！

这写得莫愁的生活豪华极了，福气极了。但试看唐代沈佺期的古意：

> 卢家少妇郁金堂，海燕双栖玳瑁梁。
> 九月寒砧催木叶，十年征戍忆辽阳。
> 白狼河北音书断，丹凤城南秋夜长。
> 谁为含愁独不见，更教明月照流黄？

照这样说，她便富贵的分数少，而边思闺怨的分数多了。“莫愁”当可变成“多愁”，何况久已负了悲哭盛名的杞梁之妻呢！

所以从此以后，杞梁妻的故事的中心就从哭夫崩城变而为“旷妇怀征夫”。

较贯休时代稍后的马缟（五代后唐时人），他做的《中华古今注》是根据崔豹的《古今注》的。他的书不过推广崔书，凡原来所有的几乎一个字也没有改。所以他们的“杞梁妻”一条（卷下）也因袭着崔书。但即使因袭，终究因时代的不同，传说的鼓荡而生出的一点改变，他道：

> 《杞梁妻歌》，杞梁妻妹朝日之作也。杞植战死，妻曰：“上无考，中无夫，下无子，人之苦至矣！”乃抗声长哭。长城感之颓。遂投水而死。其妹悲姊之贤贞操，乃为作歌，名曰《杞梁妻贤》。……

这和崔豹书有三点不同:(1)杞梁妻妹的名字由“明月”改作“朝日”了。(2)歌名不曰《杞梁妻》而曰《杞梁妻贤》(这“贤”字或系“焉”字之误)。(3)哭倒的城不曰“杞都城”而曰“长城”。妹名和歌名不必计较,城名则甚可注意。杞梁之妻哭夫于莒齐之间,杞城感之而倒已是可怪,怎么隔了二千里的长城又会闻风而兴起呢?杞梁战死的时候,不但秦无长城,即齐国和其他各国也没有长城。怎么因了她的哭而把未造的城先倒掉了呢?我们在此,可以知道杞梁之妻哭倒长城,是唐以后一致的传说,这传说的势力已经超过了经典,所以对于经典的错迕也顾不得了。

北宋一代,她的故事的样式如何,现在尚没有发现材料,无从知道。南宋初,郑樵在他的《通志·乐略》中曾经论到这事。他道:

> 《琴操》所言者何尝有是事!琴之始也,有声无辞,但善音之人欲写其幽怀隐思而无所凭依,故取古之人悲忧不遇之事而以命操,或有其人而无其事,或有其事而非其人,或得古人之影响从而滋蔓之。君子之所取者但取其声而已。……又如稗官之流,其理只在唇舌间,而其事亦有记载。虞舜之父,杞梁之妻,于经传所言者不过数十言耳,彼则演成万千言……顾彼亦岂欲为此诬罔之事乎!正为彼之意向如此,不说无以畅其胸中也。

这真是一个极闳通的见解,古今来很少有人把这样正当的眼光去看歌曲和故事的。可惜“演成万千言”的“杞梁之妻”今已失传,否则必可把唐代妇人的怨思悲愤之情从“畅其胸中”的稗官的口里留得一点。

较《通志》稍后出的是《孟子疏》,《孟子疏》虽署着北宋孙奭的名字,但经朱熹的证明,这是一个邵武士人做了而假托于孙奭的,这人正和朱熹同时。他的书非常浅陋,有许多通常的典故也都未能解出,却敢把流行的传说写在里面,冒称出于《史记》。如《离娄篇》"西子蒙不洁"章,他疏云:

> 案《史记》云:"西施每入市,人愿见者先输金钱一文。"

这便是《史记》上所没有的。这样著书,在学问上真是不值一笑,但在故事的记载上使得我们知道宋代时对于西施曾有这样的一个传说。这个传说中的看西施正和现在到上海大世界看"出角仙人"一样,这是非常可贵的。他能如此说西施,便能如此说杞梁之妻。所以他说:

> 或云,齐庄公袭莒,战而死。其妻孟姜向城而哭,城为之崩。

杞梁之妻的大名到这时方才出现了,她是名孟姜!这是以前的许多书上完全没有提起过的。自此以后,这二字就为知识阶级所承认,大家不称她为"杞梁之妻"而称她为"孟姜"了。

孟姜二字怎么样出来的,这也是值得去研究的。周代时妇人的名字,大都把姓放在底下,把排行或谥法放在上面。如"孟子","季姬",便是排行连姓的。如"庄姜"、"敬嬴",便是谥法连姓的。孟姜二字,孟是排行,姜是齐女的姓;译作现在的白话,便是"姜大姑娘"。这确是周代人当时惯用的名字,为什么到了南宋才始由民众的传说中发见出来?

在《诗经》的《鄘风·桑中》篇,有以下的一章:

> 爰采唐矣,沫之乡矣。
> 云谁之思?美孟姜矣。
> 期我乎桑中,要我乎上宫,送我乎淇之上矣。

又《郑风·有女同车》篇二章中,也都说到孟姜:

> 有女同车,颜如舜华。
> 将翱将翔,佩玉琼琚。
> 彼美孟姜,洵美且都!
>
> 有女同行,颜如舜英。
> 将翱将翔,佩玉将将。
> 彼美孟姜,德音不忘!

姚际恒在《诗经通论》(卷五)里解释道:

> 是必当时齐国有长女美而贤,故诗人多以孟姜称之耳。

这话甚为可信。依他的解释,当时齐国必有一女子,名唤孟姜,生得十分美貌。因为她的美的名望大了,所以私名变成了通名,凡是美女都被称为孟姜。正如西施是一个私名,但因为她极美,足为一切美女的代表,所以这二字就成为美女的通名。(现在烟店里的美女唤做烟店西施，豆腐店里的美女，唤做豆腐西施——江、浙一带如此，未知他处然否。）又嫌但言孟姜，她的美还不显明，故在上面再加一个“美”字，唤做“美孟姜”。如此，则“美孟姜”即为美女之意更明白了。孟姜本为齐女之名，但《鄘风》也有，《郑风》也有，可见此名在春秋时已传播得很远。以后此二字虽不见于经典，但是诗歌中还露出一点继续行用的端倪。如汉诗陇西行（《玉台新咏》卷一）云：

> 好妇出迎客，颜色正敷愉。……取妇得如此，齐姜亦不如！

又曹植《妾薄命行》（《玉台新咏》卷九）云：

> 御巾挹粉君傍，中有霍纳都梁，鸡舌五味杂香。进者何人齐姜，恩重爱深难忘。

可见在汉魏的乐府中，“齐姜”一名又成了好妇美女的通名，则孟姜二字在秦汉以后民众社会的歌谣与故事中继续行用，亦事之常。杞梁是齐人，他的妻又是一个有名的女子（有名的女子必有被想象为美女的可能性）。后人用了孟姜一名来称杞梁之妻，也很是近情。这个名字，周以后潜匿在民众社会中者若干年；直到宋代，才给知识阶级承认而重见于经典。孟姜成了杞梁之妻的姓名，于是通名又回复到私名了。

〔附记〕作者近日事务非常冗忙，为践专号的宿诺，勉强抽出三天工夫，匆促作成这半篇。以下半篇,得暇即做。但说不定何日有暇,续文下期如能登出,那是最好。但不能登出亦是在意料中的,请读者原谅!

再,读者如有材料供给我,请送本校三院研究所国学门歌谣研究会转交。

1924年11月19日

杞梁妻的哭崩梁山*

当去年十一月中已发表了《孟姜女故事的转变》之后，有一天偶翻《全唐诗》，忽见《李白集》中《东海有勇妇》篇的起语云：

> 梁山感杞妻，恸哭为之倾。
> 金石忽暂开，都由激深情。

这几句诗顿使我感到一种说不出的快意和惊骇，仿佛探到了一个新世界似的。杞梁妻的哭崩杞城和长城已经十分浪漫，如何又哭崩了梁山呢？因为这事太出奇，几使我不敢相信。但一转念间，以为里面或有一段因缘，未必李白的一时笔误，只以一时无暇去考，也就搁着。

年底接到钟敬文先生来信，他在《乐府诗集》里也看到这首诗，钞了寄我，并云：

> 读此，可知道在唐朝的时候，关于她的故事，除了崩城之说外，还另有一种崩山之说——所崩的便是梁山。这种传说是否始于唐人，我们无从考见；其在传说上，也不过是一个类

* 本文原载《歌谣周刊》第86号。

似的小异点，无关于全体的重要。但在我们有意穷究他的原委的人不能不注意到罢了。

经他这样一提，顿时激起了我的搜集材料的兴致。我以为春秋成公五年夏有梁山崩的事，这个传说当由于“山崩”与“哭崩”的两个崩字的联合而起。因检《春秋》和《三传》，录出其文（《穀梁传》拼合《公羊》、《左氏》二传成文，故未录）：

梁山崩。（《春秋经》）

梁山者何？河上之山也。梁山崩何以书？记异也。何异尔？大也。何大尔？梁山崩，壅河三日不流，外异不书，此何以书？为天下记异也。（《公羊传》）

梁山崩，晋侯以传召伯宗。伯宗辟重，曰：“辟传！”重人曰：“待我，不如捷之出也。”问其所，曰：“绛人也。”问绛事焉，曰：“梁山崩，将召伯宗谋之。”问将若之何，曰：“山有朽坏而崩，可若何！国主山川，故山崩川竭，君为之不举，降服，乘缦，彻乐，出次，祝币，史辞，以礼焉，其如此而已。虽伯宗，若之何！”伯宗请见之，不可。遂以告而从之。（《左传》）

读此，可见梁山的崩虽不过由于“山有朽坏”，却累了晋景公们起了一次大忙，而春秋家也认为春秋时的一件大异事。这时是纪元前五八六年，先于杞梁战死三十七年，说不定他们夫妇还没有出世呢。

梁山在什么地方？班固《汉书·地理志》云：“夏阳，故少梁，《禹贡》梁山在西北。”是以梁山为在黄河之西，今陕西省关中道韩城县地。其后郑玄《尚书注》、杜预《左传注》均同此说。这个考定,从来没有人翻过案。到清代的崔述,才以为不在陕西,而定为在河东山西省境内。他在《唐虞考信录》卷三冀州"治梁及岐"条下说道:

> 夫《诗》咏梁山而云"维禹甸之",则此梁山即禹贡之梁山甚明。然则梁山当在韩地。其后韩灭于晋,故《春秋传》、《尔雅》皆以梁为晋山。《水经注》谓即龙门者近之。(《水经注》云:"大禹疏决梁山,即《经》所谓龙门。")但不当又以为在河西耳。(《水经注》又云:"梁山原在冯翊夏阳县之西北。")盖缘说者误以陕西之韩城县为古韩国,因谓梁当在河西,不知韩实河东国也。何以言之?《诗》云"韩侯入觐",又云"王锡韩侯,其追其貊",则韩乃畿外之诸侯。河西,周畿内地,不得谓之入觐,亦不得锡之为连帅也。《春秋传》云:"秦伯伐晋,涉河,三败及韩。晋侯谓庆郑曰:'寇深矣,若之何?'"则韩乃晋之近郊地。若在河西,秦伯不容涉河,晋侯亦不容谓之寇深也。晋惠公之入也,赂秦伯以河外列城五,东尽虢略,其地在今河南,不在河西。河西近秦而不以赂,则是河西无晋地也。魏寿余之叛也,既济,魏人噪而还。秦晋以河为界,则是河西无晋地也,韩晋即在河东,梁山安得在河西乎!

读了这段,可以知道春秋时崩掉的梁山确在河东,这已没有疑问。其所以致误之故,由于汉人误认韩城之在河西。但崔氏的结语终于说"当跨河在雍冀之界上,故能阻塞河流",可见他亦以为梁山有一部分是在河西的。大约山西、陕西的山虽给黄河破了开来,而山脉相连，在河东梁山的对岸的山，亦可加以同样的称谓。那么，我们可以说梁山的区域是在今山西省的西南部和陕西省的东部。

山西省的西南部和陕西省的东部确是流传孟姜女故事的一个极有势力的区域。就我现在知道的这个区域内的古迹与传说，列举于下：

山西曲沃县：

浍河桥土岸上有人手迹，俗传孟姜女所留。（朱书《游历记存》）

山、陕交界的潼关：

寻夫骸骨……负之而归。至潼关，筋力已竭，知不能还家，乃置骨岩下，坐山旁以死。潼关人重其节义，立像祀之。（詹詹外史《情史》）

再宣小姐到长城，到了潼关何处寻。……大哭一声城头坍，哭一程来倒一城。（《孟姜仙女宝卷》）

陕西同官县：

哭泉，在县北五十里北高山上。相传姜女负夫骸，道渴，哭之，泉涌出，其声呜咽，故名。（《图书集成·职方典》卷五一四）

世传女为许姓……陕西同官人。（《职方典》卷六三）

孟姜……沥血求夫骨，函归，行至同官山，力竭死。土人即其遗骸，立祠以祀。（《读书敏求记》卷二）

陕西华县：

华州范公生一子，小名叫范杞郎。（《花幡记》）

在这一个区域里，孟姜女的古迹与传说既这等的多，所以哭崩梁山之说的发生也是应有的事。我们现在要考查的，便是崩山之说起于何时？李白一诗可不可以作唐代传说的代表？

本年年初，接到郭绍虞先生信，钞录俞樾的《日知录小笺》一条见赠，其下半条云：

按：《曹子建集·黄初六年令》曰："杞妻哭，梁山为之崩。"则又不言崩城而言崩山，亦一异闻也。

我的疑问，一旦从俞樾的书里找出了李白以前的证据，这使我何等的快乐！我便在专号第四号中答复钟先生道：

崩山之说确是一个大发现。我初见李白这诗时，很怀疑这种传说的曾经成立，因为在别处绝没有见过。但后来又知道《曹子建集》中《黄初六年令》有云"杞妻哭，梁山为之崩"，乃知此种传说自汉魏至唐未尝歇绝，不过古籍缺佚，找不到详尽的记载罢了。推其原因，由于汉人重天人感应的奇迹，所以崩城不足，继以崩山。唐以后，孟姜女的故事偏于"闺怨"方面了，所以这个传说就无形地消失了。

自从发表了这个答复之后，我便去找《全上古三代秦汉六朝文》，看《黄初六年令》的原文，结果，使我知道这个答复中的引语竟把标点号弄错了！原文云：

> 昔雄渠李广，武发石开；邹子囚燕，中夏霜下；杞妻哭梁，山为之崩，固精神可以动天地金石，何况于人乎！

我当时看了，气为一沮：这篇中的"梁"字是人名呢，还是地名呢？如是地名，则此句应解作杞妻哭于梁山。如是人名，则此句应解作杞妻哭杞梁。地名与人名分不清楚，便不能断定所崩之山是梁山。顺手翻检余文，又见他的《文帝诔》，云：

> 于时天震地骇，崩山陨霜。

崩山和陨霜对举，正与上则相同，指的是杞梁妻的故事；但仍没有说出是那一个山。心头痒痒的，怪不好过，就到书铺子里买了一部辑集曹植诗文最完全的丁晏《曹集诠评》，抽了一个星期日的整天工夫，把这十一卷书一起点完。我真快乐，汉魏间的杞梁妻哭崩梁山的传说竟在这书中找出一段很确实的证据了！《精微篇》(《诠评》卷五，页十九，《鞞舞歌》之四)云：

> 精微烂金石，至心动神明。
> 杞妻哭死夫，梁山为之倾。
> 子丹西质秦，乌白马骨生。
> 邹衍囚燕市，繁霜为夏零。

这一喜真把我弄得"喜而不寐"，好久没有饮酒而眠，这一夜竟又逼得使用老方法了！这是三月二十九日。

但我把汉魏间的传说建立之后，又使我怀疑到唐代的传说的成立了。李白《东海有勇妇》篇题下注明"代关中有贤女"，沈约《宋书·乐志》亦谓《精微篇》"当关中有贤女"，可见李白这诗是模仿曹植而作的，我们安知这种传说不是只在曹植时一现，并没有很久的历史。而李白诗中只因摹古之故而又一提呢。我上次说的"乃知此种传说自汉魏至唐未尝歇绝"，自己又觉得不敢坚持了！我是读诗极少的，不知道汉魏六朝唐代的诗中尚有这类的证据没有？是不是这个后起的古典，单有曹植敢用，李白敢拟？酷望当世硕彦肯给我一个解答。

杞妻何以哭崩了梁山？这很明显，是由杞梁的名字上化出来的。因为杞梁的"氏"是"杞"，所以他的妻哭崩了"杞城"。因为杞梁的"字"是"梁"所以他的妻哭崩了"梁山"。这般的故事，曹植在《令禽恶鸟论》(《诠评》卷九，页八)中也曾举出一个，并加说明。今钞在下面，藉以证明"借了姓名而生出的故事"的一个例：

国人有以伯劳鸟生献者，王召见之。侍臣曰："世人同恶伯劳之鸣，敢问何谓也！"王曰："《月令》：仲夏鵙始鸣。"《诗》云："七月鸣鵙。"七月，夏五月；鵙则博劳也。昔尹吉甫用后妻之谗，杀孝子伯奇。其弟伯封求而不得，作《黍离》之诗。俗传云："吉甫后悟，追伤伯奇；出游于出，见异鸟鸣于桑，其声噭然。吉甫动心曰：'无乃伯奇乎！'鸟乃抚翼，其音尤切。吉甫曰：'果吾子也！'乃顾谓曰：'伯奇劳乎？是吾子，栖吾舆。非吾子，飞勿居。'言未卒，鸟寻声而栖于盖；归入门，集于井干之上，向室而号。吉甫命后妻载弩射之，遂射杀后妻以谢之。故俗恶伯劳之鸣,言所鸣之家必有尸也。此好事者附名为之说,令俗人恶之,而今普传恶之,斯实否也。"

这文中记的"俗传",因博劳一名音讹为伯劳,遂说伯劳是伯奇变的,伯劳之名是由于其父说的"伯奇劳乎"之语而来,这是很好的研究故事的材料。可惜后世的文人没有曹植这般使用新材料的勇气,不敢(自解为不屑)顾问这些故事,遂至现在书籍中的故事材料贫乏到了极度。

曹植虽然三次用了崩山的新典,但他原不是不知道有崩城的旧典的。他的文中引用《列女传》的故事既有多处,其《求通亲亲表》(卷七,页十四)又云:

臣伏以为犬马之诚不能动人,譬人之诚不能动天,崩城陨霜,臣初信之;以臣心况,徒虚语耳。

在这上,可见崩城与崩山的两个典故,他原是一般的用,所以有时说"崩山陨霜",有时说"崩城陨霜"。

汉魏间所起的崩山的故事何以会到了曹植的诗文中?这只要看他叙述燕会作乐的诗语就可明白:

清醴盈金觞,肴馔纵横陈。
齐人进奇乐,歌者出西秦。

(《诠评》卷四,页一,《侍太子坐》)

嘉宾填城阙,丰膳出中厨……
秦筝发西气,齐瑟扬东讴。

（《诠评》卷四，页九，《赠丁翼》）

中厨辨丰膳，烹羊宰肥牛。

秦筝何慷慨，齐瑟和且柔。

（《诠评》卷五，页一，《箜篌引》）

这三首诗中写的情景，正似现在唱堂会戏一般，二黄梆子杂然间作，堂上宾客且吃且看。诗中说那时最盛行的音乐是齐乐和秦乐，而秦人尤其善歌。我们可以就此推知，齐人歌唱的杞梁妻故事是哭崩杞城，秦人歌唱的杞梁故事是哭崩梁山，因为这都是他们的本地风光。曹植在酌清醴、嚼肥牛的时候，听慷慨的秦筝和西秦的歌者所歌秦的崩山的故事，不期的濡染于耳目，渐渍于心神，而引用于口笔，所以违背了西汉以来通行的传说而采用当时新起的传说了。可惜那时筝声现在已听不见，那时的歌词和故事现在也看不到，我们只能空空的知道那时曾有过这样的一个流传的故事而已！

1925 年 4 月 9 日

孟姜女十二月歌与放羊调*

人生最难堪的是离别，何况是常相团聚的夫妇！江淹在《别赋》中叙述闺人的心境道：

春宫闷此青苔色；
秋帐含兹明月光；
夏簟清兮昼不暮；
冬缸凝兮夜何长！

因为她们没有一个时候心中不悲伤，所以也就没有一个时候所见的东西不足以兴起她们的悲感。晋宋间流行的《子夜四时歌》，现在流行的《四季相思》，都是这一类情感的表现。

不知何时始以十二月分配歌词，如今《孟姜女十二月花名》一般。

《孟姜女十二月花名》歌中，如：

六月荷花热难当，蚊虫飞来叮胸膛。
"宁可吃奴千口血，莫叮奴夫万喜良！"

---

* 本文原载《歌谣周刊》第90号。

九月菊花是重阳，重阳美酒菊花香。
“满满斟来奴不喝，无夫饮酒不成双！”

柔情宛转，令读者低回不止；与古诗的《自君之出矣》及《长相思》等正相类，都是很好的闺怨诗。

按本专号所登的孟姜女歌词，在第二号中，有江浙间最通行的《孟姜女十二月花名》一篇，南京刻本《最新孟姜女十二月花名》一篇。（这二篇都是唱春调，唱春调的工尺谱登在第三号。）在第三号中，有《孟姜女四季歌》一篇，广西象县的《孟姜女十二月歌》一篇。四季歌是十二月花名的节本（春季是三月，夏季是六月，秋季是八月，冬季是十一月），所以也是唱春调。象县的十二月歌意境与江浙间的歌甚相同，只是把第一句的七个字分成了三个字的两个半句。（例如“三月里来是清明”改为“三月里，是清明”。）我们不知道这歌的调子是怎样的。

以上所说的歌，都是最普遍的思妇怀远，即景生情之言，与孟姜女的故事实在无甚关系。今分析言之如下（时节间有参差，如象县之插秧在四月，江浙之插秧在五月之类，不悉注明）：

正月——起兴是新年中的红灯，伤感是看别人家的团聚。

二月——起兴是新柳与杏花，伤感是看燕子的双双做窠。

三月——起兴是桃花与清明节，伤感是看别人家的上坟。

四月——起兴是蔷薇，伤感是采桑时的怀想。

五月——起兴是石榴与端阳节，伤感是看闹端阳的龙船时游人无数，单不见自己的丈夫。

六月——起兴是荷花，伤感是蚊虫咬人。

七月——起兴是凤仙,伤感是看别人家的裁衣。

八月——起兴是木樨,伤感是丈夫来信中的愁闷。

九月——起兴是菊花与重阳节,伤感是没有饮酒赏菊的伴侣。

十月——起兴是芙蓉,伤感是没有捧砻和纳官粮的男子。

十一月——起兴是冰冻下雪,伤感是丈夫没有寒衣。

十二月——起兴是水仙与腊梅,伤感是看别人家的杀了猪羊过年。

以上所说是中人以下之家的妇人(歌中言采桑、插秧、扦砻、杀猪羊过年,又可知是偏于乡村的妇人)在丈夫离家时所共有的悲伤。孟姜女的家世,在唱本及宝卷上看,她是一位富家的千金小姐,原受不到这种门庭单寒之感,而且她在丈夫被逮之后,不久就出去寻夫,也没有在家里整年的挨着,按照了时月的次序去发生慨叹。十二月花名中虽亦于十一月之下提起一句"孟姜女千里送寒衣",似乎已经出门,但十二月中即说"孟姜女家里空堂堂",她依然住在家里发"空堂堂"的悲感呢。门既未出,更说不到崩城了。

我们在此可以知道,孟姜女十二月歌乃是许多闺中思妇所共有的悲感,她们用自己的悲感把这崩城的故事人情化了。她们心中不快,对着令节嘉花,叹一口气,就说孟姜女当年想来也是这般叹气的。她们看见别人家的融融泄泄,享受人生的乐趣,伤心落泪,就想当年的孟姜女一定也是这般落泪的。凡有悲感,都推在孟姜女的身上;于是她就成了她们的种种悲伤的导师。她们怎么想,她就怎么变。因为她汇集种种的悲伤之情于一身,所以她的人格就格外的显得伟大了!

这次陈万里先生旅行到太原，从那地人的口中钞得《五哥放羊》一首寄来（登本刊八十号），使我一见大惊诧。如第一首云：

> 正月里，正月正，家家户户点红灯。
> 红灯挂在大门外，可不知五哥来不来？

这首的第二句既与《十二月花名》的第一首第二句全同，而全篇的体制（时月）和风格（将人比己）也均极似。只是这一篇似是恋歌，又不见失恋与受压迫的苦痛，所以并不悲伤。

前星期偶翻张四维先生所辑的云南个旧民歌，内有《放羊调》一篇，下注"小调"。始知"放羊"是一种调名，万里所钞的《五哥放羊》，是放羊调中的说五哥的，这一篇单写放羊调，乃是只有调名而失了篇题。

这一篇《放羊调》，全是寡妇怀亡夫的话。比较思妇怀征夫，意境很相近，因为生离与死别的怨念原是一例的。如九月云：

> 九月放羊是重阳，重阳造酒桂花香。
> "人家造酒人吃去，奴家造酒无人尝！"

象县的《孟姜女》九月道：

> 九月里，是重阳，重阳美酒桂花香。
> "人家做来有夫食，姜女做来无夫尝！"

这真是一色一样，不过把"奴家"换了"姜女"罢了。又如十月道：

十月放羊十月早，家家打纸坟上烧：
有人坟上烧白纸，无人坟上长蓬蒿！

《十二月花名》中的三月则道：

三月桃花是清明，桃红柳绿正当景。
家家坟上烧白纸，孟姜女坟上冷清清！

这也是极相似的。它们的大旨，总是见了别人的快乐，都激起了自己的悲伤。

我虽不敢断说唱春调与放羊调有何关系，但颇想知道以下的几件事项：

（一）放羊调的流行区域，北至山西，南至云南，可见它的传播是极广的。但不知道这种调是什么地方的出产？它的原始的歌是怎样的？流传所及的地方共有哪几处？（唱春调，我们知道是江苏常州的出产。）

（二）放羊调中，有歌唱孟姜女的故事的吗？如有，我们更可以比较一下了。

（三）放羊调的乐谱有地方可以搜集到吗？我们也渴欲得音乐上的比较。

（四）唱春调的歌曲，我们知道在江南（江苏的南部）和浙西（浙江的西部）最通行。（如《王莲英自叹》、《蒋老五殉情》都是。）除了这个区域之外，别地方也有吗？

（五）和唱春调与放羊调类似的调子，以及和以上所引诸歌类似的体制，都还有吗？

以上诸种问题，我们全要知道清楚，如承读者诸君见到时即行赐教，那是说不尽的感激了。

1925 年 4 月 24 日

杞梁妻哭崩的城*

我很高兴得到他人的指出，更高兴自己找出了错误而改正。

当我去年作《故事的转变》一文时，自以为很是小心，不料没有过几天就发见了两处很大的错误。这两处错误都是关于杞梁妻哭崩的城的（六九号第五版）。心中耿耿了半年。现在借着专号第八期出版的机会，索性把这一节文字重做一通。

这两个错误，一是在评论王充《论衡·感虚篇》时，误认《变动篇》的话和它相同而不复举；一是评论崔豹《古今注》时，说："杞国在今河南开封道中间的杞县，莒国在今山东济宁道东北的莒县，两处相距千里。"现在知道，《变动篇》的话比《感虚篇》重要得多，而且已说出哭崩的城是杞城，远在崔豹书之前，杞国也不在河南而在山东，正当莒与齐中间呢。

西汉末，刘向所作的《列女传》和《说苑》都说杞梁妻哭崩了城，但没有说明为她崩掉的城是在什么地方。

清梁玉绳说（《日知录集释》二十五"杞梁妻"条引，想是在《瞥记》中）：

---

* 本文原载《歌谣周刊》第93号。

《左传》:"遇于郊",《檀弓》:"迎柩于郊",《说苑》:"闻之而哭",则城是齐之城。

这原是学者的解释;至于当时的传说如何,并不能因此而确定。

但《列女传》在崩城之后又说"遂赴淄水而死",淄水在齐国,似乎确有齐城的可能。所以魏建功先生说(本专号第六期通讯十二):

照《列女传》"赴淄而薨"说来,定是靠近淄水的城池。……齐侯归家了,杞梁妻来迎杞梁之尸,于是有郊吊的事件。那末,这个郊当是齐都之郊,而与传说上"哭于郊"的地方颇有关系。郊是齐郊;杞梁妻受齐侯吊于室,自然是在齐郊之里。齐都临淄,《列女传》说庄公还车诣其室成礼而去,当是庄公到她家吊了便直奔临淄而去。所以她枕梁之尸于城下而哭的时候,齐庄公则已由郊至其家吊完走了;正是她无子又无内外五属之亲而无所归,丈夫的尸首由战场载至于郊尚未能葬呢。尸首所在的城下,当是却吊所在的郊地。这郊地上的城被她哭倒时,尸首还在城下未葬,据《列女传》所记应是如此。

魏先生这番话,是说:杞梁战死后,他的尸载着回国。行到齐郊时,庄公便遇见了他的妻,到她的家(在郊)吊了。庄公回齐都,她便在城下枕了丈夫的尸而哭;哭崩了城,她投淄水死了。照这样说,这城确是齐城。但若单就《左传》上看,原只说"吊诸其室",并没有室在郊外之意。魏先生的宗旨,在于说这城是齐的长城,故要使她的居处与哭处皆在郊。其实《左传》只说"遇于郊",《列女传》亦但言"城下",她的居处与哭处到底在都或在野原不能定呢。

西汉人的书里,没有指实被她哭崩的城。到了东汉末年的王充,始说定那时传说中的城是杞城。《论衡·变动篇》说:

或曰:"……行事至诚,若邹衍之呼天而霜降,杞梁妻哭而城崩,何天气之不能动乎?"

夫……杞梁之妻哭而崩城,妄也。顿牟叛,赵襄子帅师攻之;军到城下,顿牟之城崩者十余丈;襄子击金而退之。夫以杞梁妻哭而城崩,襄子之军有哭者乎?……或时杞国且圮,而杞梁之妻适哭城下,犹燕国适寒而邹衍偶呼也。……

又城老墙朽,犹有崩坏。一妇之哭崩五丈之城,是则一指摧三仞之楹也。春秋之时,山多变。山,城,一类也。哭能崩城,复能坏山乎!……

案杞梁从军,死不归。其妇迎之,鲁君吊于途,妻不受吊。棺归于家,鲁君就吊。不言哭于城下。本从军死,从军死不在城中。妻向城哭,非其处也。然则杞梁之妻哭而崩城,复虚言也!

在这一段文字中,以下诸点大可注意:

(1)他说"或时杞国且圮,而杞梁之妻适哭城下",是他认定她哭崩的城是杞城。

(2)他说"一妇之哭崩五丈之城",可见在那时传说中,她把城哭崩了五丈。

(3)他说"哭能崩城,复能坏山乎!"可见那时哭崩梁山之说还没有发生，或是初发生而不普遍，他尚未知道。他从大处竭力的一驳，哪知不久就从他驳诘的理由中发生了新传说！

(4)他说“鲁君吊于途”，又说“鲁君就吊”，假使不是他的记错，或是后来人的钞错，便是那时的传说有说起杞梁为鲁人的，除第四条未能确定之外，其余三条都很重要。

杞国在那里呢？我们通常查书，都说是雍丘，即今河南杞县。但这实在不是春秋时的杞国。

杞国在西周时确是在雍丘，但到春秋时已迁到了东方了。司马贞《史记索隐》卷十一《陈杞世家》篇云：

《左氏》隐公四年《传》云：“莒人伐杞，取牟娄。”牟娄，曹东邑也。僖公十四年《传》云：“杞迁缘陵。”《地理志》云：“北海有营陵，淳于公之县。”臣瓒云：“即春秋缘陵，淳于公所都之邑。”

顾栋高《春秋大事表》卷七之二云：

淳于，在今山东青州府之安丘县。案：淳于本州国地。桓公五年冬，《经》书“州公如曹”。《传》曰：“淳于公度其国危，遂不复。”淳于本州国之都而杞居之，是亡州者杞也。然隐公三年州未亡，莒人所取之牟娄已在东土，与淳于为邻。杞本弱小，不应立国雍丘而遥属小邑于千数百里之外，则知春秋之前杞早居于东土矣。女叔齐曰：“杞，夏余也，而即东夷。”邾、莒以东皆为东夷，特未详其何地耳。今青州府安丘县东北三十里有淳于故城。

又云：

缘陵在今青州府之昌乐县，亦曰营陵，路通登、莱。僖公十四年，“诸侯城缘陵”。盖是时淮夷病杞，齐桓迁之稍北以自近；如楚迁许于叶，吴迁蔡于州、来。然杜注“杞邑”，则仍为杞地之错入于齐者耳。至襄公二十七年，杞复迁淳于。案：是年晋合诸侯之大夫城杞，祁午数赵文子之功曰“城淳于”。盖城杞即城淳于，是杞复迁淳于之证也。今县东南三十里有营陵故城。

读以上数则，可知杞国在春秋前迁到山东，到桓五年（公元前七〇七）灭了州国而迁入安丘，到僖十四年（前六四六）迁到昌乐，到襄二十七年（前五四五）又迁到安丘。杞梁战死的一年（前五四九），他们还住在昌乐。昌乐到临淄非常近，不过一百里左右。从莒县到临淄，是可以经过的。

假使这件故事是说，杞梁死了，载尸回国，其妻迎上前去，在杞城碰见了；她就枕尸而哭，把杞城哭坍了（不管齐侯吊诸其室），那末，这件事是很讲得通的。

东汉末年，邯郸淳作《曹娥碑》，有“杞崩城隅”一语，足与王充的话相发明。

西晋时，崔豹作《古今注》，他距王充、邯郸淳不远，杞城一说依然占势力，所以他说：

杞植妻……抗声长哭，杞都城感之而颓；遂投水而死。

他所以只说“投水”而不说“投淄水”,大约因为淄水离杞城较远,不能一崩了城就跳下去的缘故(于此可见若说投淄水,自以崩齐城为宜)。

到后魏,郦道元以己意定杞梁妻哭崩的城为莒城。他在《水经注》中(卷二十六“沭水”条)说道:

> 沭水……东南过莒县东。……《列女传》曰:“……妻乃哭于城下,七日而城崩”,故《琴操》云:“……哀感皇天,城为之坠”,即是城也。

他所以这样说,想来是把《列女传》“就其夫之尸于城下而哭”的一语看得过真,以为杞梁死在那儿,她就应哭到那儿,崩坏的城也应该即在那儿。但既把这句看得太真,便只得把投淄水的话丢了,改为投沭水了!(他若想起《檀弓》“迎其柩于路”句,或者也要说崩坏的是杞城!)

郦道元的指定的地点,因为没有传说在背后衬托,所以它没有势力。以我听见,只有清代王照圆的《列女传注》是依着他说的:

> 城,莒城也。夫战死于此,因就尸而哭之。

上面说的齐城,杞城,莒城,固然不同,但总在山东的东部,没有离开这件故事的原始路线。直到唐朝,这件故事就全变了:时代也变了,地域也变了。那时的时势竟把中国中部的故事送到北部去了!

唐末僧贯休作的《杞梁妻》诗云:

秦之无道兮四海枯，
筑长城兮遮北胡。
筑人筑土一万里，
杞梁贞妇啼呜呜！……

这个城就是遮北胡的长城，是秦始皇的主意而为杞梁们所筑。

这时长城之说既因时势的鼓荡而流传极普遍，所以五代马缟做的《中华古今注》就稍变崔豹《古今注》的话，而说：

杞梁妻……乃抗声长哭，长城感之颓；遂投水而死。

从此以后，她的哭崩长城的故事就没有改变过。虽则有潼关与山海关的异说，原不过是小小的分支而已。

我们若已知道这件故事的来历，那末，杞梁妻的哭崩长城是无论如何讲不通的。但学者们总是好为合理的解释的，于是说道：

所谓长城，乃泰山之下长城，非辽东之长城。（《职方典》卷六十三，永平府古迹。按，此类话在志书中甚易见。）

魏建功先生亦说（通讯十二）：

原来齐鲁之边也有城墙，或者就说是长城……这传说中，"长城"的来历，恐怕是由"杞崩城隅"的"城"字上牵连来的；而"杞崩城隅"的城恐怕又是由齐鲁的边城的实物牵连得来的。……

> 齐郊的城依历史上记载和地理上的遗迹，可以断定有的，并且也叫做长城。那末，长城的来源在这传说中并非无可寻找的了。……后来哭倒长城的“长城”指了现今直隶、山西以北的故燕赵等国的长城，乃是因为长城变了一个专名词。在秦始皇以后，长城变了秦始皇专利的工程，孟姜女哭倒的长城便也搬了家了。这是长城在传说里的沿革。……
>
> 长城由齐而牵连于秦，于是杞梁原来战死的事实变成筑城而死，而添出送寒衣的传说。这自然是叹息“武皇开边意未已”的反对边功思想的结晶，把一个传说完全改变了面目，所以我想这个故事，一变自秦始皇联接长城，再变自汉唐人感痛时艰。

志书上说杞梁妻哭崩的城是齐之长城而非秦之长城，这是事实问题。魏先生说传说中杞梁妻哭崩的齐郊之城即是齐之长城，因有了哭崩齐之长城之说而牵连于秦之长城，这是传说的演化问题。

事实问题，早有顾炎武答复。他在《日知录》卷二十五“杞梁妻”条云：

> ……且其崩者城耳，未云长城。长城筑于威王之时，去庄公百有余年。（《竹书纪年》“梁惠成王二年，齐闵王筑防以为长城”。按，魏惠王二十年乃齐威王之二十七年，非闵王。）

齐筑长城在齐庄公之后百有余年，她的哭崩齐长城当然说不上。

传说的演化问题，我觉得魏先生那样讲也不对。如果确是由齐长城变为秦长城，那末，哭崩长城之说至少在战国时已成立（所以秦始皇联接长城时，哭倒的长城便搬了家）；何以刘向还不指实，王充、邯郸淳、崔豹还说是杞城，郦道元还说是莒城，而直至唐末时的贯休、马缟才说是长城？何以首先指实的长城乃是遮北胡的长城？何以极喜讲天人感应的汉朝人竟毫不知有哭崩长城的故事，而直至边功极盛的唐朝才忽然发见了哭崩秦长城之说？

哭崩秦长城之说是怎样来的？是唐朝的征夫旷妇的一段怨别之情所结集。他们因自己的夫妻离散而想到秦筑长城时的夫妻离散，因自己的崩城的怨愤而想到杞梁妻崩城的怨愤，二者联结而成了这段故事。

哭崩齐长城之说是怎样来的？是学者们想：杞梁妻不该哭倒秦国长城的；然而她是齐国人，齐国也是有长城，安知她哭崩的不是齐之长城呢？于是而倒果为因了，于是而杞梁妻哭倒的长城便真搬了家了！

综以上诸说，可以画一个表来说明：

时　代	故事的演化	故事的来历
西汉至东汉	崩城	民间的传说
东汉至六朝	崩杞城	民间的传说
	崩莒城	学者的审定
唐至现在	崩秦的长城	民间的传说
	崩齐的长城	学者的审定

1925年5月28日

唐代的孟姜女故事的传说*

我真快乐，我深深的感受到研究学问的快乐，我真想不到研究学问的快乐有这样的深挚而浓厚的。

当我去年(1924)十一月中作《孟姜女故事的转变》一文时，除了贯休的《杞梁妻》一诗之外没有得到别的材料，就是贯休，也可算得是一个五代人。唐代是一个诗歌的时代，孟姜女故事是诗歌中的一个好材料，为什么竟无所闻见呢？这个问题，常在我的心头横鲠着。

后来见到李白《东海有勇妇》一诗，才知道她的故事中又有哭崩梁山的传说。这是一个极突兀的传说，使我非常惊诧。后来一加研考，才知道李白的话是跟着曹植的《精微篇》来的，恐怕这个故事仅是汉、魏间一局部的传说，未必继续到唐代。那么，我一时得来的唐代的传说瑰宝，到这时又不免舍去了。

我的论文中，在贯休一诗之后，曾作两种原因的假定：一是乐府中《饮马长城窟行》与《杞梁妻歌》的合流，一是唐代的时势的反映。第一个假定已在文中叙述了，第二个假定文中只说出了一个揣测，随后在唐诗中果然找得许多证据，最重要的为……(原阙)。

---

* 本文原刊《中华文史论丛》1982年第三辑。

关于这个问题,拟在一二月后作《送寒衣的来源》一文把它说明。

但是这种证据都只能作这件故事的旁证而不是直接的证据,我终究留着一个遗憾。

本年二月中,刘半农先生从法国寄一篇敦煌写本孟姜女小唱来,这是从巴黎国家图书馆写本部《伯希和收藏》(原号二八〇九)中抄来的。这真是一个大发见,使我得到一个狂喜的欣慰。敦煌写本都是从唐代迄宋初的东西,所以这个小唱可以定为唐代迄宋初的敦煌一带民众曲词。从词调上看来,这首小唱颇近于《捣练子》。今承刘半农先生的好意,将原样带归,今披露于下:

孟姜女犯(当是杞字)浗(当是梁字)清(疑是情字)一去烟屮(疑是山字)更不归造得寒衣无人送不免自家送征衣长城路宾(疑是实字)难行矸(?)酪(当是酪字)山下雪雰(疑脱一雰字)喫(疑是吃字)酒则为隇(颇似隔字但不得其解)飰(当是饭字)病厮(愿)身强律(当是健字)早还归

在这首小唱中,刘先生说可以借他证明四件事。

一、孟姜二字用作杞梁妻之专名,远在邵武士人(《孟子疏》)之前。

二、而且非但称孟姜,后面还加上"女"字,和现在传说中一样;那么,孟姜女三字相连而为一专名,也已有了一千多年的历史了。

三、在你的唐代时势反映说上,得了一个直接的证据;因为以这首小唱同唐朝人的闺怨诗相比,虽然雅俗殊途,却是一鼻孔出气。

四、因为这是民间小唱，可以说是现代小唱中的孟姜女被我们找出了个嫡派祖宗了。

在今年暑假里，沈兼士师得到程郁庭先生的信，说《琱玉集》内有孟姜女的故事。我在《古逸丛书》内一检，便在《感应篇》内（卷十二，页26—27）见到。原文云：

杞良，周时齐人也。庄公袭莒，杞良战死。其妻收良尸归，庄公于路予（吊误）之。良妻对曰："若良有罪而死，妻子俱被擒；设如其无罪，自有庐室，如何在道而受予（吊误）乎！"遂不受吊。庄公愧之而退。出《春秋》。

一云，杞良，秦始皇时北筑长城，避苦逃走，因入孟超（超，下作起）后园树上。起女仲姿浴于池中，仰见杞良而唤之，问曰："君是何人？因何在此？"对曰："吾姓杞名良，是燕人也。但以从俀（即役）而筑长城，不堪辛苦，遂逃于此。"仲姿曰："请为君妻！"良曰："娘子生于长者，处在深宫，容皀（即貌）艳丽，焉为俀人之迟（即匹）！"仲姿曰："女人之体不得再见丈夫，君勿辞也！"递以状陈父而父许之。夫妇礼毕，良往作所。主典怒其逃走，乃打煞（即杀）之，并筑城内。起不知死，遣仆欲往代之；闻良已死，并筑城中。仲姿既知，悲哽而往，向城号哭。其城当面一时崩倒；死人白骨交横，莫知孰是。仲姿乃刺指血以滴（即滴）白骨，去（云误）："若是杞良骨者，血可流入。"即沥血。果至良骸，血径流入。使（便误）将（疑得误）归葬之也。出《同贤记》。二说不同，不知孰是。

在这篇故事,我们得到的新材料更多了:

(1)杞梁作杞良,连《春秋》上的名也改了。

(2)杞良是燕人。

(3)杞良在秦始皇时北筑长城。

(4)孟姜之父姓孟名超(一作孟起)。

(5)孟姜名仲姿。

(6)杞良因不堪筑城之苦,逃入孟家后园树上。

(7)仲姿因浴于池中,为杞良所见,故请为之妻。

(8)杞良成夫妇之礼,复往作所,为主典所打杀,并筑城内。

(9)孟起遣仆往代杞良筑城,始知杞良死状。

(10)仲姿知其死,往向城号哭,城为之倒,滴血认骨,携之而归。

这何其和现在的孟姜女传说相似而和战国、秦、汉的传说不同呵! 今将古今传说为之逐项比较证明如下:

(1)梁作良,今万喜良即如是。这个良字后来即成为"郎"字,故宋周辉《北辕录》说雍丘县孟庄有范郎庙,明代所刻《孟姜女集》亦是配夫范郎。

(2)杞梁是燕人,与徐水县及山海关的传说当有关系。

(3)杞良在秦始皇时北筑长城,这是唐代以来一致的传说,故贯休诗起首亦云然。

(4)孟姜姓孟,这也是现在极有势力的传说(一小部分的传说是姓许,说姓姜的极少)。现在的传说凡是说她姓孟的都说她的父名孟隆德。

(5)"仲姿"一名是独特的传说。

(6)杞良因不堪筑城之苦,逃入孟家后园树上,与现在传说甚为相同，但现在传说是归在未往长城之时。例如吴中唱本云："皇榜挂到苏州城……要捉喜良造长城。……员外听得浑身抖……便叫喜良逃生命。……一头走来一头哭……一人无处来存身。抬头看见一园墙……将身挨进花园门。梧桐树下来行过，棕榈树下且安身。"

（7）仲姿因浴时为杞良所见故请嫁，与现在传说亦甚相同。例如《花旛记》云："六月天气最难当，太阳如火水似汤。姜女走入花园内，速忙脱衣下池塘。……衣衫挂在杨树上，轻轻下水落鸳鸯。姜女看见人现出……看见树上有人藏。……便叫范郎来下水，我今与你结成双。"但有一部分传说是把下池塘的事归于游园坠扇。例如吴中唱本云："手拿宫扇乘凉坐，一阵狂风下池塘。……高叫片时无人应，只得自己下池塘。就拿衣衫来脱去，起身脱得尽精光。衣衫放在花枝上，荷花池内当浴堂。……看见有人棕榈树……孟姜心里好惊慌。喜良看见笑扬扬……小姐听说开言笑，你是喜良公子身。……立过海誓山盟愿，见我白肉是夫君。一身白肉你看见，情愿与你做妻身。"又有一部分的传说是说她跌入池内的。例如《孟姜宝卷》云："忽然一阵狂风起，翻身跌入莲池中。孟姜连声叫'救命！'惊动喜良公子身。……跑到九曲桥边看，只见小姐落水中。喜良慌忙双手挽，提携九曲桥边存。"把"见我白肉是夫君"一语发挥尽致的是京调中的《万里寻夫》（《戏考》第十六册）：

（末白）我二老年已半百，我儿还未定终身，特与我儿商议，但不知何等人家方称我儿之意？

（旦白）孩儿早有约言，世上无论何人，若要看见孩儿身体肌肤，他便是儿的丈夫。

(8)杞梁于结婚后复往作所,这是和现在传说不同的。现在传说都说他为官兵捕去。至为主典打杀,亦异。说见《范杞梁的死法》(《周刊》第二期)。

(9)孟起遣仆往代,始知杞梁死状,与今传说亦微异。现在传说是说孟家遣仆去送寒衣的。例如吴中唱本云:"翁婿情分难抛弃,送件寒衣到长城。……家人连忙来端正,拿着寒衣就动身。"这唱本后来说这家人将钱嫖完了,回去假说已经送到。喜良托梦与孟姜,说明情形,孟姜始自去。但这一段是小节目,所以有许多唱本中是没有的。

(10)仲姿号哭城崩,滴血认骨,为现代各种传说所同。惟携骨而归则颇不同,大都是说筑城官见哭倒城墙,报与秦始皇,秦皇把她拿问,见她美貌,恕她无罪,并要娶她,她要求数事,一一依应。及范杞良坟庙建好,然后自己一死了事。惟陕西同官县的哭泉,相传为孟姜女负夫骸骨,哭而涌泉。《孟姜女集》亦说她"沥血求夫骨,函归,行至同官山,力竭死"(《读书敏求记》卷二引)。《情史》又说她"寻夫骸骨……负之而归,至潼关,筋力已竭,知不能还家,乃置骸岩下,坐于旁而死。"贯休诗云,"疲魂饥魄相逐归,陌上少年莫相非",也是负骨而归的意思。大约在"秦始皇欲纳孟姜"之说未起以前,"孟姜负归夫骸"之说是极盛行的。

在以上的种种证据之下,可见《琱玉集》中转载的《同贤记》的孟姜女故事的传说是和现在的传说差不甚多的。

《同贤记》是什么书?我翻《艺文类聚》、《太平御览》等书中绝未发见,《隋书》、《唐书》的《经籍志》及《通志·艺文略》等均未见,想来是一部使人不甚经意的小书。

《琱玉集》的由来,日本森立之《经籍访古志》云:

《琱玉集》零本二卷(旧抄卷子本,尾张真福寺藏)。

原十五卷(《通志》卷六十七,《艺文略》七,类书类作二十卷),见存十二、十三两卷。……十四卷末记云:"……天平十九年岁在丁亥三月写。"文字遒劲,似唐初人笔迹,真罕见之宝笈也。但此书未详撰人名氏,其目仅见《见在书目》及《通志·艺文略》,知其佚已久。……

日本圣武帝天平十九年是唐玄宗天宝六年(747),可见这本书是中唐的日本写本,《同贤记》之作必在中唐以前。那么,这件故事的时代我们也可以知道最迟是在初唐了。

我因为得到这一个发见,使我很高兴去查唐写本书。罗叔蕴先生新印的《文选集注》残卷,是从古写本和影写本印下来的。这书上有李善及五臣注,李善是初唐人,吕向等五臣是中唐人,是此本最早亦在中唐以后。我想,这里边或许有孟姜女的故事罢。翻出曹植《求通亲亲表》来一看,果然得一奇异的发见。此本惜已残破,有了许多缺文。今为写定如下(因有缺文,故不能加以标点):

李善曰列女传曰齐□□□者□杞梁殖之妻也齐疾公□□战死杞梁之妻与子内外皆无□之亲既无所归乃就其夫之尸于城下而失之内诚动人道路过者莫不为之挥涕十日而城为之崩……列女□□□□□□未嫁居近长城杞□□□□□□□避役此孟姿后园池□树木□藏姿在下游戏于水中见人影反□见之乃曰请为夫妻梁曰见死役为卒避役于此不敢望贵人相采也姿曰妇人不再见今君见妾□□□□□□更嫁乎遂与之交□□□□□□□馈食后闻其死遂将□□□收其骸骨至城下问

> 尸首乃见城人之筑在城中遂向所筑之城兴城遂为之崩城中骨乱不可识之乃泪点之变成血……

这后一段的重要不亚于《琱玉集》所载,而描写之技乃过之。这后一段起首处“列女”二字似是书名之首。惜无从覆按。在这一段里应该注意的如下:

(1)孟姜名孟姿。(是姓孟而名姿呢?还是以孟姿为名呢?书阙有间,不可知矣。)

(2)孟姿居近长城。

(3)杞梁避役于孟姿后园。

(4)孟姿游戏水中,反顾见杞梁,请为夫妇。

(5)馈食。(当在杞梁赴役之后。因孟姿居近长城,故非难事。至馈食者是仆是孟姿则不能断定。)

(6)孟姿闻杞梁死,往收骸骨。以尸筑在城中,向城哭而城崩。以城中骨乱不可识别,以泪点之而变成血。

这一段里有独特之故事四:(1)名孟姿,(2)居近长城,(3)馈食,(4)泪点骸骨而变成血。这不但在古代故事中所不见,亦为现在传说所没有。

把这个故事和《琱玉集》的故事一比,便可以在避役、见浴、崩城之外发见两个类似之点:

《琱玉集》	《文选集注》
仲姿	孟姿
杞良燕人	孟姿居近长城

这是大可注意的。从这两个地方上看,可见这故事或是起于北方的。可惜长城太长了,不知所谓“居近长城”是燕一方面的长城呢?

还是秦一方面的长城呢？至孟姿与仲姿亦大可研究。我的猜想这些名宁可以分作两种猜想：

（1）先为孟姜，变为孟姿，再变为仲姿。

（2）先为仲姿，变为孟姿，再变为孟姜。

这两种都可以讲，因为（1）我们得到的“孟姜”一名的材料虽有《诗经》与《玉台新咏》的材料，但直接以“孟姜”称杞梁之妻者，始于敦煌的唱本，以前是没有得到。而《同贤记》的材料决在敦煌写本之前。我们不能说孟姜二字必由于《诗经》等书而来，也许是孟姿讹变的。（2）不是这样说，则仲姿、孟姿的姿字来得太突兀，它何以成为杞梁之妻的名也很难索解。如说由于姜字的讹变，则理由较为充足。这个疑问，除非将来再发见新材料时我们不能判定。

依我的揣测，仲姿一字当是由孟姿讹变来的。在《同贤记》里，孟是姓，姿是名；但后来孟字看作排行了，故这一讹使大小姐变成二小姐。否则仲字何来很难解释。如这个假定较为可靠，则取第一个假定（孟姜先于孟姿）较妥。

〔后记〕：

这篇《唐代的孟姜女故事的传说》，是顾颉刚师 1925 年 10 月 30 日至 11 月 2 日写的一个初稿，用毛笔写在毛边纸印的“京报副刊稿纸”上，共十一页。在他的日记中有以下的记载：

10 月 30 日　作《唐代的孟姜女故事》初稿五千言。

10 月 31 日　检隋、唐《艺文志》，为孟姜女故事。

11 月 2 日　作《唐代孟姜女传说》五千言，未毕。

11 月 2 日以后，就未有续作的记载，只是在年终总结“本年所作文”时，于末尾“本年预备而未作之稿件”中，列了一项“唐代孟姜女故事”。根据上述他自己的记载,可知这是一篇未写毕的初稿。

这个初稿比起他不久以后,在1926年春天写的《孟姜女故事研究》(《古史辨自序》中删去之一部分)中的唐代部分要详细得多。因为在《孟姜女故事研究》中,只是把这个传说作系统的叙述,“为研究古史方法举一旁证的例”(《古史辨第一册自序》第68页),所以“只是一个极简略的结账,任何材料都加以节缩,许多应说的话竟没有说”(《孟姜女故事研究集自序》)。此稿中的一些详细分析和论证,都是《孟姜女故事研究》一文中所没有的。因此,这仍是顾师研究孟姜女故事中的一篇重要文章,特缮清后发表。

王煦华

1981年11月26日

孟姜女故事研究*

——《古史辨自序》中删去之一部分

一、孟姜女故事历史的系统

1. 此故事最早见的，是《左传》。襄公二十三年（前549）《传》说，齐将杞梁在莒国战死；齐侯回来，在郊中遇见杞梁之妻，使吊之。她以为郊中不是吊丧的地方，把他却去。因此齐侯到她的家里吊了。在这一段记载里，只见得她是一个知礼的妇人。还有和杞梁同战的华还结果如何，书上没有记载。

2. 次见的是《檀弓》。它引曾子的话道："杞梁死，其妻迎其柩于路而哭之哀。"这是说明她遇见齐侯为的是迎柩；"哭之哀"三字又涂上了感情的色彩了。

3. 其次是《孟子》上的淳于髡的话。他道："王豹处于淇而河西善讴，绵驹处于高唐而齐右善歌，华周、杞梁之妻善哭其夫而变国俗。"他把杞梁妻的哭和王豹、绵驹的歌讴同举，并说因她的哭夫而变了国俗，可见齐国唱她的哭调的风气是很盛行的。据战国时

* 本文原载《现代评论》第二周年增刊，1927年1月。

的记载，雍门周以哭见孟尝君，孟尝君为之流涕狼戾；韩娥过雍门，曼声哀哭，一里老幼悲愁，其后雍门人善放娥之遗声：可见齐都中人的好唱哭调原是战国时的风气。所以我们可以怀疑淳于髡这话是倒果为因的：因为齐国有此风气，所以成了杞梁之妻的哭；她的哭中原有韩娥们的成分，她的故事中加入的哀哭一段事原是战国时音乐界风气的反映。

4. 在西汉时，她的故事依然向着这方面发展。枚乘《杂诗》说："上有弦歌声，音响一何悲？谁能为此曲，无乃杞梁妻？"王褒《洞箫赋》形容箫声的妙，说："钟期、牙、旷怅然而愕立兮，杞梁之妻不能为其气。"

5. 到西汉的后期，这个故事的中心忽从悲歌而变为崩城。刘向在《说苑》及《列女传》中都说她在夫死后向城而哭，城为之崩；《列女传》中并说她因无人可靠，赴淄水而死。这样的任性径行，和却郊吊的知礼的态度大不相同，刘向采入书中，可见"齐东野人"的传说的力量胜过了经典中的记载了。

6. 她哭崩的城的所在，东汉初年王充《论衡》里首说是杞城，并说给她哭崩了五丈(《变动篇》)。杞国当杞梁死时是在缘陵(今山东昌乐县)，离临淄很近，从莒到齐可以经过，这说如当实事看也说得通。顺从这一说的，有东汉末邯郸淳说的"杞崩城隅"(《曹娥碑》)，西晋时崔豹说的"杞都城感之而颓"(《古今注》)。

7. 三国时，她的故事忽然出了一个非常可怪之论。曹植在《黄初六年令》中说"杞妻哭梁，山为之崩"，又于《精微篇》中说"杞妻哭死夫，梁山为之倾"，可见那时有她哭崩梁山的传说。这种传说在王充时还没有，所以他驳崩城之说时尚说"哭能崩城，复能坏山乎！"他从大处极力的一驳，哪知不久就从他驳诘的理由中生出了新的传说来了。梁山崩是春秋时的一件大事(成公五年,纪元前586),当然在山陕间可以构成一种传说。这种传说和杞妻的传说结合,主要的理由固然为了她的哀哭的感天,但一半也因了杞梁的字“梁”,与杞梁的氏“杞”而崩杞城一样。这种传说似乎并不普遍(曹植文中既说“崩山陨霜”,又说“崩城陨霜”),后来便歇绝了。李白诗中虽有“梁山感杞妻,恸哭为之倾”(《东海有勇妇》)的话,说不定他是沿袭曹植所用的典故。(清《韩城县志》云,“孟姜女祠在大崩邨,今废。”或是这件故事的尾声。)

8. 东汉末,蔡邕著的《琴操》有《杞梁妻叹》一曲,这是第一次把她的歌辞写出的。歌道:“乐莫乐兮新相知!悲莫悲兮生别离!哀感皇天城为堕!”上二句是《楚辞·少司命》中语,下一句是她自己说堕城,都很奇突。此后叙述她的歌曲的,有西晋崔豹《古今注》和五代马缟《中华古今注》。崔豹说此歌是她的妹明月所作,马缟说是她的妹朝日所作。

9. 后魏郦道元在《水经注》中说她哭崩的城是莒城(“沭水”条)。这或因《列女传》中有“枕其夫之尸于城下而崩”的话,杞梁既死于莒,其妻也应该到莒去哭,所以由他自己改定的。这句话因为没有传说在背后衬托,所以没有势力;只有明杨仪及清王照圆一班读书人才在《明良记》和《列女传》注中引了。

10.《同贤记》(不知何人撰,见《琱玉集》引;日本写本《琱玉集》题天平十九年,即唐玄宗天宝六年〔747〕。可见此书是中唐以前人所作,《同贤记》又在其前)说燕人杞良避始皇筑长城之役,逃入孟超后园;孟超女仲姿浴于池中,仰见之,请为其妻。杞良辞之,她说:“女人之体不得再见丈夫”,就告知父亲嫁他。夫妻礼毕,良回作所;主典怒其逃走,打杀之,筑城内,仲姿既知,往向城哭。死人白骨交横，不能辨别，乃刺指血滴白骨，云："若是杞良骨者，血可流入。"沥至良骸，血径流入！便收归葬之。这个记载比较了以前的传说顿然换了一副新面目。第一，它把杞梁改名为良，并且变成了秦朝的燕人而筑长城了。第二，它把杞梁之妻的姓名说出了，是姓孟名仲姿。第三，杞良是避役被捉打杀，筑在长城内的，所以她要向城而哭。第四，筑入长城内的死尸太多，所以她要滴血认骨。这几点都很可注意。孟仲姿的姓名或是从孟姜讹变的，也许孟姜是从孟仲姿讹变的，现在没有证据，未能断定。说杞良为燕人，想因燕近长城之故，或者这一种传说是从燕地起来的。滴血认骨是六朝时盛行的一种信仰，萧综私发齐东昏墓一件事是一个证据。至于杞梁筑长城，孟仲姿哭长城，这里面自有复杂的原因。其一，是由于事实上的。隋唐间开边的武功极盛，长城是边疆上的屏障，戍役思家，闺人怀远，长城便是悲哀所集的中心。杞梁妻是以哭夫崩城著名的，但哭崩杞城和莒城与当时民众的情感不生什么关系，在他们的情感里非要求她哭崩长城不可。其二，是由于乐曲上的。乐曲里说到城的，大抵是描写筑城士卒的痛苦。如陈琳《饮马长城窟行》说"君独不见长城下，死人骸骨相撑拄"，王翰的诗说"长城道傍多白骨……云是秦王筑城卒……鬼哭啾啾声沸天"，张籍《筑城曲》说"千人万人齐抱杵……军吏执鞭催作迟……杵声未定人皆死；家家养男当门户，今日作君城下土"，都是。在这些歌词中，都有招他们的闺人去痛哭崩城的倾向。杞梁妻既以哭城和崩城著名，自然会得请她作这些歌词中的主人，把她的故事变为哭长城而收取了白骨归家了。

11.《文选集注》残卷（日本写本；罗振玉影印，题为"唐写"；其中引及李善及五臣注，最早亦在中唐以后）曹植《求通亲亲表》的注中说，孟姿居近长城，正在后园池中游戏，杞梁避役到此，她反顾见之，请为夫妻。梁以不敢望贵人相采辞之。她说："妇人之体不可再为男子所见"，遂与之交。后闻其死，往收其骸骨，知他筑在城中，便向城哭，城为之崩。城中骨乱难识，乃以泪点之，变成血。这段故事和《同贤记》所载极相像，说孟姿居近长城，和《同贤记》说杞良为燕人亦相近；又称孟仲姿为孟姿，和孟姜一名更接近了。

12. 敦煌石室中的藏书是唐至宋初人所写的。里边有一首小曲，格律颇近于《捣练子》，曲中称杞梁为"犯梁"，称其妻为"孟姜女"，又说"造得寒衣无人送，不免自家送征衣。长城路，实难行……愿身强健早还归"。这是开始从"夫死哭城"而变为"寻夫送衣"，孟姜女一名也坐实了。寻夫送衣一件事也是有来历的。我们读汉以后的诗，便可见用捣衣作题的特别多，这是因为沙场征戍客也特别多之故。如谢惠连的"裁用笥中刀，缝为万里衣"，柳恽的"念君方远徭，望妾理纨素"，庾信的"玉阶风转急，长城雪应暗"，杜甫的"宁辞捣衣倦，一寄塞垣深"，都是；但这是制衣付寄而不是自行。后来忍不住了（或是寻不到送衣的人），唐王建的《送衣曲》便道："去秋送衣渡黄河，今秋送衣上陇坂；妇人不知道径处，但问新移军近远……愿郎莫着裹尸归，愿妾不死长送衣！"她是一年一度的自己送去了。妇人送衣和杞梁妻有什么关系？唐皮日休《卒妻悲》云，"河隍戍卒去，一半多不回……处处鲁人髽，家家杞妇哀。"原来她们把自己的哀感算做杞梁妻的哀感，她们要借了她的故事来消除自己的块垒呢！至于"孟姜"一名，三见《诗经·鄘风》和《郑风》，又都加上一个"美"字，说不定在春秋时即以为美女的通名，像现在说西施或嫦娥一样。《大雅》又称古公亶父妻为"姜女"，或许后来此名即与在民众口头的孟姜即与相并合。杞梁之妻的名，或由孟姜移转而渐变为孟姿，以至孟仲姿（孟姜或由姜嫄致误，详说下陕西条）。

13. 唐宋周朴作《塞上行》，直用民众传说，云："长城哭崩后，寂寞到如今。"同时僧贯休做的《杞梁妻》也是这般，说："秦之无道兮四海枯，筑长城兮遮北胡；筑人筑土一万里，杞梁贞妇啼呜呜；……再号杞梁骨出土，疲魂饥魄相逐归。"后人不知道那时的传说，单见贯休这诗，以为是他的无知妄作。例如顾炎武在《日知录》中骂的"并《左传》、《孟子》而未读"；汪价在《中州杂俎》中骂的"乖谬舛错，皆由僧贯休诗误也"。他们不知道一种传说能够使得文人引用，它的力量一定是大得超过了经典。贯休诗中这样说，正可见唐代盛行的孟姜女故事的面目是这样的呢。

14. 北宋祥符中（1008—1016）王梦徵作安肃的《姜女庙记》（一作《孟姜女练衣塘碑刻》），此碑至明隆庆间发见。这是我们知道的孟姜女庙的最早的一个。又同官的孟姜女庙是北宋嘉祐中（1056—1063）县令宗谔重修的。因为她的人格日益伟大，所以列入了祀典。

15. 南宋初，郑樵在《通志·乐略》中说稗官之流把杞梁之妻演成万千言，可见那时有把这件故事作为小说或平话的。

16. 约略与《通志》同时的《孟子疏》说："或云，齐庄公袭莒，战而死；其妻孟姜向城而哭，城为之崩。"这是杞梁之妻的孟姜一名见于经典的开始。

17. 南宋周煇著的《北辕录》记淳熙四年（1177）贺金国生辰事，中云："至雍丘县，过范郎庙，其地名孟庄，庙塑孟姜女偶坐，配享者蒙恬将军也。"这是范郎之名见于载籍的第一次。雍丘原即西周时的杞国，那地又有孟庄，说不定这个庙宇是从她的姓和最初所说哭崩的城上转出来的（现在的唱本和小说都说孟姜是孟家庄人）。至于杞梁的变为范郎乃是形讹（“杞”字一变而为《文选集注》的“checkbox”，再变而为敦煌小曲的“犯”，三变而为与犯同音的“范”）而兼音变。

18. 元陶宗仪著的《辍耕录》中所载院本名目，在“打略拴搐”类里有《孟姜女》。院本是金国的剧本，或者这本戏是十二世纪中的产物。这是我们所知道的孟姜女戏剧中的最早一本。明沈憬著的《南九宫谱》中引《孟姜女传奇》二则：一是筑城者唱的，中有“本是簪缨裔……儒身挂荷衣”之句，可见其中说秦始皇用了儒生筑城；一是范郎的母亲唱的，中有“懊恨孤贫命，图一子晚景温存”之句，可见其中说范郎是由寡母抚育成人。（元末高则诚做的《琵琶记》说“譬如范杞郎差去筑城池，他的娘亲怨望谁？”辞意与此同。）南曲谱虽未说明这一本传奇是何代人所作，但南曲导源于宋，南曲谱所引的曲文多是很古的，明徐渭《南词叙录》所录“宋元旧篇”中有《孟姜女送寒衣》，疑即是此。如果这一个假设不误，这本戏可以定为我们所知道的孟姜女戏的第二本。元钟嗣成做的《录鬼簿》中，彰德人“郑廷玉”条下有《孟姜女送寒衣》，这是北曲中的整本孟姜女戏，可惜也失传了。在北曲中偶然说到孟姜女的地方，可以注意的有二条：一是马致远做的《任风子》，说“想当时范杞良筑在长城内”，一是武汉臣做的《生金阁》，说“杀坏了范杞梁”。在这两条中，可以知道元代的孟姜女故事对于范郎有斩杀的传说，又可见杞梁既因“杞”而改姓了范，但名中仍保存了杞字，变成了一个重床叠屋的姓名。后来范希郎、范三郎、范四郎、范士郎、范喜郎、范杞良、范纪良、万喜良许多不同的名字就都在这上生发出来了。

19. 从明代的中叶到末叶，这一百八十年中忽然各地都兴起了孟姜女立庙运动。这个运动缘何而起,我至今还没有明白,不过借此可见"孟姜女哭崩长城,携取了范杞梁尸骨"的一个传说的势力扩大极了,逼得文人学者不能不承认它的历史上的地位了。天顺五年(1461)编成的《大明一统志》说:"孟姜女本陕之同官人,秦时以夫死长城,自负遗骨以葬于县北三里许,死石穴中。"这大概是志书中正式记载这个后起的传说的第一回吧?同官之说,前所未闻;孟姜女成了同官人,于是她从齐籍转入了秦籍了。弘治五年(1492),杞县西滩堡建孟姜女庙,在周烨所见之外又多了一处(见《古今图书集成·职方典》三七八)。正德十四年(1519),张镇作安肃县知县,从古迹中剔得孟姜女祠,把它重建起来,在郑昱作的记中,说这是孟姜女的故里,有"濯衣塘"。这把她说成了燕国人,恐与《同贤记》所说的"燕人杞良"和《文选集注》所说的"居近长城"有些渊源,在记载中虽见得很晚,但这个传说的起源是很早的。嘉靖十三年(1534),湖南巡抚林大辂修澧州孟姜女祠。澧州人李如圭在祠记中说孟姜女是秦时澧州人,范郎供役长城,她在嘉山筑台而望,久待不归,乃亲去寻夫,这又把她说成了楚国人了。李如圭是知道同官的古迹的,所以他替这两种传说作伐,说澧州是她的生处,同官是她的死所。其后陕西人马理做的《同官孟姜庙碑记》、《孟姜女补传》及《孟姜女集》等就完全采用了这一说,甘心牺牲了《一统志》同官产之说了。隆庆三年(1569),周以庠作安肃知县,梦见了孟姜女,又寻得了北宋的石刻,就立孟姜女墓碑,又建忠节堂,祀他们夫妇。照这样说,孟姜女是生于安肃,又是葬于安肃的了。万历二十二年(1594),重修同官县庙。就是这一年,山海关尹张栋建贞女祠于山海关。她与山海关发生关系是最后起的传说,但到现在三百余年中是最占势力的。张时显做的碑文(1596)说她姓许，居长，故名许孟姜；范郎到辽筑城，她前去寻觅，知道他已死，就痛哭而绝。又黄世康做的碑文（见《鬼冢志》附录）上也说她姓许，嫁给关中范植；范郎去后，寡姑亦死，她葬姑寻夫，见了白骨，痛哭三日夜而死；扶苏、蒙恬表封他们官爵，把他们合葬，这一天，飞沙凝成了望夫石，海中涌出了一个圆岛，就在岛上筑坟，石上建庙。在这个传说上应当注意的，她忽然姓许，和她的丈夫合葬在山海关。至此，她的坟墓已有了四处：一是同官，二是安肃，三是山海关，还有一个早被人们忘却的临淄旧墓。崇祯十三年（1643），山海关副使范志完又把山海关的庙宇重修了。在不记年代的庙宇中，又有潼关一处。詹詹外史（冯梦龙的别号）的《情史》中说孟姜负骨归家，到潼关，筋力竭了，坐山旁而死，土人替她立庙。于是她的死所又多出了潼关一处，想来那地也是有她的坟墓的。

20. 在明代中，各地的民间的孟姜女传说像春笋一般地透发出来，得到文人学士的承认。但是他们的承认是有条件的，因为他们已经读了书了，闻见广了，多少有些辨别推究的能力了。他们对于这种传说的态度，可以分做两种。第一是硬并，要把向来不同的传说并合到一条线上。例如上面举的同官和澧州各有孟姜女的传说，李如圭要把它们并合起来，说她是生在澧州而死在同官的。如此，这两个传说便可相容而不相冲突了。但这个伎俩是要穷的，例如安肃、山海关、潼关的传说，他便没有方法再去并合。何况同官的传说原说她是同官人，他何得牺牲了这个传说的一半，硬把澧州的并合上去！第二是硬分，要把变迁得面目不同的传说分别为漠不相关的两件事。例如《情史》中把杞梁妻和孟姜分做两人，黄世康碑文中说孟姜哭夫“有如杞妇，还追袭莒之魂”，王世懋《孟姜祠歌》说：“精灵直遇杞梁妇。”这种办法，固然是最简便的解决方法，但又不免太不顾事实了。

21. 清宣统二年(1910),上海推广马路,开至老北门城脚,得一石棺,中卧三尺余石像,当胸镌篆书“万杞梁”三字。上海的城是嘉靖三十二年(1553)筑的,这像当是筑城时所凿。筑城时何以要凿这一个像,这不得不取《孟姜仙女宝卷》的话作解答。宝卷上说秦始皇筑长城,太白星降童谣,说“姑苏有个万喜良,一人能抵万民亡;后封长城做大王,万里长城永坚刚”,于是秦皇下令捉他,筑在城内。这是江苏的传说,为的是太湖一带“范”和“万”的音不分,范姓转而为万,又加上了厌胜的信仰,以为造长城要伤一万生民,只有用了姓万的人葬在城内才可替代。上海既在这个传说的区域之内,筑城的年代又正值这件故事风靡一世,各处都造像立庙的时候,所以就凿了石像埋在城底,以求城墙的坚固。在这个传说里,说万喜良是苏州人,孟姜女是松江人。这也是现在最占优势力的传说。

22. 清代学者是最淹博的,他们很瞧不起明代学者的浅陋,所以孟姜女的故事在明代虽蓬蓬勃勃地透露了出来,但一到了清代便不由得不从地平线上重压到地平线下去了。他们对于这件故事的意见,可以分为四派。第一派是只信《左传》而不信他书的,如顾炎武《日知录》、朱书《游历记存》等。他们说她既能却郊吊,又何至于路哭;齐君既能遣吊,又何至于使杞梁暴骨沟中。他们寻它的变迁,谁人始说崩城,谁人始说崩长城,分得十分清楚。他们对于这些变迁,虽是只骂前人的附会,但这件故事的演化的情状已能作大致的揭发了。第二派,信得宽了一点,可以信到汉人之说了,如钱曾《读书敏求记》、梁玉绳《瞥记》等。他们说崩的城是齐城,贯休之误是由于不考《列女传》。冯梦龙的《东周列国志》也是这样说。第三派是再宽一点，肯信哭崩长城之说了，但因要维持孟姜们是春秋时的齐人之故，所以说这个长城是齐的长城而不是秦的长城。例如《职方典》“山海关”条说：“不知其谓长城者，乃泰山之下长城，非辽东之长城。”《长清县志》又据了《管子》“长城之阳，鲁也；长城之阴，齐也”，而说春秋时已有长城。其实若被她哭崩的城确是齐长城，何以哭崩秦长城的话未起时只听到崩杞城、崩莒城之说而听不到崩齐长城之说呢？第四派转了一个方向，说孟姜女既不是杞梁妻，也不是从杞梁妻传误的，乃是《汉书·匈奴传》中说的筑城的汉将之妻，她是在丈夫死后把城修完的范夫人。主张这一说的有俞樾《小浮梅闲话》和何出光《木兰祠赛神曲》。他们把“范”字和“城”字固做对了，可惜把“杞梁”和“崩城”又做错了。

23. 从清代到现在，这件故事的方式大概如下：(1)查拿逃走，(2)花园遇见，(3)临婚被捕，(4)辞家送衣，(5)哭倒长城，(6)秦皇想娶她，她要求造坟造庙和御祭，(7)祭毕自杀，秦皇失意而归。惟在蒙古车王府所藏唱本中见有数本，都说秦皇怜其贞节，赏与玉带，并无欲得之意；又陕西唱本说始皇封她为贞烈女孟姜，云南唱本也说秦王封她为一品贞节夫人，令澧州建造节孝牌坊：这三说较为别异。至于在生的地点上，以苏州(万)、松江(孟)为最有力，华州、余杭(范)、务州、澧州(孟)次之；在死的地点上，几乎一致地说是山海关，只有一小部分说是潼关和长安。李如圭所考定的一个是早已不通行的了。

二、地域的系统

以上所说的是就这一件故事的纵的系统上看。如果我们更就横的系统看,那就可以再得到以下许多。(用现在的政治区域来分固未善,但在故事的区域未确定时只得暂用分省的办法。)

1. 山东

它是这件故事的出发点。事实发生在齐郊。哭调是在齐都中盛行的。《檀弓》和《孟子》的作者也都是山东人。汉代起来的传说说她投的淄水和崩的杞城也都在山东。所以在这件故事的初期七百余年(公元前549—公元200)之中,它的根据地全没有离开过山东的中部。就是后来郦道元说的莒城,也是在山东(今莒县)。

在这个区域内的古迹,杞梁故宅在益都县,杞梁墓在临淄县。又从张夏到泰安道中经过的长城铺(属长清县)说是孟姜故里,其地有姜女庙。临朐县南的穆陵关(齐长城的关)也有杞梁妻哭崩之说。她投水之处说在益都故宅西北二十里。总之,这些古迹都在临淄(齐都)的四围。

但是这个区域中的传说,现在是衰微极了,不但不能伸张它的势力到外面来,反而顺受了外面的传说的侵略。据济宁的传说,孟姜女是松江人;万喜良是苏州人,为避筑城逃到孟家入赘,年余后始因孟公庆寿而破露,捕埋城下;孟姜哭倒长城时,自身也压死在城下。那地又有美孟姜歌,也称她的夫为万喜良。在这种上面,很可见它受了江苏南部的影响。又齐东县《十二贤歌》称孟姜为许孟姜,这当是受的河南和直隶的影响。

在泰安买到的唱本,是北京的鼓词。济南瑞林斋有刻本《哭长城岭儿调》,其中事实和鼓词相同,只有说用了罗裙包夫骨而埋葬是小异。

2. 山西陕西和湖北

三国时,曹植始言杞妻哭崩梁山。梁山向来说为河西韩城,清崔述始依了《诗经》和《左传》的证据说在河东(山西);但他又说:"当跨河在冀、雍之界上,故能阻塞河流。"大约山西和陕西的山虽给黄河破了开来,但山脉相连,河东梁山的对岸的山也可以加以同样的称谓。如果确是这样,我们可以说这件故事的区域是在今山西的西南部和陕西的东部。在这一个区域中,她的故事真多极了。

先说山西。曲沃县侯马镇南浍河桥土岸上有手迹数十,是她送寒衣时经过浍水,水涨不得渡,以手拍南岸而哭,水就浅了下去;这手迹便是拍岸时所留遗。现在岸已崩徙,迹仍不灭。从这条路线上看,她寻夫时是从西南到东北的。又潞安也有姜女祠。

从侯马往西南,是陕西的潼关。明人冯梦龙的《情史》和汉口的《送衣哭夫卷》说她负骨归家,到潼关时力竭而死,潼关人替她立庙。这是说她死在潼关。江苏的《仙女宝卷》说她到潼关去寻夫,大哭崩城。这是说被她哭崩的城是潼关。

从潼关往西是华州。广西刻本《花幡记》和厦门刻本《哭倒万里长城歌》都说范杞郎是华州人。我起初寻不出它的原因,后来知道了:孟子说"华周杞梁之妻",周和州同音,所以《汉书古今人表》

便写作"华州"。以误传误的结果,于是"华周和杞梁的两位夫人"竟变作了"华州人杞梁的夫人"了。

华州的西南是长安。云南唱本中说她到长安,对城踢脚大哭,北门城墙一齐崩倒。广西的《花幡记》也说她哭倒了长安的长城八百里。长安并没有长城,或许从这"长"字变化出来的。

长安的北面是耀县,耀县的北面是同官县,同官县的北面是宜君县。那三处是这件故事的最重要的地点,故事的性质也极悲壮。大意是说:孟姜负夫骸骨归来,沿了北洛水南奔;追兵将到,她逃到北高山(同官北五十里)中,渴极了,大哭,忽然地下涌出泉水来了。(因为它的声音永远像呜咽一般,故名哭泉;又因是她的节烈之气所感,故名烈泉。)她又走了一回,倦得利害,逃不动了,追兵紧随在她的后面;正在无奈之际,忽然山峰转移,遮回了她,把追兵隔断了(后来这山就叫做女回山)。她走到同官水湾,气力已竭,把丈夫骸骨放在西山(一作金山)石穴下,自己坐在旁边死了。土人敬重她的贞节,就地埋葬;又塑了夫妇两像,立庙祭祀。石穴中有洞隙,祭祀的时候可以看见金钗的影子。这座庙在同官北三里,宜君南三十里,壤地交错,又涉及耀县,所以在这三县的志书上都有记载。《关中胜绩图志》说"女回山横断无路,忽道从峡口出",可见其险。《耀州志》驳遮回之说,以为是负骸回经其间故名,这也不过用了常理来驳辩奇迹罢了。这件故事,犹存着汉代人烈性感天的想象,和崩山之说极相近。

明《一统志》说孟姜女是同官人。清《陕西通志》也这样说;又说适范植仅三日(《郡国志》同)。《耀州志》引乔世宁《孟姜女传》,说"秦法,役怠者辄填城土中死",和《同贤汇》所载相同,异乎江、浙间厌胜之说。明季三原人马理作《孟姜女补传》、《祠碑记》、《孟姜女集》,为孟姜女故事的一个汇集,其中录同官传说尤多。但他和乔世宁一样地信了李如圭的话,一口咬定孟姜女是澧州人;他的碑记中又称为"前秦澧州人",甚可异。他的文中称孟姜之夫为范喜,又范郎,又范喜郎,想来是以"喜"为名,以"郎"为称谓的。乔世宁说:"其夫范氏,亡其名,称曰范郎",也是以郎为称谓之词。最近西安文明堂刻本《钱角坟》十张纸说孟姜女配范三郎,婚后未满一个月就别了。她送寒衣去时,始皇封她为贞烈女孟姜。兴平万世堂刻本《王桂英哭杀场》中也是这样说,但又称她为孟长姜。秦腔中有《哭长城》剧本,但未见其书,不知道是怎样的。

再有一件奇怪的事情。明黄世康做的《山海关孟姜碑文》起首说她是"关中范植妇",原和陕西通志的话一样,但下面说她"出秦岭而西,循漆川而北",则便不可解。她住在关中,要到山海关寻夫,须向东北方绕走,何以竟向西北走去呢?这恐怕是他误抄了陕西的传说,而陕西的传说乃是向西北的长城去收骨的。(看他们说孟姜是同官人,又说她负骨沿北洛水南旋可知。)那么,陕西人说的哭崩的城,一定不是山海关和潼关,更说不到是杞城和莒城了。

至于同官一带的孟姜女故事何以会得这般发达,我敢作一假设,大约是由"姜嫄"转误的。《诗经·绵》篇说"民之初生,自土沮漆",《生民》篇又说"厥初生民,时维姜嫄",可见姜嫄原是沮漆间的伟大人物。沮水出宜君县北,漆水出同官县东北;两水把同官夹在里面,到耀县而合流。或者年代久远,姜嫄的奇迹渐渐失去,适有杞梁妻崩城和崩山的传说起来,那地的人就把她顶替了。如果这个假设将来有证实的时候,我敢说孟姜女一名亦即由姜嫄而来。

韩城县的大崩村也有孟姜女庙。照我们想,梁山在韩,这应当是崩山之说的残遗。但县志上说:"孟姜女石上手迹在大崩村长城旁，孟姜女寻夫，哭而城崩”，那么这个古迹也是归到崩城上的。或者崩城之说的势力太强了，他们只得把这大崩村的本地风光丢掉了。甘肃方面的材料，除了敦煌写本小曲以外，没有得到什么。这自然因为交通不便之故。从前的玉门关的征戍客积了多少愁怨，送寒衣的故事一定是极占势力的，将来这一方面大有发见许多新材料的希望呢。

湖北汉口宏文堂刻有《送衣哭夫卷》，又题“宣讲适用送寒衣”。卷中说河南灵宝县人范杞良早丧父，年十八，母为娶姜家女孟姜。过了两天，他就被官差拉去筑城。范母念儿心切，过了三年，病死了。孟姜负土成坟既毕，就包了衣履寻夫。她过了陕州，到潼关，向陕西行去。走了十余天，思念亡姑，在途痛哭，忽然面前起了一阵旋风，向北而行。她祷告之下，知道这是婆婆的鬼魂，就随着旋风走。又过了二十余天，逢见一老人，名塞翁；他告她，筑城的八十万人夫，不上一年已都拖死了，死后就填在城中；并告她，孝子的骨是洁白的，范杞良既孝，可滴血在洁白的骨上。她一路受仙人点化，菩萨保佑。到长城后且哭且寻。第三天上还寻不到，她就把身子向城上撞去。忽然间天崩城裂，长城倒坏了三千余丈，反把孟姜倒退了三里远，晕死在地。她醒转时，望见长城已成平地，即走进城基，滴血试骨。寻得了丈夫的尸骸，哭了一会，忽然想起被朝廷察觉，拿去问罪，岂不是连这尸骸也不得回乡，便慌忙打开衣包，捆束好了背起就走，叫唤范郎冥魂跟着南行。她由神灵暗护，日夜行走，翻山过岭，脚不停留，七天七夜到了潼关。她两眼血淋，坐在落雁崖前，寸步难行。男女们数千人上山来看，她将夫骨放在身边，痛哭诉情，听的人没有一个不流泪的。过了三天三夜，她死了。潼关人敬重她，把他们夫妇尸骸合葬崖下，造烈女祠。在这一本卷里，是说她往西寻夫的，黄世康所说“出秦岭而西，循漆川而北”，正是她的路线。但什么地方是她取骨的所在，依然没有指出。我们可以说，这个故事大概是同官的故事的分化，潼关的冢墓是全抄金山岩的老文章的。湖北的西北部接着河南和陕西，说不定这件故事是灵宝至潼关间的故事，而从丹江和汉水流入湖北的。

湖北方面的材料现在得到的很少，仅知道汉口的戏剧中有《五仙女临凡》一本，是演孟姜女的，其中有“仙女下凡”及“哭长城”等节目。这戏当是用汉调唱的，看戏名可见其情节和江苏的《仙女宝卷》相近。

3. 直隶、京兆和奉天

在这一个系统上，发见的材料中时代最早的是《同贤记》所说的“燕人杞良”。现在有徐水（安肃）、山海关和绥中三处根据地，但都是不相统属的。

徐水县治北里许，路西有村名小新安，相传是孟姜故里，村中有濯衣塘，说是孟姜女的浣衣处。旁有孟姜女祠，明正德间建；隆庆间掘得宋碣，又建忠节堂。堂侧有姜女墓。她的生死都在一地，和同官的传说相似。这地方所以有此传说，或者因范阳（故城在县治北固城镇）和范郎在文字上有些关系而然，但这只是一个极薄弱的假设而已。这个地点在故事中并不占势力，只因从前驿道所经（今京汉路仍之），容易给人看见，所以在游记上提到的也很多。

静海县在徐水东约二百里，那地有两种《姜女卷》，也许留得一点徐水的传说。卷一大一小，僧人也唪诵。大卷未见。小卷说许孟姜七岁即念佛行善；十五岁，由父母命嫁范杞郎。刚三日，范即被点赴役。他不耐苦，逃归，给官兵追回，在长城捉打杀，筑在城内。他托梦给她，她就织了一领赭黄袍，又织寒衣（卷中描写织的花纹极详）。织就后亲自送去，把黄袍献与始皇。始皇要娶她，她请在葬夫后。她到长城堤下痛哭，土地与城隍把城墙推倒了。她滴血认骨，要求始皇用黄金棺殡殓，一下子撩了罗裙跳入水中。始皇敬重她，造了一座姜女庙。静海又有一歌云："孟姜织黄袍，三百六十条；只为范杞郎，一年织一遭。"这把捣衣变成了织衣，想来静海方面织黄袍的女工是很多的，从她们的意想里构成了这类的歌和卷。那地又有一谜，内有句云："哭倒长城十万里。"如果这样，她不但把长城完全哭倒，而且已超过了原有的长城十余倍了。

山海关也是道途所经，那地的风景尤好，而且是长城的终点，所以这个后起的地点可以压倒许多先前所称道的地点。关东八里有望夫石，石上有乱杵迹。这在当地人的心目中自然是以为孟姜是住在山海关的：因为她在本乡盼望这个远戍的丈夫，所以有望夫石；因为她想预备寄寒衣时就在望夫石上捣衣，所以留下了许多乱杵迹。但这个地点给外来的人知道了，他们心中原有从南到北的孟姜女的，而山海关已是北方的边境，就把她的居住地武断为她的行程的终点，说这石是在她死后指定的，于是望夫的名义和捣衣的杵迹都没有了着落了。海涯外一里许有一小岛，夏天水涨时微露顶面，但无论怎样的大浪总打不倒顶上草青处，冬天水冰之后是滑不可登的，这就是孟姜女的墓。《临榆县志》说："有石出海上，形肖冢，人以为姜女坟"，言外颇有不信任之意。孟姜女庙就筑在望夫石上。那边的碑记一致地说她姓许，从陕西到此，痛哭而死。黄世康的碑文中又有"飞沙凝石，遂变望夫之形；圆岛涌波，忽示佳城之势"的奇迹。明陈绾《姜女坟》诗云："孱躯虽死志未灰，化作望夫石磂磂；江枯海竭眼犹青，望入九原何日起。”这也是替后起的望夫石传说圆谎的。照这段故事看，范郎的白骨她早已滴血寻得了，还立在石上遥望有什么意义。又现在的唱本传说，凡是说她到山海关收尸的，总说秦始皇想娶她，这或者因孟姜女庙和秦皇岛太接近了，容易生出这个联想之故。据说京奉车过山海关长城时，常有几个年老的近处人在车上指着城缺，说：“现在这火车能够通过万里长城，全亏了孟姜女的一哭啊！”下面就紧接着讲这件故事。可见在他们的意想中，以为铁路的过道是孟姜女哭崩的。

直隶古北口有姜女祠。这和山海关一样，为的是一个关隘。

北京的《大鼓书》中有“孟姜女寻夫”，分《离乡》、《入梦》、《宿店》、《路叹》、《认骨》五折。结果，她是投海死的。又有《哭城牌子曲》，说她千里寻夫，被神风刮到山海关；始皇知道，赏给她羊脂玉带，表扬她的贞节。又有歇后语二则，表示范郎的被埋和孟姜的善哭。又从老妇人口中，知道她由葫芦中出生，这是江浙间的传说传到北方的。

奉天东南部的绥中县有孟姜祠，祠前有望夫石，相传即其墓。土人说秦始皇欲纳她为妃，她触石而死。绥中在山海关东北百余里，这个古迹当然是山海关的分支。在那地人的意想里，这方石有三种用处：一是望夫，二是尽节，三是葬身。

山海关为往来东三省必经之路，这件故事的势力既大，想起由此分化的当不止绥中一支。又朝鲜离直隶、奉天均近，去年马衡先生往游，购得朝鲜文《梁山伯》唱本而归，孟姜女的故事也未必没有流传。这都待将来的发见呢。

4. 河南

从《北辕录》中，知道宋代雍丘的孟庄有范郎庙，并以蒙恬配享，表示她哭崩的是秦的长城。雍丘即今杞县，在河南东部；孟庄在县治西二十里。这个孟庄后来就成为唱本、剧本中的孟家庄。当时所以在此立庙，或者因孟姜的"孟"字和孟庄有些关系而来。如果确是如此，那么，那个地方的人一定说孟姜是生长在杞县的了。杞县西滩堡有孟姜女庙，明弘治五年建。这不知是否即孟庄的一个？

元代彰德人郑廷玉作的《孟姜女》杂剧，想来总写出些河南的故事，可惜已失传了。现在河南流行的孟姜女唱本有一种是极有势力的，东自开封，中经许昌，西至南阳，一律通行，不但有刻本，且有卖歌的乞丐歌唱着，民众口中成诵的也不少。这可以说是统一河南全境的唱本。其中事实的大概，是：江宁县富翁许员外，无子，晚得一女，因爷姓许，娘姓孟，认的干娘姓姜，故叫许孟姜。她在十六岁时，配给城南同庚的范希郎。过门后不到一个月，秦始皇点民夫修边墙，就把他点了去。她有一天梦见丈夫，恐其苦寒，就辞别翁姑前往送衣。途中艰苦难行，为观音所救，送至边墙。她询问土夫，才知道丈夫不能受苦，给他们处死，葬在边墙里了。一时昏晕过去；阎王不收，又醒了过来。她望城痛哭，惊动了上天张玉皇，传旨打倒边墙，让她领取尸首。一霎时，龙王、雷公将边墙打倒了二三里。她滴血认尸后，正包裹欲走，忽然秦始皇来了；他见她美貌，要封她在昭阳。她要求四件事：（1）银顶金棺成殓，（2）文武百官穿孝，（3）昏君随后拄哀杖，（4）埋到东海岸上。他件件依了。工毕时，就拉了罗裙蒙面，跳入江心。龙王把她救回龙宫，认作干女儿。这个唱本，把杞县一说完全丢了，反把她俩认为江宁人。我很怀疑这是江苏北部的故事而流入河南的。这有三个证据：第一，"江宁"在清代是江苏北部的省会；第二"东海"想是指淮海一带的海，今江苏徐海道也有东海县（即海州）；第三，"江心"怕也是指宁、扬一带的江。总之，这三个地方都是江苏所有而是河南所没有的。江苏的徐州和河南的归德壤地相连，或许是从那里传过去的。倘使果是如此，则大可借此窥见江苏北部的这一件故事的面目了。（关于这一方面，至今没有集到一点材料。）

江苏南部最通行的《孟姜女唱春调》十二月的和四季的，开封的人也歌唱，"万"字不改为"范"。借此可见河南的故事受江苏方面的影响之大。

云南传说范希郎是陈州人（今为淮阳县），这也许和杞县有些关系。厦门《御前清曲》说范杞郎是叶州人，倘不是指的叶县，便是华州的误写。汉口《送衣哭夫》卷说范杞良是陕州灵宝县人，那里离山西的曲沃和陕西的潼关都近，恐有些来历。

以上三说，都是说孟姜的丈夫是河南人的。

5. 湖南和云南

湖南的孟姜女故事似乎到明代才露脸的，但很不可轻视。临澧境内有姜女汶，为澧水所经；它的南岸有小山，顶有姜女庙，建筑已旧。临澧东境为澧县，县治东四十余里有新洲（一作东南三十里新城镇），洲有嘉山，一名孟姜山，面临澧水，风景秀丽。上有姜女庙，甚堂皇。庙前一峰名望夫台，是孟姜女望范郎处。山下有石四方,各尺许,光明可照,传为姜女镜石,石上有很清楚的脚迹(今石已堕入水中)。台旁有小竹,名绣竹,一名刺竹,叶子破碎得像丝缕一般。相传孟姜女到台上望夫,一路做着针黹,随手把针划叶,后来就变成了新种。孟姜女的故宅在山麓。明嘉靖十三年(1534),湖南巡抚林大辂和澧州知州汪倬增修庙宇,名贞烈祠,又有百练堂。里人李如圭作祠记,说孟姜女是秦时本州人,夫范郎往筑长城,她在山上筑台而望;久久不归,她不惮险远,亲往寻觅,但寻夫之后莫知所终。李如圭是到过同官,听得那边的故事的,于是他并合了两处的话,说她是生在澧州而死在同官的。后人信这说的很多,澧州便真成了她的出生地了。

这件故事,依我的猜测,和舜妃是有关系的。《山海经·中山经》云:"洞庭之山,帝之二女居之,是常游于江渊,澧沅之风,交潇湘之渊,是在九江之间,出入必以飘风暴雨。"这是说洞庭的女神常游于江、澧、沅、湘之间,以至常有风雨,原为楚人对于洞庭多风雨的一种神话的解释。《楚辞·九歌》中有《湘君》和《湘夫人》二篇,叙述相思望远之情,非常的轻迅映丽。篇中都有"捐余玦(一作袂)兮江中,遗余佩(一作褋)兮醴浦"的话,醴即澧。湘君和湘夫人当然都是湘水之神,篇中有"帝子降兮北渚"的话,或即《山海经》的"帝之二女"。自战国末以"帝"为人王阶位的称号,又适有舜娶尧二女的传说,于是秦博士就说湘君是尧女。适会舜有野死之说,于是《述异记》和《博物志》等书都说舜崩于苍梧之野,尧之二女娥皇、女英追之不及,相与恸哭,以涕挥竹,竹上文为之斑斑然;其他又有相思宫、望帝台(这种话虽初见于晋人的书,但看秦博士的话,这种传说是早应有的)。因为有这个传说,所以洞庭东岸有黄陵庙祀尧女。又因尧女有这样一段哀艳的故事,和杞梁妻很相像,所以容易起人联想,例如庾信《哀江南赋》云“城崩杞妇之哭,血染湘妃之泪”,又拟咏怀云:“啼枯湘水竹,哭坏杞梁城”,都是。临澧和澧县在洞庭之西,正是帝女湘君游嬉的地方,与黄陵庙遥遥相对。说不定舜妃的故事传去之后,他们把帝子湘君忘了;孟姜女的故事传去之后,他们又把舜妃忘了,把舜妃那一套家伙都赠与她了:所以舜妃有望帝台而孟姜女有望夫台,舜妃挥泪于竹而成斑文而孟姜女也把针划叶而成绣竹。

湖南西部的乾城县的民歌说孟姜女寻夫有“踢一脚来哭一声,万里城墙齐齐崩”的话。城崩由于脚踢,和云南传说相同。

湖南的孟姜女故事在东面几省似乎毫没有势力,但西面的云南省则颇受到它的影响。昆明的孟姜女故事的唱词有三种:(1)《孟姜女寻夫》,是卖唱的瞎子们唱的;(2)《孟姜女哭夫》是小孩子们唱的。这两种都是小曲;(3)《孟姜女全传》,分《鸳鸯配》、《尽忠义》、《阴曹府》、《平山岭》四卷,很像弹词,是和着金钱板、道琴等乐器而唱的。全传书首叙述历代沿革,至“嘉庆皇帝登龙位”而止,自是嘉庆间人作的。内容大概说:秦朝湖广澧州孟家庄富翁孟老者,妻王氏,生女孟姜女。孟姜年十六,父亲已近八十,及欲替她招赘。一天,老者得梦,土地指示他,明天有一少年来借宿,可招为婿。果然,翌日有一自称应考归家的范希郎叩门借宿,老者问明来历,知道是陈州范员外第三公子,就把他招赘了。成婚三日,忽有钦差牟合来拿逃兵,他们才知道秦王筑长城,范郎被征当兵,因他生得伶俐,秦王赐给他令箭、飞虎旗,叫他管十万人马。他在沙场贪了玩耍,天天打阵摸混江(当是赌名),把赐来的东西都输去了。秦王知道大怒,贬他亲自筑城。日挑土,夜挑砖,受苦不过,逃了回来,哪知竟结下了这重姻缘。这时范郎被捕,姜女送了一程,痛苦而回。他到了京师，秦王令御林军将他四十军棍打死，尸骸筑在长城之内，使他永世不得翻身。姜女在家等了三年，杳无信息，朝夕啼哭，哭声惊动了森罗大王，命判官查生死簿，知道范郎是娄金狗转世，姜女是鬼金羊转世；范郎阳寿未绝，死后居枉死城中。他便放他出来，令他托梦与妻。他告她，他的父名范德仲；又请她前往长安收取尸骨。她醒来，就别父母向长安而去。到平山袁达关，为强盗所抢，锁闭后堂。幸牢头好心私放。到界牌路不能辨路，跌死尘埃，太白星君下凡救她，把她渡过洋子江，又赐她乌鸦一对领路，她跟着到长安。乌鸦站在长城上，她就对城踢脚大哭，北门城墙一齐崩倒。她滴血认骨，滴到第七尸，认到了。巡城官周易感她的孝（意义见下），带她上朝启奏。秦王嘉其千里寻夫的大孝，传旨将尸领回，封她为一品贞节夫人，令澧州知州当衙建造节孝牌坊，上写“冰壶玉洁节孝孟姜女坊”十大字。她到澧州，知州迎旨，吩咐人马轿子送她归家。她到家时，知道二亲都已身亡，愈加悲哭。忽然想起范郎托梦的话，陈州有他的父母兄长，就派人接到澧州，合为一家。姜女寿至九十九岁。这一个传说如果确与澧州方面的一样（过袁达关时，叙述湖广及澧州的钱粮和风景等甚详，想来未必是云南人作的），那么，孟姜寻得了夫骨之后原是安安稳稳地回家的，说不定澧州还有她的坟墓呢。

云南南部的个旧县有歌云：“你是山中一块柴，拿来人间做骨牌……低头吃水孟姜女。”可见云南有把她的故事画上骨牌的；画中作低头吃水之状，当是受陕西哭泉的影响。

四川和贵州方面的材料全没有得到。（云南刻本《孟姜女全传》虽标“西蜀荣焕堂刻本”，但据陈松年的证明，乃由荣焕堂的主人系川籍之故。）云南既能隔省而受湖南和陕西的影响，想来那两省的传说也是属于这一系统的。

6. 广东和广西

广东海丰客家族说孟姜女是一个孝女。她的父亲给人埋在长城下,她傍城大哭,城墙为她倒塌了八百里。她把父尸觅到了。后来补筑倒塌的城墙,终于随筑随崩,故至今长城依然留着缺处。又海丰十二月山歌也说“哭崩长城八百里”(广西《花幡记》也这样说)。海丰《邪歌》有“四角面巾涂里拖,中央绣出孟姜女”的话,可见这件故事有登入绣货的。又有二谜,把孟姜女做谜面。海丰东面的潮州,歌曲中有《送寒衣》,见《百代公司留声片目录》。

以上诸项,别的都很平常,惟独说孟姜女为孝女是一件可惊诧的事实。这个疑窦直到见了广西的唱本时方才明白。广西刻本《歌饯临风》中列孟姜女为“二十四孝”之一,但只说她寻丈夫的骸骨;又《花幡记》也以“目莲救母”、“孟宗哭竹”等起,而以她的送寒衣为行孝之一。读了这些,才知道那边的人民不但称子女善事父母为孝,即妻妾的善事夫君也是一例的称为孝的。后得云南的《孟姜女全传》,说城官和秦王都为她的孝心所感动,始知道西南各省关于这一义是很普遍的。孟姜的变为孝女而寻父尸,当然由此转讹。

福佬族对于这件故事的传说,是:秦始皇有一宝鞭,给他一打,天下的石都归到长城下。孟姜女的丈夫被点,身弱不能做工。不久死去,给人埋在城下。孟姜女寻到长城,知其已死,大哭不已,感动了天地,上帝命五雷下降,把城墙裂开,由她取了骸骨。

广东三点会祭陈玉兰姑嫂时,须读一篇很长的哀歌,里面也有孟姜女寻夫的故事。

广西象县的传说,是:范四郎为秦始皇点去造长城,吃不惯苦,私下逃走。六月六日那一天,风俗上不论男女,为要祓除炎热晦气,都要到莲塘洗澡。孟姜女在家中莲塘举行祓除,刚刚解开罗裙,忽见对面塘边有一男子伸首私窥。她因私处已给他瞧见,除死以外只有嫁给他的一法,就嫁与了。谁知结婚未满三朝,给官差侦知,把他拿去,舂在城墙内。她到长城,寻了七天七夜,横尸太多。寻不到,感动了太白金星,趁她昏死的时候,把她的灵魂引到丈夫被舂的地方,并教说她滴血之法。她醒来时,照了他的话,还是寻不到。她气急大哭,哀声震动了天地,城就崩倒了。她寻得了骸骨,负归埋葬。在这一则故事里,还保存得《同贤记》所写的形式。

象县的《孟姜女十二月歌》,意境与江苏唱春调所叙相同,完全是闺怨之辞,不说到寻夫的事实。其中称夫为范士郎。

桂林文茂堂刻本《孟姜女花幡记》有较完备的叙述。它说,东京秦王抽民丁筑长城,华州范杞郎只十五岁,也被抽去。他不堪其苦,夜行日藏地逃入务州(亦作武州)。务州富家女孟姜女正在思嫁,她到泗水烧香,许下三愿:凡见她在杨柳树下脱衣裳的,见她在百花楼上巧梳妆的,见她针黹穿线绣鸳鸯的,就愿意嫁给他。六月中,她在园中池塘洗浴,把衣衫挂在杨柳树上,轻轻下水,忽见树上有人,忙穿了衣问他,知道他是范郎。她便叫他下水,和她成双。他不肯,她加以恫吓:说,"如若不然,便要报官捉你这个长安逃出的民丁了!"范郎惊怕,只得在杨柳树下依了她的请求。她带他见父母,说明情由,交拜成亲。那时夫妇谐和,如鱼得水。一天蒙恬点工,少了范郎一人。追到武州褚光县,知道他躲在孟家庄已历两个月了。他捉去后,就被蒙恬腰斩,筑在长城里。他的灵魂变了凤凰,衔书与孟姜,嘱她早嫁。她不听,做了寒衣亲自送去。一路经过泗州堂、蟒蛇村、饿虎村、雪雨村、山林、桂香村,到泗州,遭逢诸般苦辱。泗州没有船渡,龙王差夜叉把她渡过了。到长城后,不见范郎,在城边哭了七天七夜,哭倒了长安的长城八百里。感动了太白星,指示她觅尸的法子。觅到后解下衣衫包了,把三尺白罗当作花幡,引了亡魂走出长安。蒙恬奏知始皇,捉孟姜上殿。始皇见她貌美,要册立她为皇后。她要求三件事:(1)斩蒙恬伸夫冤,(2)唤僧道做斋诵经,(3)御驾亲祭范郎,送他归天。始皇一一依了。她捧了香炉,在江边祝告范郎:"有灵有威神灵现,鬼灵无感嫁君王!"说话未了,范郎显灵立在黑云头,一朵黄云托起了孟姜女,升天去了。蒙恬鬼魂呼冤,她说:"我们都是星宿,是五行的相剋呢!"这一篇故事极可注意:第一,她在杨柳树下逼范郎成亲,和《文选集注》所引同;第二,她包了尸骨,用花幡引亡魂出长安,与贯休诗"疲魂饥魄相逐归"语意同。恐怕广西的传说还保存得唐代的这件故事的大概。那时的孟姜女是一个活泼泼的女子,并不曾受过诗礼的化育;那时寻尸的结果是要归葬,并没有要挟秦始皇去办国葬呵。这个唱本里又有几处应当注意的:一是崩的长城在长安,二是泗州和武州(或务州之讹)的地名。书中说及泗州六次,务州二次,武州一次。而且孟姜女一出门已到了泗州堂,经了许多山村快到长城时又是泗州,可见作者眼底的天下是很小的。泗州在安徽的东北,错入江苏的西北部。武州,历史上共有六个,其中一个是下邳(见《隋书·地理志》),离泗州极近,不知是否即此。如果是此,那么,这和河南最通行的一个唱本怕有些关系了。务州,当是武州之讹。如果武州反是务州之讹,那么,浙江金华县是隋置的婺州,或许是"婺"字传误的。又按,务州之说在南部诸省中甚有力,不但孟姜女的故事如此，广东海丰的梁山伯与祝英台的《节义全歌》也说："务州梁家一子儿。"

7. 福建

南宋时，莆田人郑樵在《通志》中说稗官演杞梁之妻的故事成万千言，邵武士人所作的《孟子疏》又以"孟姜"二字入疏，想见当时福建方面这个传说的有力。

福州平讲曲有《姜姬英女运骸》一本，言华周死于莒，他的妻姜姬英借足了金银亲往赎尸，挈婢同行，途中历尽艰苦，至九龙山，为强盗所追，华周鬼魂救之得脱。这是杞梁妻故事的分化。

近年福州儒家班中有《孟姜女》一本，中分《长亭别》、《遇盗》、《过关歌》等阕。过关歌有旧唱和新唱两种：旧唱即是浙江的《孟姜女四季歌》；新唱也是闺怨体。《遇盗》中有"恨恶仆起谋心将婢来害，可怜奴孤身失落山林"之句，和浙江、江苏的故事相同。

厦门调有《捉杞郎》，见《百代公司唱片目》。厦门的《御前清曲》是采元明杂剧散套译为土语的，因康熙中曾一度进御故名。曲中关于这件故事的有五阕，一为《路叹》，二为《到长城》，三为《见蒙恬将军》，四、五为《哭夫》；中说范杞郎是叶州门道村的秀才，早丧父母。厦门又有通行的唱本两种：一即桂林《花幡记》；一是《孟姜女哭倒万里长城歌》，厦门人敕桃仙用土语编的。歌中说，武州孟家庄的姜女在家思嫁，在城隍庙烧香许愿。六月到园中洗浴，遇见杞郎，成了婚配（情节与《花幡记》同）。蒙恬点军，不见杞郎；屈指一算，知道他逃在孟家，便派兵捉获，押到长城斩了，葬在城内。他的灵魂变了莺哥，到姜女处报说他死了。她做了衣送去，经过了泗州堂、百花卷、西山当、大东山、恶蛇村、猛虎埔、麒麟嶅、太行山、树林堂，洋子江、三条路，碰到了许多危险；由神灵保护，始得过去。太白金星化做白鹤，把她引到了长城。她问番官，知道杞郎已死，大哭，哭倒了长城数百里。杞郎神魂灵应，三十六骨化为一堆。她滴血觅得后，用衫裙包骨，脱乌巾做幡，烧化纸钱，引魂远去。蒙恬把她捉到宫中，秦王要娶她做后；她要求了建庙宇、杀蒙恬、亲身下愿几件事情，他都依了。三个月后杞良庙宇造好，姜女入庙行香，蒙恬破腹斩首以祭。杞郎神魂化做祥云，她就逃入。秦王见其白日上天，骂为妖精。她在云头回骂三声，骂得他两脚浮浮，落在东海里做了一头春牛，年年春天给人看，留下了万古的恶名。这篇故事是大体根据于《花幡记》的。

8. 浙江

平湖县治东二十九里有苦竹山，又名捣衣山，离乍浦镇二里，高丈余，广数亩。山下有"孟姜捣衣石"，旧名"一片石"。乍浦八景，其六曰"孟姜捣石"。乍浦又有孟姜故居。这一说只见于《平湖县志》，或者是早已忘却的传说了。《花幡记》说姜女住在务州。务州若是婺州之误，那么金华或许也有孟姜故居。

绍兴一带是孟姜女故事极盛行的地方。"目连戏"中有《孟姜女》戏，戏中的故事大概是：有两个贼到一个员外的家里偷南瓜，回来剖开，里边乃是一个人。他们怕了，送回去。员外把这孩子养大，名为万喜良。后来秦始皇造万里长城，要有一万人筑在城里，惟有万喜良一人可以抵当万人，便下令捉拿。孟姜女也不是人生的，是在葫芦里生的。又绍兴中秋祀月必供南瓜，相传古时有月华堕入瓜内,剖开看时成一女子,即孟姜。这些传说有两点是该注意的:其一,万喜良和孟姜的本体就是神仙,不像他处的传说必须死后成神或神人投胎;其二,是把这件故事落在厌胜的模型里,不像别的地方说范郎因私逃被杀或体弱病死而筑在长城内的。厌胜的传说,江浙一带都很流行。就绍兴说,明知府汤绍恩在三江筑应宿闸不成,梦神告须用木龙血胶合;正踌躇间,忽见一学童的书包上署名莫龙,顿悟神语,执置之石下,闸基乃固,后在闸旁立莫龙庙祀他。近年造沪杭甬铁路到曹娥江,预备筑铁桥,适教育厅调查学龄儿童,一时谣言蜂起,说凡是调查到的儿童都要填塞在桥底的。因为有了这种背景,所以这件故事也就跟着变了。

绍兴流行的《孟姜女四季歌》,即是福州的《过关歌》旧唱;不知道这是哪里作了流到那里的。至《十二月花名歌》,则是江苏的歌而流入浙江的,因为唱春调是江苏的调子。这歌几乎在浙江全境内通行。

浙江的《孟姜女》唱本似乎都是江苏过去的,惟宁波老凤英斋刻的《孟姜女五更调》是用宁波话做的。

绍兴道士作法事,内有“翻九楼”一项,高搭了桌子翻弄花样,花样中的一种唤做“孟姜女纺花”。平湖“羊皮戏”(剪羊皮作的影戏)中亦有孟姜女送衣事。又男巫祭神和石匠工作时所唱辞也都有此。摸数算命和鸟衔牌算命中也都有旧孟姜女的牌。又骨牌游戏中有一种排列猜枚的方式,唤做“孟姜女寻夫”。

上海印的唱本和演的戏剧,有几种说范纪良是余杭人。余杭离平湖不远,或许是捣衣山的故事所演化的。今将《戏考》中万里寻夫和弹词本《孟姜女》合叙于下:秦朝的兵部尚书余杭人范启忠与赵高不睦,死后其妻蔡氏继逝,单传一子纪良,在家读书。始皇要造万里长城,赵高借此报仇,说长城工程浩大,须伤百姓万人;范纪良是一个奇异之人,若得他祭禳,可抵万人之用。始皇准奏,令蒙恬前往捉拿。吏部尚书李洪和范启忠交好,派人急速送信。纪良逃到松江,进孟隆德花园歇息。隆德亦曾官上大夫,因始皇无道,告老还家。他只有一女名孟姜,因曾梦见观音,对她说必须见她肌肤的人才可嫁,故父母和她议婚她都不愿。这一天,她在园中扑蝶,用力过猛,扇落池内。她正挽起衣袖,探水取扇,纪良怕她跌下,不觉喊声小心。她见了他,询问来历,他直说了。她因臂膊已给他瞧见,便禀明父母嫁他。不意仆人呼唤傧相喜娘,消息漏出,给蒙恬捕去,始皇令在长城下斩了。孟姜备了寒衣,亲自送去,由仆人孟兴、婢女春兰伴送。途中孟兴起了不良之心,将春兰推落湖中,逼孟姜和他成亲。她假说要取山腰红花为媒,把他也推落涧中去了。她独行到了顺天,关官疑她是流娼,要她唱曲,她就唱了一首《四季歌》(即福州《过关歌·旧唱》)。她到长城,知道丈夫已死,大哭,哭崩了城墙的一角。蒙恬见了她,送至朝中。始皇欲封她为妃。她要求三事:(1)将范纪良尸首礼葬,(2)满朝文武挂孝,(3)礼毕到望泮桥望乡。始皇一一依了。礼毕,她回转行台,修书与母诀别,就到桥上跳水而死。孟隆德接到这信,由别房过继螟蛉;范家也立了嗣。在这个故事里,多出了范郎父亲的和赵高结怨,观音的托梦给孟姜女,孟兴的杀婢欺主,关官的勒迫唱曲等等,和江苏的故事同了一半。

9. 江苏

江苏南部的孟姜女故事是最后起而现在最占势力的。凡是这一方面的故事，都说孟姜女是华亭县人，万喜良是苏州元和县人。因为江苏的文化发达，上海书肆操着全国书籍的发行权，所以上海石印的孟姜女唱本直销到浙江、福建、湖北、山东、河南、山西诸省，无形中改变了全国民众对于这件故事的记忆。现在北京的秦腔女演员演孟姜女剧，也说孟姜的丈夫姓万而是元和县人了，她过关时也唱花名歌词了；湖北熊佛西在美国寄回来的《长城之神》的剧本也以万喜良为名了，孟姜女的嫁他也以"扑蝶落扇，臂为他见"为原因了。

江苏南部民间最流行的是唱春调的《孟姜女十二月花名》，或是由十二月花名节缩而成的《四季花名》。这种歌也传到浙江、湖北、河南等处，浙西尤通行。歌中全是闺怨之词，借了孟姜女的名字而写出思妇的悲哀，和这件故事的本身并没有什么关系。例如"桑篮挂拉桑树上，勒把眼泪勒把桑"，不即是唐人诗中的"提笼忘采叶，昨夜梦渔阳"吗？"满满斟杯奴不喝，无夫饮酒不成双"，也不即是诗经中的"岂无膏沐，谁适为容"吗？但新编的《孟姜女特别花名》（上海久益斋石印本）和《最新孟姜女十二月花名》（南京刻本）都是有本事的了。又苏州恒志书社刻本《孟姜女五更调》说"听唱好新闻，新闻有名声"，又把这件故事认作新闻了。

河南唱本说范和孟都是江宁人，不知道在江宁本地有这个传说没有？普通都说孟姜为华亭人，当是由华州演变来的。孟姜生于南瓜中的传说，民众间亦承认，但不及绍兴的普遍。又苏州有"裙带鱼（狭长的海鱼）为孟姜女的脚带所变成"的传说。

有一个最通行的唱本名《孟姜女万里寻夫》，不知道印过了几千万册了，几乎每个书摊上都找得到，各省也都传去了。这唱本上说，秦始皇造长城，没有神仙不能造成，伤百姓太多；天上神仙知道了，化了凡人送信，说苏州万喜良可抵一万人。始皇听得大悦，立了皇榜捉他。榜文挂到苏州，万员外打发儿子逃生。他逃到松江，匿在孟家花园的树下。这天孟姜到园游玩，一阵狂风，把她的扇子吹入池中；唤婢不来，她就脱去了衣服下池捞取。忽见树下有人，问知其故，她便说："我是立过海誓山盟愿的，见我白肉的是我的夫君；现在我就嫁给你。"同到父母处，说了。正在挂灯结彩，给外面知道，把孟家围住。喜良捆绑上船，到长城时已患病；筑城三天就死了。孟姜准备寒衣，叫孟兴送去。孟兴知道喜良已死，到苏州嫖赌完了。孟姜梦见喜良，得悉实情，决心自送寒衣。过了终七，辞别父母而行。她经苏州后，到浒墅关，关官逼她唱曲，她就唱了《十二月花名》。一路走去，经过望亭、无锡、高桥、六社、横林、戚墅、丁堰、常州。她到清凉寺中叩祷，观音命韦驮和城隍保护，土地引路，限于七日七夜内到长城。从此经丹阳、镇江、黄河，到长城。她向城大哭；喜良阴魂显圣，城倒露出尸骨，她滴血认了。鞑子报了上去，把她解至金殿。始皇见她貌美，要封为正宫。她要求三事：(1)制长桥一座，十里长，十里阔，(2)十里方山造坟墩，(3)万岁身穿麻衣到坟前祭奠。他件件都依了。工竣后，排驾起行，过了长城，上长桥，过了长桥到坟前。祭毕，始皇要她同回宫庭，她骂了他一顿，投入长桥下死了。皇后知道，封他们夫妇为大王和天仙，又骂始皇无道。他大怒，绑皇后到法场。太后知道，赦回皇后，封赠喜良们。这个故事除了末段的滑稽趣味以外，可注意的是它所用的地名。它记苏州到常州的驿站很清楚(即今沪宁路所过的几个站)，但常州以西就只知道丹阳、镇江两个大城，过了镇江就只道是黄河与长城了。在这样寒伧的地理知识上，可以见出作者确是一个苏州的民众文学家。

还有一本《孟姜仙女宝卷》，也是很通行的。现在所知道的它的流传的地方，已有浙江、广东、广西诸省了。卷中说，冬至节，诸仙叩贺玉帝退班后，各自游行三界。仙姬宫管蚕桑的七姑星，斗鸡宫管禾苗的芒童仙官，游到南天门前，望见下界杀气冲天。芒童仙知道秦皇要造万里长城，立愿去救万民灾祸。七姑仙劝住他，不听。她心中不安，要救仙弟的难，也下凡了。芒童仙投到苏州万家，名喜良，父万天心，母郑氏。七姑仙到华亭，不愿受胎产的血污狼藉，见孟家庄冬瓜甚大，就遁入瓜中。这一颗冬瓜，是孟家仆人孟兴所种，但瓜藤牵到隔邻姜家而生。孟家主人孟隆德是一个财主，没有子女。姜家只有一个年近八十的老婆婆，孤苦非凡。这天孟兴去采瓜，姜婆因生在她的地方，和他争夺。地保判断，两家对分。孟兴正要切下时，仙女在瓜中着急大叫。他们大胆问明，在边上剖开，只见里面端坐着一个女孩。孟兴把女孩抱去；姜婆抢不到手，奔到县署声冤。县主断此女为两家公有，取名孟姜女；姜婆和孟公合为一家。两家都满意而退。不久，姜婆死了。孟姜长成，父母要替她招赘；她说愿意修行侍亲。其实，她很明白，她此来是为接应仙弟的，不过借此推托而已。一天，玉帝登坛，查悉他们私自下凡之事，大怒，命太白金星降下童谣。始皇听得童谣中有“姑苏有个万喜良，一人能抵万民亡”的话，就出皇榜捉拿。喜良逃到松江，见座花园，挨进暂停。其时孟姜念佛课毕，到花园散心，忽然一阵狂风，把她吹跌莲池之内。她连叫救命，惊动喜良，跑出挽她起来。孟公出来，问了他的来历，孟姜心中明白，是为了结这一段尘缘来的。孟公向他说亲，即行喜礼。不料给钦差知道，在合卺时捕去了。他到了长城，城官因其代万民而死，侍奉十分殷勤。李斯奏请郊天祭地，赐万喜良王爵，封为长城万里侯万王尊神。始皇从之，亲往致祭（祭文上写“正统十年”）。他一路受尽惊吓，已病半月，此时魂不附体，如木偶一般。太监武士等替他换了衣冠蟒袍，扛在长城地坑中，四面泥土掩定。他一灵回家，托梦给父母，说封了万里侯，死也甘心了。他又到孟姜处去，见她正在哭着，说：“当年劝你不要下凡，你不听我，现在害得侬同来受苦！”他托梦与她，嘱其亲到长城，请始皇敕建万王神庙。她辞别父母，哭泣上路。到了潼关，大哭一声，城头坍了；原来喜良显灵，把他的尸骨露了出来。潼关总兵把她解到金殿；始皇见其美，要她嫁与。她要求三事：(1)造丘坟，(2)造万王庙，(3)御驾亲祭。他一一依了。一个月后完工，始皇亲祭，焚帛烧锭，火光熊熊。她渐渐近火，始皇正唤她留心，她已跳到火里，化作一阵青烟，上天去了。始皇叫苦连天，命人寻看尸骨，但毫无踪影。他疑心孟姜是仙女，又在万王庙旁造起仙女宫来。孟隆德与万天心本是好友，此时万家老夫妇把住宅舍与常州清凉寺，遣散僮仆，住在孟家。四老一同念佛修道，南海大士前往点度。孟姜上天，和喜良相见，携手同归，拜见四位父母。大士降临，带领他们同见玉帝。家僮使女从长城归来，只见四老盘足而坐，音乐喧天，冉冉脱凡上天去了。大士向玉帝说情，赦芒童和七姑无罪，复原职；四老也派了天官职事。这一篇故事，婆子气重极了，只因“宣卷”的事本是在婆子社会中流行的。它说万喜良本是为救万民来的，孟姜女本是为救仙弟来，而又未经投胎，不昧本性，一切的痛苦都是她预料到的。太白星的降童谣是为完成喜良们的志愿的，她跌到池内是给风吹下的（无扑蝶的游戏，也没有裸浴的轻荡），喜良葬在长城内是穿了蟒袍封为“万里侯万王”的，万、孟两家父母都是由大士超度到天宫的，这是何等的慈祥，何等的有礼仪，何等的美满呵！

还有两种章回小说，是脱胎于上面说的唱本、宝卷、戏本的，都是上海石印本：一唤做《孟姜女万里寻夫全传》，凡十六回；一唤做《哀情小说孟姜女》(又名《万里寻夫贞节传》)，凡十二回。这二种也都流传到直隶、河南、湖北诸省。

《万里寻夫全传》中说，孟姜女是孟隆德晚年所生，长益美慧。她从一绣花娘学绣，这人是一个节义妇人，教她读书，数年中学成了满腹经史。万喜良在苏州，以学问著名。其时始皇要造长城，有一散仙恐其伤百姓过多，知道喜良是仙人转世，该受此劫，就往见始皇，说万喜良可抵代一万个夫役的死。始皇就行文到楚国，令楚王捉拿，楚畏秦强，只得到苏州张贴榜文。万员外嘱儿子易服逃生，县尹往查，说是喜良游学齐、鲁去了。秦使回国，始皇大怒，传旨无论何国一体严拿。这时孟姜十六岁了，父母正要同她招婿，她得了一梦，梦见花园中莲开并蒂，鸳鸯交颈；正在赏玩时，却起了一个霹雳，风雹齐下，把莲花打碎，鸳鸯打死了。她醒来，到父母处说起此事；他们也说得到了同样的梦。这天，孟姜绣倦，进花园纳凉，忽见一双飞舞的蝴蝶，上前扑着。不料用力过猛，跌入池内；两腿沾泥。因在夜间，就脱衣洗澡，全身白肉为万喜良所见。她抬头见他，羞得无地自容，穿衣唤他，问明情由，便要嫁与。喜良不肯，她拉他到父母处，以死求婚，他只得应允了。消息泄漏，钦差趁结婚时前往搜查，终于在柴房内搜出。喜良到长城做工三天，就死了。督工官命人把他埋在城内，不到数天城工已完，以前坍塌的地方也都修好。始皇欢喜，封他为督理长城之职，派王贯代主祭他。孟家派孟兴前去探视，他到时正值御祭，回来不敢声张，只说姑爷卧病。他们又派他把寒衣和银两送去。他到苏州眠花宿柳，一年后用光了才回去，说姑爷死了。这夜孟姜梦见喜良，具悉孟兴诓骗之事。

明天要捉他时，他早已逃走了。她立志前往寻骨，过了七七，和仆孟和、婢小秀同行。喜良托梦时，曾给她一双黑鞋。醒来时就变了一对小鸦，她喂养着。起行之日，不知路径，在灵前祷祝，只见那对小鸦朝着她乱叫。她们起身后，就由它们领路。先到苏州，拜见了翁姑。有一天，忽地出来一个打棍人，把孟和打死，把小秀丢在山腰，原来这正是孟兴。他逼她成亲，她心生一计，把手巾包了石子，失手落在涧中，说包内有黄金二十两。他贪财心切，顺崖下取，给孟姜投石打死了。她孤身半夜走到辛店，听得一家有机声书声，请求借宿。这读书的小孩名韩信，刚七岁，已立了灭秦的大志了。她到木德川，行李给贼人抢光。到曹家店，幸遇店主相助，得了些盘缠。到浒墅关，关官不放；她唱了《十二月花名》，他也落泪了。出关后，遇见一个挈着小孩的老妇，给她一封枣子，陪她在望亭睡眠。她半夜醒时，面前睡着大小二虎，她惊骇晕去。明天醒时，只见留着一个简帖，上写："浒墅关土地奉了菩萨法旨令本关山神母子前来搭救，所食枣名火枣，是仙家的妙品，食过十二枚便可一年不饥不渴。"自此以后，她不吃东西，行路也有精神。她在路上日诵经卷，黑夜也不停宿，只管往前走。有一天，她走过一条有妖怪的山路，给她天宫中的姐妹麻姑和许飞琼救了，从云中送到无锡。孟姜由此过高桥、六社、横林、戚墅、丁堰到常州。常州南门有个清凉寺，她叩门求宿，招待她的两个女冠原来是华周、杞梁之妻。她们自哭夫之后，虽蒙齐君抚恤，终是穷无所依。二人往山中挖菜煮食，忽然挖出一个何首乌，吃后白发变黑，皱纹平舒，不饮不渴，年纪不过二十外，众人都称她们为仙人。活到一百余岁，亲丁俱无，又加乐毅伐齐国内大乱，恐为强暴所污，到清凉寺出家。自从到此以来，已经了一百余年了，这天，孟姜女进殿哭拜菩萨，梦见菩萨命韦驮和各府州县城隍土地在七日七夜之内送她到长城；又令浒墅关山神将劫贼押到长城，将赃物跪献与她。华周、杞梁之妻听得了菩萨的命令，十分钦敬，说她这样贞烈，自愧不如。她到丹阳，见慈航寺香火极盛，进去参拜，忽然霹雳一声，把能言的活菩萨打死，现出白毛老猿的本相，原来它受不起她的一拜，送行的韦驮把它打死呢。在这里，她又遇见了高渐离之妻。从此到金山，因无钱渡江，到大王庙祷祝，大王把她在蒲团上送过去了。她到黄河，又无法渡过，愤激投下，韦驮把她送过去了。第七天上，果然到得长城。她依了神示，找到了六角亭，拍着城墙大哭，把头碰去，许多神灵着了急，赶紧推倒一段城墙。她昏晕醒来，见死了的劫贼跪在旁边，将衣包跪献。她把包打开，把骨殖一段段地拾取，放在衣服里，缺少一双鞋子，两双小鸦落下来，就是鞋了。这时守城官奏知朝廷，始皇派赵高提捉。孟姜见了赵高，破口大骂。赵怒，命将喜良骨烧化成灰。兵卒去时，见有两虎守着，不敢走近。赵高带孟姜见始皇，不易孝服；始皇爱其美，命王贯替他说亲。孟姜要求三件事：(1)造十里长桥，(2)造十里方阔的坟茔，(3)皇帝和大臣往祭。始皇一一依了。这座桥跨过了鸭绿江，好似飞虹亘天。祭后，始皇要孟姜同归。她一直跑到长桥，大骂始皇，高叫丈夫，跳下去了。始皇叫人打捞，不知去向，原来她的尸紧贴在江岸呢。始皇回京后，她又自己漂上岸来。守城官把她盛殓，暗暗地埋在喜良坟内。皇后骂了昏王，险些遭斩，给太后救下。万员外听得孟姜死耗，立主招魂，又为他过继一子，到松江搬取隆德夫妇同居，弄孙自娱。这本小说大约是一个略略通文的人做的，所以知道那时的苏州属于楚国，又知道有高渐离、韩信诸人。最奇怪的，他会使孟姜女和杞梁妻会面，并使杞梁妻自愧不如。

哀情小说《孟姜女》里，用的新名词很多，分明是这十几年中的作品。起首与宝卷一样，叙述孟姜的诞生的神话。下说万纪良的父万启忠与赵高不睦，辞职退隐。太白星降下童谣。赵高公报私仇；李斯谏阻无效。皇榜挂到苏州，纪良由家人万祥陪伴逃出。中途，万祥给土匪杀害了，包袱、银两悉被抢去。纪良到孟家花园，与孟姜相遇。正在合卺时，即被蒙恬捕去。解到长城，封侯受祭，埋于城内。他的魂到孟姜处，听她正哭述天宫谏阻下凡的事，他恐和她见面后她要寻死，不如让她到长城去吃一番辛苦，造一座庙宇的好，就不托梦与她，飞向外面去了。孟姜亲送寒衣，途中婢为仆害，仆又受孟姜的诳而落涧，她一人独行，作歌自叹（闽、浙通行的《四季歌》）。过把城关（即长城总关），关官疑她是歌妓，要她唱曲，她就唱了《十二月花名》。她一路哭泣，到了潼关，还觅不到，披散了头发撞去；万杞良阴魂把城一推，城就开了。蒙恬送孟姜上殿，始皇要娶她。她要求三事：（1）殓杞良，埋长城下，（2）万岁亲自祭奠，文武挂孝，（3）丘坟前造一座万里长城侯万王神庙。始皇都依了。祭毕，她和他携手至望萍桥上，纵身向河中跳下，即化为仙体，和纪良同驾云头到松江会见四老告别，上天宫归位。尸首捞不着，李斯请建仙女庙。这是全把宝卷作底而用他种有力的传说（如万父和赵高结怨，孟姜女途中唱歌，跳水而死）把它修饰的。

三、研究的结论

这一件故事仅仅断续地研究了一年多，所得的材料亦仅由同志钱南扬（肇基）、钟敬文、刘半农、郑鹤声、郑宾于（孝观）、常维钧

(惠)诸先生供给,虽已激起了许多人的“小题大做”的批评,但我自己觉得,这实在是极不完全的。(读者不要疑我为假谦虚;只要画一地图,就立刻可以见出材料的贫乏,如安徽、江西、贵州、四川等省的材料便全没有得到;就是得到的省份每省也只有两三县,因为这两三县中有人高兴和我通信。)我想,如能把各处的材料都收集到,必可借了这一个故事,帮助我们把各地交通的路径、文化迁流的系统、宗教的势力、民众的艺术……得到一个较清楚的了解。这比了读呆板的历史,不知道可以得益到多少倍。至于小题大做,乃是不成问题的,因为天下事只有做不做,没有小不小,只要你肯做,便无论什么小问题都会有极丰富的材料,一粒芥菜子的内涵可以同须弥山一样的复杂(但这是生着势利眼的人们所不能理会的)。现在试从这一点贫乏的材料中提出几项故事的大趋势瞧一下(里边有许多未考定的事实;因便于称说,不悉列明):

第一,就历史的文化中心上看这件故事的迁流的地域。春秋战国间,齐、鲁的文化最高,所以这件故事起在齐都,它的生命日渐广大。西汉以后,历代宅京以长安为最久,因此这件故事流到了西部时,又会发生崩梁山和崩长城的异说。从此沿了长城而发展:长城西到临洮,故敦煌小曲有孟姜寻夫之说;长城东至辽左,故《同贤记》有杞梁为燕人之说。北宋建都河南,西部的传说移到了中部,故有杞县的范郎庙。湖南受陕西的影响,合了本地的舜妃的信仰,故有澧州的孟姜山。广西、广东一方面承受北面传来的故事,一方面又往东推到福建、浙江,更由浙江传至江苏。江浙是南宋以来文化最盛的地方,所以那地的传说虽最后起,但在三百年中竟有支配全国的力量。北京自辽以来建都了近一千年,成为北方的文化中心,使得它附近的山海关成为孟姜女故事的最有势力的根据地。

江浙与山海关的传说联结了起来,遂形成了这件故事的坚确不拔的基础,以前的根据地完全失掉了势力。除非文化中心移动时,这件故事的方式是不会改变的了。

第二,就历代的时势和风俗上看这件故事中加入的分子。战国时,齐都中盛行哭调,需要悲剧的材料,杞梁战死而妻迎柩是一个很好的题目,所以就采了进去。西汉时,天人感应之说成为一种普遍的信仰,在那时人的想象中构成了奇迹,如荆轲刺秦王的白虹贯日,邹衍下狱的六月飞霜,东海孝妇冤死的三年不雨,都是。杞妻的哭,到这时便成了崩城和坏山的感应,以致避兵而回,因渴泉涌。六朝、隋唐间,人民苦于长期战争中的徭役,一时的乐曲很多向着这一方面的情感而流注,但歌辞里原只有抒写普泛的情感而没有指实的人物。"此中有人,呼之欲出",于是杞梁的崩城便成了崩长城,杞梁的战死便成了逃役而被打杀了。同时,乐府中又有捣衣、送衣之曲,于是她又作送寒衣的长征了。再从别地的风俗传说上看这件故事中加入的分子。陕西有姜嫄的崇拜,故杞梁妻会变成孟姜女。湖南有舜妃的崇拜,故孟姜女会有望夫台和绣竹。广西有祓除的风俗,故孟姜女会在六月中下莲塘洗澡。静海有织黄袍的女工,故孟姜女会得织就了精工的黄袍而献与始皇。江浙间盛行着厌胜的传说,故万喜良会得抵代一万个筑城工人的生命。西南诸省有称妻妾事夫为孝的名词,故孟姜女会得变成了寻夫崩城的孝女。其他如滴血认骨之说,如仙人下凡救劫之说,如葬姑寻夫之说,也莫不有它的来历。

第三,就民众的感情与想象上看这件故事的酝酿力。一件故事,一定要先有了它的凭借的势力,才有发展的可能。所以与其说是这件故事中加入外来的分子,不如说从民众的感情与想象上酝酿着这件故事的方式。例如上条所举，杞梁妻哀哭的故事是由于齐都中哭调的酝酿，崩城和坏山的故事是由于天人感应之说的酝酿，孟姜女送寒衣哭长城的故事是由于《饮马长城窟行》、《筑城曲》、《捣衣曲》、《送衣曲》等歌诗的酝酿。又如望夫石，有它的地方是很多的。唐张籍《望夫石》诗云："望夫处，江悠悠；化为石，不回头。"白居易《蜀路石妇》诗云："道旁一石妇，无记复无铭；传是此乡女，为妇孝且贞，十五嫁邑人，十六夫征行；夫行二十载，妇独守孤茕。"又《续古诗》云："戚戚复戚戚，送君远行役；……生作闺中妇，死作山头石！"宋苏辙《望夫台》诗云："江上孤峰石为骨，望夫不来空独立……江移岸改安可知，独与高山化为石。"《明一统志》云："石妇山在广德州城南五十里，旧传谢氏女望夫而化为石，因名。"这些东西正与澧州、山海关、绥中的望夫台和望夫石一例：不过澧州等处已把它指定为孟姜女的遗迹，而当涂（张籍所咏）、忠州（苏辙所咏）等处则没有指实，或指定了别人（如谢氏）罢了。推原它们所以不被指定为孟姜女的遗迹之故，只因她的故事是活动的（崩城和送衣都须出门），而谢氏等因望夫而化石则是固定的。我们由此可以知道，民众的感情中为了充满着夫妻离别的悲哀，故有捣衣寄远的诗歌，酝酿为孟姜女寻夫送衣的故事；有登高望夫的心愿，酝酿为孟姜女筑台远望的故事（以及谢氏等望夫化石的故事）；有骸骨撑拄的猜想，酝酿为孟姜女哭崩长城滴血觅骨的故事。所以我们与其说孟姜女故事的本来面目为民众所改变，不如说从民众的感情与想象中建立出一个或若干个孟姜女来。孟姜女故事的基础是建设于夫妻离别的悲哀上，与祝英台故事的基础建设于男女慈爱的悲哀上有相同的地位。因为民众的感情与想象中有这类故事的需求，所以这类故事会得到了凭借的势力而日益发展。

第四,就传说的纷异上看这件故事的散乱的情状。从前的学者,因为他们看故事时没有变化的观念而有"定于一"的观念,所以闹得到处狼狈。例如上面举的,他们要把同官和澧州的不同的孟姜女合为一人,要把前后变名的杞梁妻和孟姜女分为二人,要把范夫人当作孟姜女而与杞梁妻分立,要把哭崩的城释为莒城或齐长城,都是。但现在我们搜集了许多证据,大家就可以明白了:故事是没有固定的体的,故事的体便在前后左右的种种变化上。例如孟姜女的生地,有长清、安肃、同官、泗州、务州(武州)、乍浦、华亭、江宁诸说;她的死地,有益都、同官、澧州、潼关、山海关、绥中、东海、鸭绿江诸说。又如她的死法,有投水、跳海、触石、腾云、哭死、力竭、城墙压死、投火化烟,及寿至九十九诸说。又如哭倒的城,有五丈、二三里、三千余丈、八百里、万里、十万里诸说。又如被她哭崩的城的地点,有杞城、长城、穆陵关、潼关、山海关、韩城、绥中、长安诸说。寻夫的路线,有渡浍河而北行、出秦岭而西北行、经泗州到长城、经镇江到山海关、经把城关到潼关诸说。又如他们所由转世的仙人,范郎有火德星、娄金狗、芒童仙官诸说,孟姜有金德星、鬼金羊、七姑星诸说。这种话真是杂乱极了,怪诞极了,稍有知识的人应当知道这是全靠不住的。但我们将因它们的全靠不住而一切推翻吗?这也不然。因为在各时各地的民众的意想中是确实如此的,我们原只能推翻它们的史实上的地位而决不能推翻它们的传说上的地位。我们既经看出了它们的传说上的地位,就不必用"定于一"的观念去枉费心思了。

第五,就传说的自身解释上看这件故事的改变的样子。例如"孟姜"二字都是可以用作姓的,所以《孟姜仙女卷》就解释道,孟家种的瓜生在姜家地上,姜婆与孟公争夺瓜中的女儿,县官断她为两家公有，便用了两家的姓作她的名。北方的孟姜又姓许，所以河南唱本也解释道："他爹姓许来娘姓孟，认了干娘本姓姜。"我们由此可以知道，有许多传说是本来没有的，只为了解释的需要而生出来的。即如孟姜女的婚配，最早的记载只说她因杞梁窥见了她的身体，妇人之体不得再见丈夫，故毅然嫁与。后来为了解释她何以给他窥见身体之故，便想出了许多方法，或说她坠扇入池，捋臂拾取，为他所见；或说她入水取扇，污了一身的泥，就此洗浴，为他所窥；或说她被狂风吹落池中，为他所救；或说她忆春思嫁，烧香许愿，愿嫁与见她脱衣裳的人；或说她虔心事神，观音托梦，嘱她嫁与见她肌肤的人。又如范郎筑在城内，最早的记载不过说他逃避工役，故处死填城。后来为了解释他何以要处死填城之故，或说万喜良自愿替代万民灾难；或说仙人有意降下童谣，说只有他能抵万人生命；或说赵高和他父亲不睦，故意要杀他祭禳长城。因为各人有解释传说的要求，而各人的思想知识悉受时代和地域的影响，所以故事中就插入了各种的时势和风俗的分子。

第六，就这件故事的意义上回看民众与士流的思想的分别。杞梁妻的故事，最先为却郊吊，这原是知礼的知识分子所愿意颂扬的一件故事。后来变为哭之哀，善哭而变俗，以至于痛哭崩城，投淄而死，就成了纵情任欲的民众所乐意称道的一件故事了。它的势力侵入了知识分子，可见在这件故事上，民众的情感已经战胜了士流的礼教。后来民众方面的故事日益发展，故事的意义也日益倾向于纵情任欲的方面流注去：她未嫁时是思春许愿的，见了男子是要求在杨柳树下配成双的，后来万里寻夫是经父母翁姑的苦劝而终不听的；秦始皇要娶她时，她又假意绸缪，要求三事，等到骗到了手之后而自杀。但这件故事回到知识分子方面时，就只变了一个面目,变得循规蹈矩了:她的婚姻是经父母配合的,丈夫行后她是奉事寡姑而不敢露出愁容的,姑死后是亲自负土成坟而后寻夫的;到后来也没有戏弄秦始皇的一段事。因为两方面的思想有这样的冲突,所以一个知礼的杞梁之妻会得变成了自由慈爱的主张者,敢把自己的生命牺牲于爱情之下;但又因知识分子的牵制,所以虽有城崩的失礼而仍保留着却郊吊的知礼,虽有冒险远行的失礼而仍保留着尽孝终养的知礼。我们只要一看书本碑碣上的记载,便可见出两败俱伤的痕迹;倒不如通行于民众社会的唱本口说保存得一个没有分裂的人格了。

从以上诸条看来,我们可以知道一件故事虽是微小,但一样地随顺了文化中心而迁流,承受了各时各地的时势和风俗而改变,凭借了民众的情感和想象而发展。我们又可以知道,它变成的各种不同的面目,有的是单纯地随着说者的意念的,有的是随着说者的解释的要求的。我们更就这件故事的意义上回看过去,又可以明了它的各种背景和替它立出主张的各种社会的需要。

我们懂得了这件故事的情状,再去看传说中的古史,便可见出它们的意义和变化是一样的。孟姜女的生于葫芦或南瓜中,不即是伊尹的生于空桑中吗?范喜郎为火德星转世,死后归复仙班,不即是传说的"乘东维、骑箕尾而比于列星"吗?秦始皇被骂后两脚浮浮,落在东海里做春牛,不即是"尧殛鲧于羽山,其神化为黄熊,以入于羽渊,实为夏郊"吗?范杞郎死而化为凤凰或鹦鹉,也不即是女娲的溺死而化为精卫(帝女雀)吗?饿虎、毒蛇、雨雪诸村,也不即是《山海经》上的有食人的窫窳的少咸之山,有攫人的孰湖的崦嵫之山,冬夏有雪的申首之山吗?(用《楚辞》中的《招魂》和《大招》看来就更像。)读者不要疑惑我专就神话方面说,以为古史中原没有神话的意味,神话乃是小说不经之言。须知现在没有神话意味的古史,却是从神话的古史中淘汰出来的。清刘开《广列女传》的“杞植妻”条云:“杞植之妻孟姜。植婚三日,即被调至长城,久役而死。姜往哭之,城为之崩,遂负骨归葬而死。”我们只要看了这一条,便可知道民间的种种有趣味的传说全给他删去了,剩下来的只有一个无关痛痒的轮廓,除了万免不掉的崩城一事之外确没有神话的意味了。况且就是崩城的神话也何尝不可作为非神话的解释,有如王充所云“或时城适自崩,杞梁妻适哭其下”(《论衡·感虚篇》)呢。所以若把《广列女传》所述的看作孟姜的真事实:把唱本、小说、戏本……中所说的看作怪诞不经之谈,固然是去伪存真的一团好意,但在实际上却本末倒置了。我们若能了解这一个意思,就可历历看出传说中的古史的真相,而不至再为学者们编定的古史所迷误。

1927 年 1 月

孟姜女故事研究的第二次开头*

孟姜女故事专号在《歌谣周刊》上发表了九次了。现在《歌谣周刊》并入《国学门周刊》,这个故事的研究文字就要在这个新周刊上作长期登载的材料了。

《歌谣周刊》虽出版了三年,看见的人依然不多,所以在这个新周刊出版时,应当把孟姜女故事的研究的经过作一个简单的说明。

1921 年的冬天,我为了辑集郑樵的《诗辨妄》,连带辑录他在别种书里的诗论,因此在《通志・乐略》中见到他论《琴操》的一段话:

> 《琴操》所言者何尝有是事!……君子之所取者但取其声而已。……又如稗官之流,其理只在唇舌间,而其事亦有记载。虞舜之父,杞梁之妻,于经传所言者不过数十言耳,彼则演成万千言。……

杞梁之妻即孟姜女,这是我一向知道的;但我却并没有想到"初未尝有是事,而为稗官之流所演成"。经他一提示,才知道里边原有一段很复杂的因缘。这是我对于她的故事的注意的第一回。

---

* 本文原载《北京大学研究所国学门周刊》第 1 期。

但我对于她的故事虽因郑樵的话而激起注意，终究是一种极微薄的注意，所以也不曾得到什么材料。1923年的春天，读姚际恒的《诗经通论》，他在《郑风》的《有女同车》篇下注云：

《序》……谓"孟姜"为文姜。文姜淫乱杀夫，几亡鲁国，何以赞其"德音不忘"乎！……诗人之辞有相同者，如《采唐》曰"美孟姜矣"，岂亦文姜乎！是必当时齐国有长女美而贤，故诗人多以"孟姜"称之耳。

读到这一段话，使我忽然想起了孟姜女，就在简端批道："今又有哭长城之孟姜女。"经了这一回的提示，我又知道孟姜女故事的流传的久远，在未有杞梁之妻的故事时，孟姜一名早已成为美女的通名了。这是我对于她的故事的注意的第二回。

从此以后，关于她的故事的许多材料，都无意的或有意的给我发见。我对于她的故事的演化的程序，不期地得到一个线索。1923年的冬天，上海文学周报社要出百期纪念的特刊，嘱我撰文。我很想把这一个故事的变迁作一篇记述的文字，可是预备北行，束装匆匆，不及动笔，就把收得的材料交与我的表弟吴秋白，由他做了一篇《孟姜女故事的转变》，登在《星海》上。经了这一回文字上的联串，更把我的若明若昧的孟姜女故事的观念变成了清楚明白的孟姜女故事的观念。

自从前年冬间到京之后，因他种事件的烦忙，使我把这项研究停止了半年，几乎忘记了。去年暑中，偶然翻览京汉铁路局出版的《燕楚游骖录》，在徐水县一篇中见到了明周以庠的《忠节堂记》、郑昱的《新建孟姜女庙记》，以及《畿辅通志》、《临渝县志》等书中关于孟姜女的记载。骤然发见了一个宝藏,使我感受到极度的快乐!偶和友人董彦堂谈及此事,他说他有一本河南的唱本(即专号中歌曲二所载),可供参考。他给我看时,又使我吃了一惊。孟姜女故事的现代传说。我原只有苏州唱本一册,但也没有不满足之感,因为孟姜女的"送寒衣"、"哭夫崩城"、"殉节而死"的几个节目,从没有听见差异的传说,想来是各处都同的。不料翻出这一本河南唱本,除了几个大节目外,所叙事迹全与苏州唱本不同,这就使我诧愕起来了。上一年中所发见的材料,纯是纵的方面的材料,是一个从春秋到现代的孟姜女故事的历史系统。我的眼光给这些材料围住了。以为只要搜出一个完全的历史系统就足以完成这个研究。这时看到了徐水县的古迹和河南的唱本,才觉悟这件故事还有地方性的不同,还有许多横的方面的材料可以搜集。于是我又在这个研究上开出了一个新境界了!数月之中,左采右集,居然得到这件故事的根据地七八处。

这件事情经过了近三年的酝酿,颇以得一解决为快。那时歌谣研究会正预备在周刊上多出专号,要我拣一个题目做,我就提出了"孟姜女";论题依然用《孟姜女故事的转变》。秋白这文,不过三千字左右;我的材料既搜集得多了,想来可有万余字,所以在下笔之前,就对常维钧同志说:"这期的专号由我包办了罢。"哪知一经动笔,写了一万二千字只到得北宋。北宋以后,材料更多,因此想把专号分成三期,在第三期中把这文登完。哪知我还未动笔做中篇,而投寄的唱本、宝卷、小说、传说、戏剧、歌谣、诗文……已接叠而至,使我目迷五色,耳乱五声,感到世界的大,虽是一件故事,也不是我一个人的力量所能穷其涯际的,于是把我作文的勇气竟打消了!老子说:"图难于其易;为大于其细。天下难事必作于易;

天下大事必作于细。”我要担负这项难而大的研究，所以我要从易而细的地方做起。在过去的半年中，我不作关于这件故事的全部的文字而屡作小问题的研究（如《杞梁妻的哭崩梁山》、《杞梁妻哭崩的城》等），就是为了这个缘故。

我真感激许多师友的帮助，屡屡给我见到簇新的材料，使我从这些材料上发生许多小问题，可以作一部分一部分的解决。我深信这些小问题研究完毕时，这件故事的全部的研究工作必然很简易而研究材料必又很丰富，比了以前的想在三期之中作完的，在内容上真不知可以充实到多少倍。

我苦于事忙，不能用全副的精力做这项研究。但我决计把我的精力分出一部分放在这里，使我在长时期之中作连续不断的研究。现在拟每星期写些入《国学门周刊》，字数少则三千，多则五千。论文一个月作一篇。材料方面，现在自己搜集到的和他人寄赠来的都很多，预料在三年之内不致缺稿。希望本刊的读者都肯给与我一种帮助；无论看到什么材料，都寄给我；无论想到什么意见，也就告给我。材料不要怕奇怪，也不要怕复沓，因为奇怪是传说的本相，而复沓之中也尽有创见可寻。

这半年中，常有人问我：“你考孟姜女的故事既是这等精细，那么，实在的孟姜女的事情是怎样的？”我只得老实回答道：“实在的孟姜女的事情，我是一无所知，但我也不想知道。这除了掘开真正的孟姜女的坟墓，而坟墓里恰巧有一部她的事迹的记载之外，是做不到的。就是做到，这件事也尽于她的一身，是最简单不过的，也没有什么趣味。现在我们所要研究的，乃是这件故事的如何变化。这变化的样子就很好看了：有的是因古代流传下来的话失真而变的，有的是因当代的时势反映而变的，有的是因地方的特有性而变的，有的是因人民的想象而变的，有的是因文人学士的改变而变的，这里边的问题就多不可数，牵涉的是全部的历史了。我们要在全部的历史之中寻出这一件故事的变化的痕迹与原因，这是一件极困难的事情，但也是一件极有趣味的事情呵。”我以为这个意思是极重要的，假使对于这个意思不能明了，始终以为我做这个研究是要考定杞梁之妻的真事实，那么，我的研究与他的期望当然是触处抵牾了。

这半年中，又有人问我：“你做的这种研究到底有什么用处？”我对于这个问句只有一句话回答：“没有什么用处，只是我的高兴！”后来想想，似乎在实利上虽没有什么用处而在观感上则确有一点用处，就是使人知道研究学问并不是轻易的事情，可以说来便来，不劳而获的。近年来，大家厌倦切实的工作而欢喜说漂亮纤巧的话，在种种的漂亮纤巧之下，自然诱引许多人看得事情太轻易，把勉力于工作看作“徒自苦”的行为。这实在是一种很不好的气象。例如他们讲到某一件事，有许多地方不明白了，就说：“我是没有考据癖的，这种事情还是让考据专家去干罢。”他们不知道在学问上原不当有什么考据专家，考据原即是研究学问的方法，无论研究什么学问，就是实做某种学问的考据工业。他们既欢喜讲到学问，而又怕做考据工业（美其名曰不屑做），这真是“恶湿而居下”了！我做这项研究，在动机上说是我的高兴，在结果上说我也希望专事空谈的人看看实做研究的难处。我的工作，无论用新式的话说为分析、归纳、分类、比较、科学方法，或者用旧式的话说为考据、思辨、博贯、综核、实事求是，我总是这一个态度。我确信这一个态度是做无论何种学问都不可少的，希望在这一个态度上得和有志研究学问的人相互观摩，给专事空谈的人以一种教训。至于用材的错误,裁断的乖谬,这原是在见到之后即可更改的。我决不敢看自己是一个没有过失的人,决不敢在发见自己的过失时存心文饰,我非常愿意得到许多良师益友的极严厉的指摘与纠正。

1925 年 9 月 21 日

《孟姜女故事研究集》第一册自序*

这本小册子是集合我的两篇孟姜女的论文而成。关于这件故事的研究，是我料想不到的一宗收获。我非常感激北京大学《歌谣周刊》的帮助，使得我有和许多同志接近的机会。

这两篇文字，第一篇只作成了上一半。当这半篇写清时，自己觉得很满意，几乎要喊出："可以找到的材料都给我找到了！"但过了些日子，误谬之处渐出现了，脱漏的地方出现得很不少了，而宋以后的材料越聚越多，更不易处理，因此，剩下的半篇再也写不下去。第二篇则只是一个极简略的结账，任何材料都加以节缩，许多应说的话竟没有说。这数年中，常有一个整篇文字的格局在心头鼓荡着，既要求写，又不敢写。所以然者何？一因牵涉的问题太多，在短时间内无法完全解决。二来呢，材料日出不穷，每当接触新材料的时候就感到旧材料的寒俭，想把各个小部分的材料搜集略备，实在不是一时做得到的事。老子说："少则得，多则惑"，这句有阅历的名言我领会了！但我们在求智识的道路上，对于简单的观察肯满足吗？为了事务的麻烦，甘心退让吗？不，不，材料的多和整理的难，正可鼓励我们工作的兴味！正是暗示我们将成就伟

---

* 本文原载中山大学民俗丛书《孟姜女故事研究集》第一册，1928 年4 月。还刊于《民俗周刊》第一期，1928 年 3 月 21 日。

大的创造!

因为这样,所以我不愿意把这个问题作一个轻易的结束。我希望先出若干册《孟姜女故事材料集》,又出若干册《孟姜女故事研究集》,逐步逐步地整理,到“可以找到的材料”大略完备时,再沟通为一部系统的著作。这一本书,就算做研究集的第一册。

前数年,我们在北京大学发表这类的文字时,常听到他人的责备,或者笑我们不去研究好好的学问而偏弄些不登大雅之堂的东西,或者叹息我们的“可怜无益费精神”! 现在我们发刊这类集子,少不得又惹起正统学者的鄙薄。但是,我们安心,一种学问在创始的时候不能得到一般人的了解是很寻常的。民间故事无论哪一件,从来不曾在学术界上整个的露过脸;等到它在天日之下漏出一丝一发的时候,一般学者早已不当它是传说而错认为史实了。我们立志打倒这种学者的假史实,表彰民众的真传说;我们深信在这个目的之下一定可以开出一个新局面。把古人解决不了的历史事实和社会制度解决了,把各地民众的生活方法和意欲要求都认清了。一般不了解我们的人,如其骂得太凶时,我们只得对他们说:“请你们到生物学者的研究室里去瞧一下罢! 他们好端端的人生大事都放着不管,专玩弄些虫豸和野草。这才是最不配登大雅之堂而比我们更失却大人先生的体统的,你们还是先骂倒了他们罢!”

我对于我们同志要作几项请求。孟姜女故事的材料请随时随地替我搜求;不要想“这些小材料无足重轻”,或者说“这种普通材料,顾某当已具备了”。因为从很小的材料里也许可以得到很大的发见。而重复的材料正是故事流行的证明。这是请求之一。各种学问都是互相关联的,他种学问如不能进步到相当程度,一种学问必不会有独特的发展。同样，一种学问里面的许多问题也是互相关联的，他项问题若都没有人去研究，一项问题也决不会研究得圆满。我的研究孟姜女故事，本出偶然，不是为了这方面的材料特别多，容易研究出结果来。至于现在得有许多材料，乃是为我提出了这个问题，才透露出来的。这种民众的东西，一向为士大夫阶级所压伏，所以不去寻时，是“无踪无影”；但又因立国之久、地方之大、风俗之殊异，所以着手搜求时便会得“无穷无尽”。无论什么人，只要有方法去做，便可得到很好的收获；初施耕种的土地，地力正厚咧。孟姜女在故事中还是次等的（我五六岁时已知有祝英台，但孟姜女到十余岁方知道），费了年余工夫已有了这些材料，而且未发见的怕尚有十倍廿倍。像观音、关帝、龙王、八仙、祝英台、诸葛亮……等等大故事，若去收集起来，真不知有多少的新发见。即如尖酸刻薄的故事，自从《徐文长故事》一书出版以来，大家才想起，这类的故事是各处都有而人名各不同的。所以浙江的徐文长，四川便是杨状元，南阳便是庞振坤，苏州便是诸福保，东莞便是古人中，海丰便是黄汉宗……这类故事如果都有人去专门研究，分工合作，就可画出许多图表，勘定故事的流通区域，指出故事的演变法则，成就故事的大系统。我的孟姜女研究既供给了别的故事研究者以型式和比较材料，而别的故事研究者也同样地供给我，许多不能单独解决的问题都有解决之望了，岂非大快！这是请求之二。

我敬致感谢于钟敬文先生：他原谅我事务的冗忙，代我校对了这本书。

1928年2月17日

《孟姜女故事研究集》第三册自序*

我敢说,若是我发表了第一篇孟姜女研究论文之后没有人和我通信,我至今还是在黑弄里摸着,我决不会发见这许多条新路,我决不会吸着这些清爽的空气。

我真感幸!我得着这几十位同志,他们响应着,引导着,引我到一个料想不到的世界。于是我们共同开辟这世界,开到现在,已经粗粗地造成一个新市了。

我深信这个新市的造成一定给别地方的人以一种兴奋,他们或照样地建筑,或想出更好的方法来建筑。"世界是进步的",将来我们的新世界当然要看做旧世界呵!

但是,用了历史的眼光来看,新的和旧的各有各的时代价值。我们在今日能够做到这样,我们在今日的时代里,也可喊一声小小的成功了。

我无论如何不敢忘记这几十位同志给我的恩惠。我的研究孟姜女故事将来也许完成到七八分(十分完成的事是世界上没有的),但若没有诸位同志给予我许多指示,我只有比顾亭林们考据孟姜女故事的文字多走上一步罢了,我们的成绩依然是限于书本的。书本虽博涉,总是士大夫们的"孟姜女"。孟姜女的故事,本不

---

* 本文原载广州中山大学《孟姜女故事研究集》第三册,1928 年 6 月。

是士大夫们造成的，乃是民众们一层一层地造成之后而给士大夫们借去使用的。幸赖诸同志的指示，使我得见各地方的民众传说的本来面目！

必须多看民众传说的本来面目，才说得上研究故事！

1928年6月25日

顾颉刚启事*

孟姜女专号，到今已是第五次了，但论文还没有续作，这真是对于读者诸君极端抱歉的。所以这样之故，一来是我太忙，找不到几个整天的空闲；二来是材料愈积愈多，既不忍轻易结束，尤不敢随便下笔。我的坏脾气老是这样：一个问题横在心中，便坐立不安，想去寻找材料；等到材料多了，愈分愈细，既显出起初设想的错漏，又惊怖它的范围的广漠，而且一个问题没有解决，连带而起的问题又来要求解决了，终至于望洋兴叹，把未成之稿束在柜子中而后已。所以若干年来，终岁勤勤而没有完工的长篇文字，也就为此。近来不知何故，成功的念头颇为强烈，固为好奇心随时激起的冲动究不能完全抑制，但总想尽我的力，对于某几个问题作为深密的研究，不因了望洋兴叹而就停止。倘使竟能由这个意志战胜了冲动，虽是减少了许多在艺圃中的优游欣赏的风味，或者可以逼出一点成绩来。孟姜女的问题，在我的脑海里已经盘旋了近三年了，至今幸有《歌谣周刊》作发表与征求的机关，又有钟敬文、刘策奇、常维钧等诸位先生常时给我以启发与勖厉，极想趁着这个机会，作一番彻底的考查。整篇的论文将来固是要做，但在各项小问题的材料未整理时，打算暂时停顿。自专号第六次起，每期登出短篇论

---

* 本文原载《歌谣周刊》第 76 号。

文一篇或二篇，为整理小问题之用，并为结集长篇论文的预备。论题甚多，就现在想得到的罗列于下：

（一）杞梁妻哭崩之城。

（二）杞梁妻的哭崩梁山。

（三）送寒衣的来源。

（四）孟姜女的名字的来源及其转变。

（五）孟姜女之夫的名字的转变。

（六）孟姜女的成婚。

（七）新婚的别离。

（八）杀人厌胜的传说。

（九）神话中的孟姜女。

（十）孟姜女故事与各省区。（附）孟姜女故事地域图。

（十一）山海关的孟姜女。

（十二）潼关的孟姜女。

（十三）同官县的孟姜女。

（十四）徐水县的孟姜女。

（十五）澧州的孟姜女。

（十六）广东广西的孟姜女。

（十七）江苏浙江的孟姜女。

（十八）元曲中的孟姜女。

（十九）孟姜女的戏剧。

（二十）孟姜女歌曲与闺怨诗。

（二一）孟姜女与他种故事的比较。

（二二）孟姜女故事分类表。

（二三）孟姜女故事演进图。

（二四）孟姜女研究引用书说明。

凡是一件事情，只要真心去做，没有不是"作始也简而将毕也巨"的。当去年十一月中动笔的时候，原想做了一万字就完篇的，哪里料得到竟有这许多可以研究的题目呢。所以这个问题尽管讨论下去，在《歌谣周刊》上延至五年十年也是无足为奇。只要读者诸君不致厌倦，我决可以始终其事，不会无端把这意志消灭的。

我想，弄明白了这一件故事，亦许可以贡献与研究别个故事的人以多方面的便利，所以登在周刊上的讨论与记载，应求畅尽，不妨犯着辞费的批评。只是周刊的篇幅不多，而且别种的材料也都有从速发表的必要，势不能专为这个问题出力。所以我想在周刊的每四期中登出孟姜女专号一期，或在十期中登出三期。不知读者诸君以为如何？

读者诸君如有新的材料见到，或有旧的材料回想到，均请随时采集写录，寄至北大三院歌谣研究会转交。至于他种故事可以与孟姜女故事比较的，或可以说明孟姜女故事的，亦请一例搜采寄下。

讨论的文字，我想暂不出书，先将周刊上登载的附录添印，名为《孟姜女歌曲》。等到《孟姜仙女宝卷》登完之后，即将《歌曲》第一册出版。

征　　求

（一）在张四维先生搜集的云南个旧歌谣中，有以下的一首：

你是山中一块柴，拿来人间做骨牌；
麻索吊起梁山伯，腰中紧记祝英台；
低头吃水孟姜女，眼泪汪汪蔡伯喈。

可见孟姜女的故事有画在骨牌上的，而骨牌上的孟姜女是在“低头吃水”，正与陕西哭泉之说相符，我们征求这副骨牌。

（二）钱曾《读书敏求记》卷二传记类内有《孟姜女集》二卷，钱氏所作的解题如下：

……此集云，女姓姜，楚地澧人，行一，故曰孟姜。秦始皇筑长城，夫范郎往赴其役；久不归，制寒衣躬往送之。至则范已死，痛哭城崩，沥血求夫骨，函归。行至同官山，力竭死。土人即其遗骸，立祠以祀。自元及明季，诗文盈帙，尽略杞梁之名而独称范郎者，殆有所考而云然欤？千百年来，庙貌犹新，灵异如昨，一种贞烈之气自在天壤间，予故录而存焉。

读了这一段，可见这书是湖南的孟姜女与陕西的孟姜女汇合而成的故事的结晶。他说“自元及明季诗文盈帙”,可见这是元明两代文人对于他的歌咏的总结集。这书在孟姜女故事的研究上是何等的重要呵!钱氏述古堂的藏书是为士林珍贵的,讲究版本的人多能记其去处,他收藏的这本书现在还在哪一家,有人能知道吗?若是因为它是明末刻本,在版本上没有什么价值,所以任它散失,又不知道这书的版子现在还放在同官山的庙里吗?我们征求《孟姜女集》。

(三)听章廷谦先生说,绍兴地方的风俗,死了人唤道士来作法事,内有“翻九楼”一项,在大桌子上放小桌子。小桌子上放大椅子,大椅子上放小椅子,这样的叠至九层,作技的道士爬上去作出许多花样。花样中的一种,唤做孟姜女纺花。我问纺花的式样是怎样的,章先生亦不能知其详。我们征求孟姜女纺花的照片与说明。

(四)本年四月二号,秦腔男伶崔灵芝与一千红在天桥歌舞台演《哭长城》,我很想去看,后来给别的事情阻住了。《戏考》所载的《孟姜女剧》,出于南方伶人所编,山陕梆子班所演想来总与此不同。我们征求崔灵芝哭长城的剧本。

(五)在本年四月五号的《申报》上,见越舞台戏报中有《万里侯》的剧目。越舞台是绍兴班,这《万里侯》一剧是孟姜女的故事吗?我们征求《万里侯》的剧本。

(六)本刊附录二所登的《唱春调工尺谱》是一种极简单的谱,是一种原始的谱。伶人和妓女歌唱时所用的谱,当然加进许多花的工尺,如老六板的变为花六板一样。我们征求花的唱春调的乐谱。

(七)去年常维钧先生给我两则通行北京的孟姜女歇后语:

一、孟姜女拉刘海——哭的拉笑的。

二、孟姜女的男人——填了馅了。

这类的歇后语想来各处都有，聚了拢来也可帮助我们了解民众心目中的孟姜女。我们征求孟姜女的歇后语。

（八）钟敬文先生从广东海丰寄来一首关于孟姜女的邪歌，道：

四角面布涂里拖：
上绣龙，下绣蛇，
中央绣出孟姜女，
边头绣出人读歌。
四角面布涂里披：
上绣龙，下绣鱼，
中央绣出孟姜女，
边头绣出人读诗。

钟先生注道："涂里，地上也。"他虽没有把"四角面布"说明是何物，但我想，上面绣了许多东西而任它在地上拖的，或许是裙吧。孟姜女是一个先丧夫而后自丧的人，在通常眼光中这人很是不吉利的，妇人肯把她绣在裙上，也是很可惊异。但不知绣的样子是怎么样。我们征求孟姜女的绣品和绣品的照相（或粉本）。

（九）听徐旭生先生说，他家里有一个北方老妈子，说孟姜女是从葫芦中生出来的。可是她对于这个故事说不甚清楚，所以徐先生未得记录。孟姜女生于冬瓜中，这是江浙间一致的传说，看宝卷即可见。她生于葫芦中,想来是南方的冬瓜的传说传到了北方以后的变化了。我们征求孟姜女在葫芦中出生的故事。

(十)听傅彦长先生说,一二年前,《申报》中王一之先生的通信,曾提起波兰华骚(Warsaw)美术馆内有孟姜女故事的图画。这画是中国人画的还是外国人画的?画中的事迹是怎样?这故事的图画共有多少帧?我们都要知道。我们征求华骚美术馆内的孟姜女图画的照片及说明。

颉刚记

1925年4月8日—29日

《孟姜女故事材料目录》说明*

十四年前，我一方面读《诗经》，一方面治故事，忽然对于“杞梁妻”的改称为“孟姜”发生了研究的兴趣。试一搜集材料，很侥幸地得着了许多，比较之下，这件故事的变化有趣极了。一个知礼却君郊吊的妇人，如何变为善哭者，又如何变为哭倒了城，又如何变为哭倒了秦始皇的万里长城。那一个在齐、莒战争时战死的杞梁，又如何变成了筑长城而葬在城墙里的万喜良。故事像动物一样，是有生命的，它会传代，会走路，它只要传一传、走一走，马上会有增入的新材料，也必然会有削除的旧材料。民国十三年，北京大学《歌谣周刊》向我征文，我便破费了三足天工夫，写成半篇《孟姜女故事的演变》，出了一期专号，把宋以前的故事系统理了出来。当时心想，再这样写了下半篇。就把这件故事整理完了，其中各种问题的讨论也可以结束了。万想不到，自从发表了这半篇文字之后，竟获得读者们的无限同情与好意，许多地方响应起来，有的拿地摊上卖的歌曲小说图画寄给我，有的抄录高文典册上的记载送给我，弄得我天天手舞足蹈地接受这些新发现的材料。然而材料太多了，我这篇论文竟作不下去了，就是已发表的上半篇也有许多地方必须改作了。在民国十三四年间，先后在《歌谣周刊》上出了九次

* 本文原载天津《益世报》读书周刊第八期，1935年7月25日。

《孟姜女专号》。十五年,又在《现代评论》上发表了一篇《孟姜女故事研究》,分“历史的系统”和“地域的系统”两部分,摘要叙述。荏苒至今,又历十年,正式的论文尚未动笔,而社会上加在我的肩头的工作已压得我不能再度那时研究故事的生活。天天对着这一大堆材料,只有长叹。前年燕京大学的同学赵巨渊君到我家里,替我整理了一个月,编成材料目录一册。去年燕大同学张全恭君把我旧时论文借看,看得高兴,自告奋勇,替我重写;刚写到唐朝,不幸他就因病回广东去了,这工作又停搁了下来。这回天津《益世报》读书周刊社来索文字,而事忙不能撰文,想起此目,就请北京大学同学张公量君为我抄付出刊。因周刊篇幅不多,又不欲延至二期,所以删去了间接材料若干。希望读者看了这一份目录,知道无论什么学问,可用的材料总是无穷无尽的。其中可讨论的问题也是多不可计的。孟姜女故事,原是一个很小的题目,而搜集的结果尚且多至如此,如果再加搜集又必然不止此数,何况其他!如能引起几位读者的这样共鸣,就不辜负了我发表这篇的一点诚意。至于读者们各就见闻,为我补所未备,那更是感荷不尽的事。临了,更祝颂张全恭君早复健康,今秋回平复学,在一年之内,和我一同写成一本《孟姜女故事考》,结束这十五年来的工作。

1935 年 7 月 19 日

孟姜女故事笔记辑录

蒉尚不如杞梁妻

《檀弓》下："君遇柩于路，必使人吊之。"陈澔《集说》曰："蒉尚画宫受吊，不如杞梁之妻知礼，而此言吊于路，何也？盖有爵者之丧当以礼吊，此谓臣民之微贱者耳，礼不下庶人也。言必使人吊者，是泛言众人之丧也。"此条可补入《孟姜女考》中。

女子远丈夫

定五年《传》："王将嫁季芈，季芈辞曰：'所以为女子，远丈夫也。钟建负我矣。'以妻钟建。"此大有传说中孟姜女取扇于池之情形。

筑长城

《始皇本纪》:“令下三日不烧,黥为城旦”,《集解》引如淳曰:“《律说》:‘论决为髡钳,输边筑长城。昼日伺寇虏,夜暮筑长城。’城旦,四岁刑。”按《律说》未知何书,其文五字为句,似不甚古。此可补入予所著《孟姜女故事考》中。

长城徒卒

《北堂书钞》四十五引《风俗通》云:“秦始皇遣蒙恬筑长城,徒士犯罪,依止鲜卑山,后遂繁息,令皆髡头衣赭,亡徒之明重也。”孔广陶《校注》云:“洪氏校删‘后遂’句以下,恐非。今案《御览》卷六百四十九引《风俗通》,‘繁’作‘系’,‘重’作‘效’。俞本‘徒士’以下九字作‘徒卒罪髡,负土,赭衣’,即案‘后遂繁息’二句,无末句。陈本‘城’下作‘徒卒髡头,赭衣’,余皆删去。”按,此条可编入《孟姜女考》中。

东北天寒,而少数民族皆剃头,得毋即是秦徒髡头之俗所传衍耶?若是,则清初剃发令所谓“留发不留头”者,真冤矣。

汉人徭役之苦

《盐铁论·执务》云:“今则徭役极远,尽苦寒之地,危难之处,涉胡、越之域,今兹往而来岁旋,父母延颈而西望,男女怨旷而相思,身在东楚,志在西河,故一人行而乡曲恨,一人死而万人悲。”按此即孟姜女故事发生背景也。

筑人筑土

赫连勃勃筑统万城,铁锥刺入一寸,即杀作人而并筑之,此大概是贯休诗所谓“筑人筑土”者,与孟姜女故事不无关系。

筝调说长城苦

唐张祜《听筝》诗云:“十指纤纤玉笋红,雁行轻过翠弦中,分明似说长城苦,水咽雪寒一夜风。”似当时筝调亦有以“哭长城”为牌者。可入《孟姜女考》中。

徐君宝妻及谢氏妇事与孟姜女传说

偶翻汪琇莹等所编之《渔矶漫钞》，有二事绝类近代传说之孟姜女。其一云：

> 宋岳州徐君宝妻某氏被虏来杭，其主者数欲犯之。因告曰："俟妾祭谢先夫，然后乃为君妇不迟也。"主者喜诺，即严妆焚香再拜默祝，南向饮泣，题《满庭芳》词一阕于壁上，投大池中以死。（按：其词见《词选》卷八。）

其二云：

> 泖湖谢氏，松江右室也，明初被籍没坐诛。妇某，有殊色，给配象奴。妇绐奴曰："待我祭亡夫，乃从尔。"奴信之。妇揣祭物至武定桥哭奠，赋诗云："不忍将身配象奴，自携麦饭祭亡夫。今朝武定桥头死，一剑清风满帝都。"遂伏剑死。（卷十）

此非与孟姜女绐秦始皇祭万喜良而跳海者同一型式耶！然旧日妇女绝无自由，欲摆脱束缚，独申其志，亦仅有此一条路可走，是则凡有坚决之意志者自能落入一型，非必由于故事之演变也。

洪颐煊论滴血认亲

洪颐煊《筠轩文钞》七《宋洗冤集录跋》云:"《太平御览》……引《隋书》:'秦王俊好内,妃崔氏性妒,于瓜中进毒,俊由是疾笃,含银,银色黑为遇蛊',与此书'验服毒用银钗'条同。《梁书·豫章王综传》:'其母吴淑媛自齐东昏宫得幸高祖,七月而生综,宫中多疑之。综年十五六,微服至曲阿,闻俗说,以生者血沥死者骨,渗,即为父子,综乃私发齐东昏墓,出骨沥臂血试之,并杀一男,取其骨试之,皆有验。'此书载'检滴骨亲',即其术,足证此书检验诸术皆前人所有。"予前治孟姜女故事,曾据《琱玉集》所载滴血认骨事,知是说南北朝已有之,未检《梁书》也。后当补入。《洗冤录》为宋湖南提刑宋慈编。按萧综与东昏果为父子,则滴血认骨固可言;孟姜之与杞良止是恋爱关系,并非血统关系,滴血何得验耶!《琱玉集》所载自是民间传说,民间但知滴血认亲,以为父子可,夫妇亦可,而不知法医学上之不可通也。

城墙中之小棺

浦江清云:"《野获编》中记有于城墙中得小棺甚多,谓是僬侥国人。此或是为'厌胜'者,如范杞梁之类。"此说甚是,当检之。

孟姜山志

合众图书馆新得南洋中学校长王培荪藏书，其中有《孟姜山志》五册，为澧州人所作。此中必大有材料可寻。

敦煌卷子中之《孟姜女变文》

毅公寄《敦煌变文集》来，其《孟姜女》一篇为伯希和所得，藏巴黎国民图书馆，予昔辑集此故事材料时未之知也。录于下：

“……（上缺）□山遍野断，□□□□见神识。□（劳）贵珍重送寒衣，未□将何可报得。热（执）别之时言未久，拟□朝暮再还乡。讵为忽遭槌杵祸，魂销命尽塞垣亡。当别已（以）后到长城，当作之官相□□。命尽便被筑城中，游魂散漫拾荆棘。劳贵远道故相看，冒出风雨□损坏。千万珍重早皈还，贫兵（病）地下长相匿。”其妻闻言大哭叫：“不知君在长城妖（夭）。既云骸骨筑城中，妾亦更知何所道！”姜女自雹（?）哭黄（皇）天，“只恨贤夫亡太早”。妇人决列（节烈）感山河，大哭即得长城倒。古诗云：“陇上悲云起，旷野哭声哀。若道人无感，长城何为颓？石壁千寻列，山河一旬回，不应城崩倒，总为妇人来。塞外岂中论，寒心不忍闻（开）。”

哭之以（已）毕，心神哀失。懊惆（懊惘）其夫，掩从亡没。

□此贞心，更加愤郁。髑髅无数，死人非一。骸骨纵横，凭何取实？咬指取血，洒长城已（以）来，单心选其夫骨。姜女哭道：

“何取此玉貟（貌），散在黄沙里！为言（因）坟陇有标提（题），壤壤髑髅若个是？呜呼哀哉难简（捡）择。见即令人愁思起。一一捻取自看看，咬指取血从头试。若是儿夫血人（入）骨，不是杞梁血相离！果报认得却回避，幸愿不须相惟（违）弃。”大哭咽喉声已闭，双眼长流泪难止。“皇天忽尔逆人情，贱妾同向长城死。”

三进三退，或悲或恨。鸟兽齐鸣，山林俱振，宛（冤）魂……（缺七八字）点血即肖（消），登时渗尽。□□骨节三百余分，不少一支。……（缺七八字）更有数个髑髅，无人般（搬）运。姜女悲啼，向前借问：“如许髑髅，佳俱（家住）何郡？因取夫回，为君传信。君若有神，儿当接引。”

髑髅既蒙问事意，已得传言达故里。魂灵□应杞梁妻：“我等并是召（赵）家子，被秦差作筑城卒，辛苦不襟（禁）兵役死。铺尸野外断知闻，春冬镇卧黄沙里。为报闺中哀窓（怨）人，努力招魂存祭祀。此言为记在心怀，见我耶娘方便说。叩头□□□□□，□□□□□□□，儿骨今岁无人取。”不免□□□□□，更加凄领（领）纳鬼词。答……（原缺七八字）骨，旬将背负，懊恼其（原缺七八字）文，祭曰：“厶年厶月厶日，□……（原缺十余字）□庶（束）修之奠，敬祭……（原缺七八字）行俱备，文通七篇。昔存之日，名振飨（乡）于家邦，上下无嫌，刚柔得所。起为差，充兵卒，远筑长城，吃苦不襟（禁），魂魄皈于蒿董（里）。预若红花标落，长无□萼之晖；延白雪以词天，气有还云之路。呜呼！贱妾谨馔单杯，疏兰草于玉席，增歆飨已（兮）金杯。惟魂有神，应时纳受。”祭之已了，角（结）束夫骨，自将背负。□□□□□来……（下缺）

此文中之故事，与后世所传大体相同，惟杞梁鬼魂说话于前，无人搬运之髑髅又诉说于后，人鬼交接，可以对语，为他处所未见耳。

魏含英说《孟姜女》

1952 年返苏，颇听弹词。11 月 17 日，与沈勤卢同到北局静园，听魏含英说《孟姜女》。含英，马调魏钰卿之子也，向说《珍珠塔》。自解放后，以《珍珠塔》不合时代思潮，乃新打此《孟姜女》。予所听者仅系开头一回，谓苏州有万德润者有怨于赵高，赵至秦而贵，因言万家有藏书，犯禁律，又以德润已死，则录入其子喜良。当秦始皇遣骁骑尉来捕，太守知喜良冤，因令心腹捕役密告之，令其全家远徙云云。全书不知如何结构，他日当访其人，与一谈也。

湖南花鼓戏中之《池塘洗澡》（《孟姜女配夫》）

1934 年 7 月，南京戏曲音乐院北平分院研究所出版之《剧学月刊》第三卷第七期中有卓之《湖南戏剧概观》一文，其第三节为《花鼓戏》云：“花鼓戏起源颇早，为一种民间戏剧，在乡村中占有相当势力。……考其由来，似出于从前社戏时之扮演故事所推进演绎而成。古人于岁时伏腊乡村举行社祭，父老训说古人忠孝节义历史及奸盗邪淫诸罪恶，以励社会，不足则令人扮演，更为歌曲以表明之，弦鼓以助扬之。……迄今不知已历几千百年。以近代后起之汉班视之，诚瞠乎其后。所惜者，历来士大夫以自尊身份故，薄视此等民间戏剧而不屑加以研究与改善，官厅尤认为冶容诲淫，因禁入城市，致花鼓戏之名称乃不直于社会人士之口，良可慨也。……所奏鼓乐，最重弦类（有大筒二弦）、吹器（大小喇叭、横笛等）。次之则铎、鼓、铙、钹亦均为附属。”举《池塘洗澡》一剧以见一斑：

（小生扮役卒上）箭是刁翎箭，弯弓满上弦。单打飞天鸟，英雄出少年。（白）小生范齐郎，可恨秦始皇无道，拿我前面南修五岭，北筑万里长城。想我两肩挑得泡泡肿痛，苦不堪言，不免于半夜三更逃回家乡去吧。（唱，弦拉大筒长调）黄篾鸳鸯箕隔墙料，杉木杠子往河下掉。将身且把城墙上，对着家乡泪汪汪。远望家乡不能见，不知何日到家中。舍身就把城墙下，哎唷，一身疼痛好不伤心！不觉走，不觉行，看看东方日出似火盆。日出东方怕人见，且在这柳荫树上权且藏身。将身且把柳荫上，等候那日落西山再起程。（作站树枝上状，下）（旦上唱）上房瞒了爹爹面，下房又瞒奴的娘，瞒了哥哥并嫂嫂，又瞒梅香人一双，年年有个六月六，趁了这六月六日池塘洗澡好把身凉。急急忙忙往前走，池塘就在前面存。前看五里无人见，后看十里没有人行。天上起了毛毛雾，朦天帐内好脱衣裳。上身脱去兰衫子，下身又脱八幅罗裙。脱下膝裤并裹脚，足下又脱绣红鞋。一身上下都脱尽，（按演此剧时旦仅

着小衣)双足跳下藕塘中。(**小生作在枝上下瞧介**)手拿汗巾摆几摆,冷水上身好不惊人。上身洗得干干净,下身洗得白如银。拨开荷叶照一照颜面,哎呀!(**作陡见生在树上状**)柳荫枝上一位书生。或是人来朝东站,或是鬼来莫现身。扯一皮荷叶遮羞体,双足跳上池塘边,连忙衣裤来穿起,上前两步再问分明:"莫不是人家浪荡子?莫不是长街市上耍笑儿郎?"(**小生唱**)"请听,不是人家浪荡子,又不是街上耍笑郎。家住河南开封府,范家庄上有我家门。爹爹有名范员外,母亲诰封杨氏安人。所生兄弟人三个,范龙、范虎、我范齐郎。"(**旦白**)"因何来此?"(**生唱**)"秦始皇要把长城筑,吩咐文武把丁抽:家有三子抽一口,家有五人抽一双。因此我家也要抽一人修城墙。"(**旦白**)"怎不叫大哥去?"(**生唱**)"本当要把大哥去,丢下门户无人当。"(**旦白**)"怎不把二哥去?"(**生唱**)"丢下二嫂守空房。只有小生无罣碍,自己情愿去修城墙。我那日含泪别爹娘,来到长城这地方。赐我黄篾驾箕一大只,杉木杠子五尺长。日里要我挑黄土,晚来又要守城墙。日挑黄土八百担,浑身疼痛实难当。每日只有三合米,吃不饱喝点米汤。莫奈何只得来逃走,这是我一派苦心肠。"(**旦唱**)听他言来喜在心,便把"相公"尊一声:"当下爹娘生下我,发下誓愿在庙堂:年年有个六月六,池塘洗澡会儿郎。八十岁公公遇着我,拐杖底下结成双。瞎子、跛子遇着我,前世烧了断头香。三岁孩童遇着我,罗裙兜他进绣房。今日相公遇着我,好一似龙凤配鸳鸯。"(**生唱**)"你招要招王孙公子,招了我范齐郎不得久长。"(**旦唱**)"招郎不愿王公子,招了齐郎得久长。"(**生白**)"何物属媒?"(**旦唱**)"日出东方为媒证,池塘清水当酒浆。"(**生白**)"没有衣服。”（旦唱）尊声“相公在此等，奴家归家拿衣衫”。急忙来到绣房内，打开箱子拿衣裳。转到池边把相公请，“穿好衣衫好拜堂”。（生下树穿衣介，唱）“一拜天来二拜地。”（旦唱）“三拜四拜福寿齐。”（生唱）姻缘本是前生定，（旦唱）五百年前结良缘。尊声“相公请随定我，回到家中见奴的爹娘”。（旦白）“请呀！”（下）

此剧又名《孟姜女配夫》。其中心思想则婚姻为命定的，当孟姜女初生之际，其父母已发誓，要在六月六日池塘洗澡时获得配偶，不论老少妍媸，犹然《彩楼配》之碰到即算也。至范齐郎一名当为湘音之转变。

中　　编

吴歌研究

《吴歌甲集》自序*

北京大学歌谣研究会嘱我把搜集到的吴中歌谣写定付刊，这已是前年的话了。到今天方得把第一个一百首整理完工，编成《甲集》。我非常感谢常维钧先生，他屡屡逼我写稿，自始至终没有间断，使我在极冗忙的生活中居然能作一度的粗粗的整理。我又感谢魏建功先生和董彦堂先生，他们替我标音，魏先生又作《读歌札记》百余条，吴言韵纽二表。列为本书的附录，裨益于我和读者的地方都非常多。

我很快乐的，是这书竟成了歌谣专集的第一种，我尤快乐的，是这书为我生平出版的作品的第一种。

这几年来，常有人问我著作了多少书；我回答说没有，他们都露出不信的样子。这不要怪他们的误认，实在我的伏案的时候太多了，在一般人的期望中，自该有些成本子的东西发表。但我求知的欲望比出版的欲望强烈得多，所以动笔虽勤，却完全是些碎稿。今承维钧诸位的逼迫与帮助，使我写成这书，我非常的快乐，从此以后可以塞住人们的责望了。

---

* 本文原载《歌谣周刊》第 97 号，1925 年 6 月 28 日。又刊《文学周报》第 188 期，1925 年 8 月 30 日。又刊北大研究所国学门歌谣研究会《吴歌甲集》，1926 年 7 月。

既经写成了这一集，自该把我搜集歌谣的经历叙述一下，使得读者知道这书的由来。

当民国六年时，北京大学开始征集歌谣，由刘半农先生主持其事。歌谣是一向为文人学士所不屑道的东西，忽然在学问界中辟出这一个新天地来，大家都有些诧异。那时我在大学读书，每天在《北大日刊》上读到一二首，颇觉得耳目一新。但我自己是从小不会唱歌的，虽是听小孩子唱的还有几首能够记得，可是真不多，所以不曾投稿。

民国七年，先妻病逝。我感受了剧烈的悲哀的刺戟，就得了很厉害的神经衰弱的病症，没有一夜能够得到好好的睡眠，只得休了学在家养息。我是一个欢喜翻书弄笔的人，这个时候，书也不能读了，字也不能写了，说不尽的闷怅；而《北大日刊》一天一天的寄来，时常有新鲜的歌谣入目。我想，我既经不能做用心的事情，何妨试把这种怡情适性的东西来伴我的寂寞呢！想得高兴，就从我家的小孩子的口中搜集起，又渐渐推至邻家的孩子，以及教导孩子唱歌的老妈子。我的祖母幼年时也有唱熟的歌，在太平天国占了苏州之后又曾避至无锡一带的乡间，记得几首乡间的歌谣，我都抄了。我的朋友叶圣陶、潘介泉、蒋仲川、郭绍虞诸先生知道我正在集歌谣，也各把他们自己知道的写给我。所以我一时居然积到了一百五十首左右。

八年五月，我妻殷履安嫁来；我告她这件事，她也很高兴，当七月中她归宁到甪直镇的时候，就从她的家中搜集到四五十首。于是我的箧中的吴歌有了二百首了。

大约从八年二月到九月，这八个月中，是我出力搜集歌谣的时候。我总欢喜把事情的范围扩大，一经收集了歌谣就并收集谚语，一经收集了谚语又联带收集方言方音。这一年中随手的札记，竟积到了十余册，假使我能把这事上了轨道去做，那么到今六年，一定能有较为满意的成绩了。但我一复了学，便得不到从容做这些事的时间；毕业以后事务更忙，不但没有新加增的材料，即旧有的也苦于不能加以整理。我对于歌谣的工作的时间实在仅仅是这八个月。

民国九年，郭绍虞先生担任撰述《晨报》的文艺稿件，他要求我把这些材料发表。我道："我实在没有工夫；你若要把它发表，只要你替我钞出就是了。"他果然一天抄出几首，登入《晨报》。这时报纸上登载歌谣还是创举，很能引起人家的注意，于是我就以搜集歌谣出了名，大家称我为研究歌谣的专家。我受了这种不期的称誉，屡次激起很强的羞愧，我想：我搜集到的材料既这般少，工作的时间又这般短，研究的事更是始终没有着手，这个名号怎么担当得起！所以我做了一篇《〈吴歈集录〉序》，登载在《晨报》上，说道：

> 我这件事情虽是经过了一二年，但终不敢宣布出来。为什么呢？因为里边实在有许多解不出的句子，写不出的文字，考不定的事实。我想，要彻底的弄清楚它，必得切切实实做一番文字学的工夫，把古今的音变，邻地的方言，都了然于心，然后再来比较考订，才可无憾。这件事情不是几年里所能做到的，所以我已经拿了这部《吴歈集录》算做我的终身之业了。（九年十一月三日）

我作这段文字的意思，只是要老实表示我对于歌谣没有什么研究，希望人家不要随便称许我。但是内心歉然的，就是认了"终身之业”也得有宽裕的时间才好着手进行，像我这般忙乱的生活，向时所期望的各种终身之业都只是束之高阁，说不到按日程功，一步一步的向前走去。那么，这“终身之业”四个字，岂不是成了“从此停止”的托辞吗！

因为有了这样的疚心，所以我常希望有一种外力来压迫我做这件事。前年，我在上海，歌谣研究会中来信，嘱我赶速写成付印，我觉得这是受了别人的压迫而做自己的事业的一个好机会，所以就答应了。去年夏后，《歌谣周刊》改变体例，刊行专集，就把我所抄集的一部分算做了第一种。这一部分材料，在周刊上连续登载了近一年，得到许多师友的帮助和审正，虽是仍有种种不惬意的地方，总算整理过一次了。从此以后，如稍得暇闲，便当接钞《乙集》，陆续在周刊上发表。到《乙集》出版时，我在六年前搜集到的歌谣也完了。如有人供给我材料，或我自己有工夫更去搜集新材料时，《丙集》、《丁集》……自可依次出版。但现在还不敢说定。

我搜集到的材料，曾在旧序中分成五类：

(1)儿童的歌。
(2)乡村妇女的歌。
(3)闺阁妇女的歌。
(4)男子(农、工、流氓)的歌。
(5)杂歌。

现在编纂这书，仍略依这几类，分为上下卷：儿歌为上卷；余四种都是成人的歌，为下卷。这五类的分界意义大约如下：

儿歌——这是就儿童的兴会发抒,或以音韵的谐合,或以联想的凑集,或以顽皮的戏谑而成的歌。这些歌与下列四类的描写人生,叙述有条理的思想的完全不同。

乡村妇女的歌——这是以她们的中心思想(爱情)发挥而成的歌;因为她们没有受过礼教的熏陶,所以敢做赤裸裸的叙述。

闺阁妇女的歌——这类歌的结构比别类都茂密,说的人情世故也都刻画入细。在形式之面,固然独创的也很多,但给识字的妇女做了,便接近到诗及弹词上面去。在意义方面,说私情的不及说功名的多,大都希望夫婿以科第得官;或者说自己竭力振顿家事,求得丈夫面上的威光,这种情境,实在是乡村妇女所想不到的。

男子(农、工、流氓的歌)——它们或有豪迈的气概,或有滑稽的情兴(农、工、流氓以外的男子是没有歌的,程度高的就作诗了,低的就唱戏了。)

杂歌——如对于宇宙和人生求解答的对山歌,如佛婆们的劝善歌等。

这是极草率的分类,我并没有仔细考量过,所以对于所加说明也没有自信的胆力。

尚有许多地摊上面的唱本,确有许多人买了唱着。这些东西,虽也是歌谣,但大部分是下等文人或鬻歌的人为了赚钱而做出来的,似乎可以慢一点辑录。现在我们已经买到了百余种,放在我的表弟吴秋白先生处,由他编纂序录;不久当可先将序录发表。

这本书当时题为《吴歈集录》,我师沈兼士先生曾表示反对,以为吴的地域不清，书名有笼统之嫌。我在那时所以这样写，原是用的楚词上面的“吴歈蔡讴”的典故。现在觉得典故可以不用，但吴字还没有法子换。所以然之故，只因这些歌不是仅仅的在苏州城里搜集来的。“苏州”二字，现在只是吴县境内的一个市名，不能笼罩别的市乡。若题“吴县”，又不能尽，因为我的祖母住过荡口，荡口是属无锡县的；我的妻是角直人，角直是一半属吴县，一半属昆山县的。况且我更希望吴县附近的人多多给我歌谣，亦不愿用吴县一名来自己画定。而佣在苏州人家的老妈子和婢女也不尽是吴县乡下人，她们尽多供给我以歌谣的机会，我也不肯用吴县一名来把她们挡住了。我总觉得，沿太湖居住的人民，无论在风俗上，生活上，言语上，都不应分隔；这些地方虽是给政治区域划断了，但实际上还是打成一片的。所以我们尽可沿着旧有的模糊不清的“吴”名，来广求太湖沿岸人民的歌谣。

这书中，尽有是一字而前后不一致的，歌词的解释也杂乱得很，又没有把歌词加上音符，又没有把搜集的地方按歌记出，实在是一册不整齐、不完备的书。希望歌谣学家、文字学家、风俗学家、音乐学家，都给我详细的指正；更希望我能够得到些空闲，可以详细地修改一过。

1925 年 6 月 17 日

写歌杂记

(一)撒帐

我在第五十九首“坐床撒帐挑方巾”一句下,注道:

> 撒帐,未详其仪式。照字义讲,应当把帐门放下,为他们牉合的象征。但似乎没有这回事。……

但不久就发现我的错误了。赵翼《陔馀丛考》卷三十一,页六,“撒帐”条云:

> 《知新录》云:“汉京房之女适翼奉之子。房以其日三煞在门,犯之损尊长。奉以为不然,以麻豆谷米禳之,则三煞可避。自是以来,凡新人进房,以麻米撒之。后世撒帐之俗起于此。”按:此说非也。撒帐实始于汉武帝。李夫人初至,帝迎入帐中,豫戒宫人遥撒五色同心花果,帝与夫人以衣裾盛之,云得子多也。事见《戊辰杂抄》。唐中宗嫁睿宗公主,铸撒帐钱,重六铢,文曰“长命富贵”,每十文系一彩绦。今俗婚姻奁具内多

> 镌长命富贵等字，亦本于此。

读了这一条，使我们知道撒帐的仪式是为避煞而有的，也是为多子与长命的祝寿而有的。

上月接得广西象县刘策奇先生来信，指正我的错误。并述象县的撒帐仪式如下：

> 新娘进新房后，就同新郎在新房窗前"拜米斗"（以一斗盛米，上置铜钱一吊〔千文〕，插尺子一枝，红烛一对，线香九枝），"交拜"，"食交杯酒"。新郎扯米斗上之尺，揿开新娘盖头之红布置床顶；顺手打新娘三下；众人拥他和她去"坐床"，当拜米斗时之祭品，食交杯酒之下酒物。就是女家备来的一个"全盒"，内装瓜子、落花生、龙眼、荔枝……坐床后，由一好命（有钱，有子孙，夫妇尚成双的）的妇人，将全盒内之瓜子撒播于新床四面，引诱一班小孩上床抢夺，以增热闹。当播撒时，也要说些嘏辞（即是吉利语），如：——
>
> 撒帐东，床头一对好芙蓉。
> 撒帐西，床头一对好金鸡。
> 撒帐北，儿孙容易得。
> 撒帐南，儿孙不打难。……
> 五男二女。女子团圆：
> 床上睡不了，床下打铺连；
> 床上撒尿，床下撑船。

读了这封通信，更可知道撒帐是邀取好口彩的把戏，完全是多子的祝祷了。

最近又在《歌谣周刊》七十二号中翻到魏建功先生的《蝦辞》一文,内载南京刻本“新人坐床撒帐”的蝦辞道:

一撒,一元入洞房,
　一世如意,百世昌!
二撒,二人上牙床,
　二人同心,福寿长!
三撒,三朝下厨房,
　三阳开泰,大吉昌!
四撒,四德配才郎,
　四季开花满树香!
五撒,五子登金榜,
　五凤楼前读文章!
六撒,六六大顺华,
　六龙捧日放光霞!
七撒,七子团圆庆,
　七巧织女会牛郎。
八撒,八仙来庆寿,
　八代儿郎受勋章!
九撒,九世同居住,
　玄孙必选总统郎!
十撒,十不撒,
　过年一窝养两!

又《周刊》五十九号白启明先生所作《河南婚姻歌谣的一斑》内，收集了洛阳、孟县、温县、开封、南阳、唐河县的《撒床歌》八首。又说："除了这八首之外，尚有汉川的一首，篇幅非常的长（千字以外），内中有些'诗云'、'子曰'的意味，怕不是一种天籁歌，所以此处付之阙如。"更可见这种风气的普遍了。

我对于掌礼先生（即老式的赞礼员，是吹手的副业）的嘏辞，从来不曾留意过。经了这一回的提示，将来到人家贺喜时也要好好的"洗耳恭听"咧。

（二）妒花歌

本书第八十首云：

> 牡丹开放在庭前，才子佳人笑并肩。
> "姐姐呀，我今想去年牡丹开得盛，那晓得今年又茂鲜！"
> "冤家呀，你道是牡丹色好奴容好，奴貌鲜来花色鲜？"
> 郎听得，笑哈哈，"此花比你容颜鲜！"
> 佳人听，变容颜，二目睁睁看少年，"既然花好奴容丑，从今请去伴花眠；再到奴房跪床前！"

我初收到这首歌时，觉得很熟，好像是在那里看见过的。想了一会，才记起是唐寅的《妒花歌》。因检《六如居士全集》（卷一），录出其文：

昨夜海棠初着雨，
数朵轻盈娇欲语。
佳人晓起出兰房，
折来对镜比红妆，
问郎“花好奴颜好？”
郎道“不如花窈窕”。
佳人见语发娇嗔，
“不信死花胜活人！”
将花揉碎掷郎前，
“请郎今夜伴花眠！”

寻到了这一首，总以为寻得了它的根源了。哪知唐寅的《妒花歌》还是有它的来历的！《全唐诗》中有一首《菩萨蛮》，作者无名氏，亦未记出它的来源，文云：

牡丹含露真珠颗，
美人折向庭前过；
含笑问檀郎：
“花强？妾貌强？”
檀郎故相恼，
须道花枝好。
一面发娇嗔，
碎挼花打人。

这比唐寅更前了六百年，竟被我们找到，是如何的有趣呵！

这首《菩萨蛮》词，适之师已选在《词选》中了，我即是在《词选》中读到的。

(三)《野有死麕》之一

《诗经》中有一部分是歌谣，这是自古以来就知道的。但因为从前的读书人太没有歌谣的常识，所以不能懂得它的意义。不懂得而竟要强做解释，这就不免说出外行话来了。

我现在试举一个例。

《召南·野有死麕》篇是一首情歌。第一章说吉士诱怀春之女，第二章说"有女如玉"，到第三章说道：

> 舒而脱脱兮，
> 无感我帨兮，
> 无使尨也吠！

帨，是佩在身上的巾。古人身上佩的东西很多，所以《诗经》中有"佩玉锵锵"、"杂佩以赠之"的话。脱脱，是缓慢。感，是摇动。尨，是狗。这三句话的意思，是：你慢慢儿的来，不要摇动我的身上挂的东西（以致发出声音），不要使得狗叫（因为它听见了声音）。这明明是一个女子为要得到性的满足，对于异性说出的恳挚的叮嘱。

可怜一班经学家的心给圣人之道迷蒙住了。卫宏《诗序》云："被文王之化，虽当乱世，犹恶无礼也。"郑玄《诗笺》云："贞女欲吉士以礼来……又疾时无礼，强暴之男相劫胁。”朱熹《诗集传》云：“此章乃述女子拒之之辞，言姑徐徐而来，毋动我之帨，毋惊我之犬，以甚言其不能相及也。其凛然不可犯之意盖可见矣！”经他们这样一说，于是怀春之女就变成了贞女，吉士就变成了强暴之男，情投意合就变成了无礼劫胁，急迫的要求就变成了凛然不可犯之拒！最奇怪的，既然作凛然不可犯之拒，何以又言姑徐徐而来？

我们现在在本集第六十八首中见到以下的歌词：

结识私情结识隔条浜，
绕浜走过二三更。
“走到呒笃场上狗要叫；
走到呒笃窝里鸡要啼；
走到呒笃房里三岁孩童觉转来。”
“倷来末哉！
我麻骨门闩笤帚撑，
轻轻到我房里来！
三岁孩童娘做主，
两只奶奶塞子嘴，
轻轻到我里床来！”

（四）褰裳

《郑风·褰裳》篇云：

子惠思我，
褰裳涉溱。
子不我思，
岂无他人！
狂童之狂也且！

这比《野有死麕》的话说得更明显了。但经学家是最容易上当的人，所以又发生了误解。

昭公十六年《左传》，记晋国的韩宣子到郑国去聘问，郑国的卿大夫款宴他，子太叔赋《褰裳》。他为什么对了贵客竟赋这诗呢？因为那时的赋诗是象征的，他的意思是说郑国极愿意事晋，只怕晋国不能了解他们的好意，终至丢掉了他们。所以韩宣子答道："起在此，敢勤子至于他人乎！"这仿佛是说："我不是薄幸的人，你不必存秋扇之捐的忧虑呢！"

因为《左传》上有了这一段记载，把诗学家又缠夹了！卫宏《诗序》云："狂童恣行，国人思大国之正己也。"郑玄《诗笺》云："狂童恣行，谓突与忽争国。……子者，斥大国之正卿。子若爱而思我……我则揭衣渡溱水往告难也。言他人者，先乡齐、晋、宋、卫，后之荆楚。"

我们在本集第九十首中见到的歌，意境与《褰裳》极相似。但不知道是不是郑国的突、忽（或是允礽与胤禛）争国时，国人思大国正己而作的？

自从一别到今朝，
今日茶坊改变了。

女儿的贵相好！
此山不比那山高；
脱脱蓝衫换红袍。
人也比奴好；
容也比奴俏。
打发外人来请你，
请你的冤家请亦请弗到，
拨勒别人笑！
你有洋钱别处嫖；
小妹身体有人要。
你走你的阳关路；
奴走奴的独木桥。
偕倷各处去卖香声！

（五）《跳槽》之一

偶在吴缉熙先生处听留声片，我说："我听戏片厌了，有什么小调片子开一张？"他就寻出了张菊芬唱的《跳槽》来。听到后段，忽然触动了我的心，惊道："这原来就是'自从一别到今朝'那一首歌呀！我竟在无意中得到了它的题目了！"取出《唱片说明书》来一翻，果然不错。所可惜的，这歌她没有唱完，因片尽而中止了。

这是百代公司唱片第三三四四九号。

这歌的起首数段，是本集第九十首所没有的；本集歌文第三句以后，它又没有了。可惜它们两个，一是乐歌，一是由乐歌变成的徒歌,徒歌不须分章节,也不需要衬字,因此就有许多并合移动的地方,二者合不起来。

今将《唱片说明书》所载歌文录下:

目今呀时世大呀大不同,
有了西来忘下了东。
郎呀,情理却难容!
嗳嗳唷,郎呀,情理却难容!

好姐呀好妹吃了什么儿的醋?
好兄好弟抢了谁的风?
郎呀,大量要宽宏!
嗳嗳唷,郎呀,大量要宽宏!

人无呀千日好,花无百日红。
做一日和尚撞一日钟。
郎呀,钟钟撞虚空!
嗳嗳唷,郎呀,钟钟撞虚空!

自从呀一别到呀到今朝,
今日里相逢改变了:
郎呀,另有了贵相好!
(嗳嗳唷,郎呀,另有了贵相好!)

末一句是我看了上几章的文体替它加上去的,片子上原只到上面一句就完了。我很抱怨百代公司的制片人，为什么不再制第二片，让我听完了？

这歌写在纸上看，并不见得怎样好，但歌声的哀婉凄怨，使我们仿佛对着她的愁思的容貌，哽咽的语言，为之于邑不欢。可怜妓院中多少伤心事，没有人同她们写出，只在她们的唱片中留得一些痕迹！

在这首歌文里，可以知道本集第九十首歌词第二句的“茶坊”是“相逢”之误，第三句的“女儿的贵相好”是“郎呀另有贵相好”之误。

百代公司《唱片目录》中，《跳槽》一题甚多，今录于下：

（一）大鼓调：大云卿姑娘《跳槽》一段至四段。（32158—32161）

（二）大鼓调：大金福《切跳槽》。（32593）

（三）上海小调：筱娇《跳槽》（33260）

（四）扬州小调：倪子云等《跳槽》。（33163）

沈复《浮生六记》卷四，记他在广东和徐秀峰狎妓事，有云：

秀峰今翠明红，俗谓之“跳槽”；甚至一招两妓。余则惟喜儿一人。

可怜“今翠明红”的人太多了，成就了许多百代公司的唱片！

（六）玉美针

本集第八十九首《杨柳那得青青》一歌中有许多不可解的句子，存疑了几载了。

前月承董彦堂先生在上海搜集了许多石印的唱本寄来，内有《玉美针》一篇，始得见这歌在乐歌中的真相。今录于下：

杨柳儿青青，杨柳儿青青，
青青的早上同郎去游春，同郎去游春。
游春之后失落了玉美针，失落了玉美针。
有情的人儿哎，人儿哎，
失落了玉美针，失落了玉美针。
哪一位公子拾去奴的针，拾去奴的针？
有情的人儿哎，人儿哎，
拾去奴的针，拾去奴的针，
轻轻巧巧送上我家门。
有情的人儿哎，人儿哎，
送上我的门，送上我的门，
青纱帐内报报你的恩！
有情的人儿哎，人儿哎，
公婆知道棍子打上身，棍子打上身。
有情的人儿哎，人儿哎，
打来打去打不掉奴的心，打不掉奴的心！

有情的人儿哎，人儿哎，
丈夫知道必要写退婚，必要写退婚。
有情的人儿哎，人儿哎，
必要写退婚。
一乘小轿抬到娘家门，抬到娘家门。
有情的人儿哎，人儿哎，
这是为何因？
有情的人儿哎，人儿哎，
这是为何因？这是为何因？
十二十四偷情到如今，偷情到如今。
有情的人儿哎，人儿哎，
偷情到如今，偷情到如今，
哥哥嫂嫂不认这门亲，不认这门亲。
有情的人儿哎，人儿哎，
不认这门亲，不认这门亲。
一乘小轿抬到庵堂门，抬到庵堂门。
有情的人儿哎，人儿哎，
抬到庵堂门，抬到庵堂门，
手掐佛珠念上几卷经，念上几卷经。
有情的南无观世音，南无观世音，
念上几卷经，
拜拜观世音，拜拜观世音，
不修今生修来生，修一修来生！
有情的南无观世音，南无观世音，
修一修来生，修一修来生！

修上一个有情郎君，有情郎君！
有情的南无观世音，南无观世音，
过上几十春，过上几十春！

这是说一个已嫁的女子恋上了一个人，幻想出事情破露之后，公婆如何的打她，丈夫如何的休她，还到家里哥哥嫂嫂又如何的嫌弃她，于是只得进了庵堂；但进了庵堂之后，立下的念佛修行的目的还是要在来生得到一个有情郎君。这是何等的勇敢！

冯小青诗云："稽首慈云大士前，莫生西土莫生天；愿为一滴杨枝水，化作人间并蒂莲！"即是这歌的歌中人的主意。

本集所录的歌，意味颇与此不同；她是恐怕被休而不敢偷情了，文如下：

杨柳那得青青，
青青那得早起。
失落了个女美珍。
在家的公子失了奴的贞，
害了奴的贞。
十三岁，要偷情；
偷到如今，终弗能称心；
刚刚称心，夫家知道，一定要退婚：
叫肩小轿，抬进庵门；
先拜弥陀，慢拜尼僧。
削落两根头发，做个尼僧。
"月亮里点灯，挂舍名！"

从今以后，终弗偷情。

她从十三岁偷到如今，不曾得称心。刚称心时，又怕夫家休弃而从此不偷。她想到做尼僧时，又觉得保全清名的无聊。满腔的患得患失之情，只显得她的阘茸与平庸。不料好好的一首乐歌，变到徒歌时便这等坏了！

把乐歌与徒歌一比，就知道徒歌中的"女美珍"是"玉美针"之误，"在家的公子失了奴的贞"是"谁家的公子拾了奴的针"之误，"害了奴的贞"是"还了奴的针"之误。这都是笔述者的错失，与歌者无关。

这歌是从什么地方传到苏州的，我不敢断说。看其读"玉"为"女"，当是由北方传来的。看"杨柳那得青青"的句调，似是扬州小调。

（七）《野有死麕》之二

得适之师来信，指正我的《野有死麕》一段话，极快。今将原书录下：

颉刚：

你的《写歌杂记》很有趣味，今天的两条，尤可爱。我因此想起我读"九一"号时的一点感想，写出来寄给你。

你解《野有死麕》之卒章，大意自不错，但你有两个小不留意，容易引起人的误解：（1）你解第二句为"不要摇动我身上挂的东西，以致发出声音”；(2)你下文又用“女子为要得到性的满足”字样：这两句合拢来，读者就容易误解你的意思是像《肉蒲团》里说的“干哑事”了。

“性的满足”一个名词在此地尽可不用，只说那女子接受了那男子的爱情，约他来相会，就够了。“帨”似不是身上所佩；《内则》“女子设帨于门右”，似未必是“佩巾”之义。佩巾的摇动有多大的声音？也许帨只是一种门帘，而古词书不载此义。《说文》帨字作帅，“事人之佩巾”如何引申有帅长之义？

《野有死麕》一诗最有社会学上的意味。初民社会中，男子求婚于女子，往往猎取野兽，献与女子。女子若收其所献，即是允许的表示。此俗至今犹存于亚洲、美洲的一部分民族之中。此诗第一第二章说那用白茅包着的死鹿，正是吉士诱佳人的贽礼也。

又南欧民族中，男子爱上了女子，往往携一大提琴，至女子的窗下弹琴唱歌以挑之。吾国南方民族中，亦有此风。我以为《关雎》一诗的“琴瑟友之”，“钟鼓乐之”，亦当作“琴挑”解。旧说固谬，作新婚诗解亦未为得也。“流之”、“求之”、“芼之”等话，皆足助证此说。

研究民歌者当兼读关于民俗学的书，可得不少暗示。如下列各书皆有用：

Westermarck：*Development of Moral Ideas and Practice*

Hobhouse：*Morals in Evolution*

适·十四，五，二十五。

我诚实的招认，我是误解了。帨为门帘，现在虽没有坚强的证据，但未始不可做一个假设，徐待证据的发见。

本集第二十四首云：

长手巾，挂房门。
短手巾，揩茶盆，
揩个茶盆亮晶晶。

上一句大有《内则》“设帨于门右”之意，下一句似是抹布，那么，在这二句中，这“手巾”一名就有了歧义了。又苏州人叫擦面布亦为“手巾”，则此名竟有了三义。帨在佩巾之外别有意义，自属可能。

适之师又对我说：“此诗之义，经学家虽讲为峻拒，文学家却是讲为互恋的。记得王次回诗中即有此类句子。”我依了这个指导，去寻《疑雨集》，在第四卷《无题》诗中得到以下一首：

重来絮语向西窗，
奉坠罗衣泪一双。
臂钏夜寒归雪砌，
鬓鬟风乱过春江。
金堂地逼防言鸟，
茅舍云深绝吠尨。
郎肯爱闲须一到，
阿家新醱正开缸。

(八)起兴

幼读朱熹《诗集传》,见他在“关关雎鸠,在河之洲。窈窕淑女,君子好逑”下释云:

> 兴也。……雎鸠,水鸟……生有定偶而不相乱,偶常并游而不相狎,故《毛传》以为挚而有别。……是诗言彼关关然之雎鸠则相与和鸣于河洲之上矣,此窈窕之淑女则岂非君子之善匹乎!言其相与和乐而恭敬,亦若雎鸠之情挚而有别也。

我的心中很疑惑:雎鸠是情挚而有别的,君子与淑女是像它们的,那么,这明明是“比”而不是“兴”了。

朱熹所下的赋、兴、比的界说,是:

> 赋者,敷陈其事而直言之者也。
>
> 兴者,先言他物以引其所咏之词也。
>
> 比者,以彼物比此物也。

赋和比都容易明白,惟独兴却不懂得是怎么一回事,看《诗集传》中他所定为兴诗的许多篇,还是一个茫然。如《桃夭》篇云:

> 桃之夭夭。灼灼其华。
>
> 之子于归,宜其室家。

他解释道：

《周礼》仲春令会男女，然则桃之有华正婚姻之时也。

那么，这诗是说在桃花盛开时她嫁了；咏桃花以著嫁时，乃是直陈其事的赋诗。又如《麟趾》篇云：

麟之趾，
振振公子。

他解释道：

麟之足，不践生草，不履生虫。振振，仁厚貌。

这诗既说仁厚的公子同麟趾一样的爱物，又是一首以彼物比此物的比诗了。朱熹自己审定的许多兴诗，不但不足以证成他的界说，反与其他的别两类相混，这如何可以使得我们明白呢！

数年来，我辑集了些歌谣，忽然在无意中悟出兴诗的意义。今就本集所载的录出九条于下：

（一）萤火虫，弹弹开。
　　千金小姐嫁秀才。……（第一九首）
（二）萤火虫，夜夜红。
　　亲娘续苎换灯笼。……（二〇）
（三）蚕豆花开乌油油。

姐拉房中梳好头。……（五一）

（四）南瓜棚，著地生。

外公外婆叫我亲外甥。……（五三）

（五）一荚毛豆碧波青。

两边两悬竹丝灯。……（五四）

（六）一朝迷露间朝霜。

姑娘房里懒梳妆。……（五八）

（七）阳山头上竹叶青。

新做媳妇像观音。

阳山头上竹叶黄。

新做媳妇像夜叉。……（六一）

（八）阳山头上花小篮。

新做媳妇多许难。……（六二）

（九）栀子花开心里黄。

三县一府捉流氓。……（九二）

在这九条中，我们很可看出起首的一句和承接的一句是没有关系的。例如新做媳妇的好，并不在于阳山顶上竹叶的发青；而新做媳妇的难，也不在于阳山顶上有一只花小篮。它们所以会得这样成为无意义的联合，只因"青"与"音"是同韵，"篮"与"难"是同韵；若开首就唱"新做媳妇像观音"，觉得太突兀，站不住，不如先唱了一句"阳山头上竹叶青"，于是得了陪衬，有了起势了。至于说"阳山"，乃为阳山是苏州一带最高的山，容易望见，所以随口拿来开个头。倘使唱歌的人要唱"新做媳妇多许好"，便自然先唱出"阳山头上一丛草"了；倘然要唱"有个小娘要嫁人"，便也许先唱出"阳山头上一只莺”了。

这在古乐府中也有例可举。如“孔雀东南飞，五里一徘徊”，原与下边的“十三能织素，十四学裁衣，十五弹箜篌，十六诵诗书”一点没有关系。只因若在起首就说“十三能织素”，觉得率直无味，所以加上了“孔雀东南飞，五里一徘徊”，一来是可以用“徊”字来起“衣”“书”的韵脚，二来是可以借这句有力的话来作一个起势。

我们懂得了这一个意思，于是“关关雎鸠”的兴起淑女与君子便不难解了。作这诗的人原只要说“窈窕淑女，君子好逑”，但嫌太单调了，太率直了，所以先说一句“关关雎鸠，在河之洲”。它的最重要的意义，只在“洲”与“逑”的协韵。至于雎鸠的情挚而有别，淑女与君子的和乐而恭敬，原是作诗的人所绝没有想到的。

八百年前的郑樵，他早已见到这一层。他在《读诗易法》(《六经奥论》卷首)中说：

> “关关雎鸠”……是作诗者一时之兴，所见在是，不谋而感于心也。凡兴者，所见在此，所得在彼，不可以事类推，不可以理义求也。兴在鸳鸯，则“鸳鸯在梁”可以美后妃也。兴在鸤鸠，则“鸤鸠在桑”可以美后妃也。兴在黄鸟，在桑扈，则“绵蛮黄鸟”，“交交桑扈”可以美后妃也。如必曰关雎然后可以美后妃，他无预焉，不可以语《诗》也！

他在这段文中虽仍不能屏除“后妃”的成见，但他的解释兴义是极确切的。

用了这个眼光去看古人的说《诗》的文字，就觉得他们的说话真是支离灭裂的到了极度。他们只是随便说了一番，却使《诗》义因此不明。现在举一个例在下面：

> 《邶风·雄雉篇》云：
> 雄雉于飞，泄泄其羽。
> 我之怀矣，自诒伊阻。……
> 雄雉于飞，下上其音。
> 展矣君子，实劳我心。

我们看了以上的话，便可知道这两章诗的本义原在"怀自诒之阻"及"劳心于念君子"两个意思；雄雉的"泄泄其羽"只为"阻"字的押韵，"下上其音"也只为"心"字的押韵。但作《序》的人是看定《邶风》为卫国的诗的（《邶风》是否卫诗，我觉得现在不能断定），又从《左传》上知道卫国有淫君曰卫宣公，于是就断道：

> 《雄雉》，刺卫宣公也。

郑玄作《诗笺》，就本了《序》说及《毛传》的"兴也，雄雉见雌雉，飞至鼓其翼泄泄然"而说道：

> 兴者，喻宣公整其衣服而起，奋讯其形貌，志在妇人而已，不恤国之政事。

可怜《邶风》作者随便起了一个兴，累得卫宣公到汉朝时又加添了一重罪案！

在苏州的唱本中有两句话，写尽了歌者的苦闷和起兴的需要：

山歌好唱起头难，
起子头来便不难。

（九）《跳槽》之二

前次所记的《跳槽》，仅据留声机片说明书。今得钱南扬先生来信，承以唱本所见写示，并将从留声机上所听到的也分别了正字和衬字，与唱本所载的同样写出，于是我们始可见得这歌的全体了。机片与唱本有前后的不同，唱本与徒歌有繁简的不同，我们一一都能得到，岂不是一件极可欣慰的事！我在上一次记中曾说可惜乐歌与徒歌体制不同，不能合并，现在得到钱先生的唱本，居然可以合并起来，这岂不是更可欣慰的一件事呢！今将钱先生来信钞在下面：

颉刚先生：

先生在九十一期《写歌杂记》中所举之“自从一别到今朝”一词，曲名《跳槽》——倡家谚语——颇有几种不同的唱法。兹录奉左右。

（一）

A. 目今（呀）时世大（呀大）不同，
有了西来忘（下）了东，
（郎呀！）情理却难容。

〔过门〕(哙呀,哙哙唷,郎呀!)情理却难容。

B. 好姊(呀)好妹吃了(什么儿的)醋,

好兄好弟抢了(谁的)风,

(郎呀!)大量要宽洪。

〔过门〕(哙呀,哙哙唷,郎呀!)大量要宽洪。

C. “人无(呀)千日好,花无百日红。”

“做一日和尚撞一日钟。”

(郎呀!)钟钟撞虚空。

〔过门〕(哙呀,哙哙唷,郎呀!)钟钟撞虚空。

D. 自从(呀)一别到(呀到)今朝,

今日(里)相逢改变了,

(郎呀!)另有(了)贵相好。

〔过门〕(哙呀,哙哙唷,郎呀!)另有(了)贵相好。

——此从留声机片上听来——

(二)

D’. 自从(呀)一别……(同上)

E. 此山(呀)不比那(呀那)山高,

脱下蓝衫换红袍。

(郎呀!)容颜比奴俏,

〔过门〕(哙呀,哙哙唷,郎呀!)金莲比奴小。

F. 跳槽(呀)跳槽又(呀又)跳槽,

跳槽(的)冤家又来了。

(郎呀!)问你跳不跳?

〔过门〕(哙呀,哙哙唷,郎呀!)问你好不好?

G. 打发(呀)外人来(呀来)请你,

请你(的)冤家请(呀请)弗到,

(郎呀!)拨勒别人笑。

〔过门〕(哙呀,哙哙唷,郎呀!)拨勒别人笑。

H. 你有(呀)银钱有(呀有)处嫖,

小妹(妹)终身有人要,

(郎呀!)不必费心了!

〔过门〕(哙呀,哙哙唷,郎呀!)不必费心了!

I. 你走(呀)你的阳(呀阳)关路,

奴走奴的独木桥。

(郎呀!)处处(去)买香烧。

〔过门〕(哙呀,哙唷哙,郎呀!)处处(去)买香烧。

——此得之唱本——

右二曲疑是一曲分成者。然小唱除五更调外,普通段数皆应成双;此两曲合之得九段,不知何故。或者如《四季相思》例,于春、夏、秋、冬外,末后又添一节。则此I一段当是尾声也。(按:自A至H,既将从前至目下事情说尽,欲了亦可了矣,而于I一段忽而想及将来,故作为尾声观亦通。)此曲唱者亦有不唱F段或G段者,则适得八段。(或者中有某段,本为分裂后增入者,亦未可知。)

E段"金莲比奴小"句,尝见老唱本如此,今已改为"应酬比奴好"矣。

G段"拨勒别人笑","别人"一作"姊妹"。

G段容有误记,仿佛第三句与末句不同。然手头无唱本,只得待考。

I 段"小妹妹终身有人要","终身"或作"身体"。

I 段末句"处处去买香烧","买香烧"三字近唱作"攀相好"。

钱肇基上。六月五日。

从这首歌里,可知我原本写的"偕倷各处去卖香声"句"卖香声"乃是"买香烧"之误(声与烧同纽)。这烧香不知何义,或者是永不见面的祈求吧?

本集第九十首所录,即是缺去 F 段的,实得五段而去其复句。H 段的"不必费心了",两句皆缺。E 段的"容颜比奴俏,金莲比奴小",改为"人也比奴好,容也比我俏"。

听冶游的人说,妓女常有自编歌曲,叙述身世之悲的。她们的身世之悲,想来不外三种。一是父母的狠心,他们为了贪用钱而把亲生的女儿卖入勾栏。一是鸨母的凶恶,她们使出种种不人道的法子,勒逼一群无告的女儿做她们挣钱的工具。末一个便是嫖客的无良,他们对于妓女全是玩弄的态度,喜新厌旧,所有的盟誓都是假的。别人享受得到亲子之爱,男女之爱,惟独她们很难享受到。别人会得到职业的乐趣,惟独她们只觉得职业的惨酷。她们虽因艺术的拙劣,不能把歌曲做得好,然而总是苦海中的悲号之声呵。我们很希望读者各把知道的这类歌曲写与我们,使得许多可怜的女作家的作品可以永久的保存下去,不要把她们的血泪白丢掉了。

（十）儿歌比较一斑

儿歌随韵接合，是各处一样的，即意境亦多相同。如本集第十一首云：

康铃康铃马来哉，隔壁大姐转来哉！
啥个小菜？茭白炒虾。
——田鸡踏杀老鸦。
老鸦告状，告拨文王。
文王卖布，卖着姐夫。
姐夫关门，关着苍蝇。
苍蝇扒灰，扒着乌龟。
乌龟撒屁，撒得满地！

张四维先生所辑云南个旧歌谣中，便有一首很相类的：

月亮汤汤，骑马烧香：
烧死罗大姐，气死豆三娘。
三娘摘豆角——
豆角空，嫁齐公。
齐公矮，嫁螃蟹。
螃蟹过沟，踩着泥鳅。
泥鳅告状，告着和尚。

和尚看经，看着观音。
观音撒水，撒着小鬼。
小鬼把门，把呢肚子痛。
请个端公来跳神。
跳神跳不成，白费我的二百文。

歌中“豆角空，嫁齐公”云云，苏州儿歌中亦有其例。如本集第十九首云：

……千金小姐嫁秀才。
秀才修，修（疑当作嫁）只狗。
狗会咬人，嫁个道人。
道人会念经，胡里胡里念经。

又如本集第五十首云：

一瘌痢生病。二瘌痢张病。
三瘌痢说请郎中。
四瘌痢说好哉。五瘌痢说死哉。
六瘌痢说啥个棺材。七瘌痢说屎坑板。
八瘌痢说啥个钉。九瘌痢说毛竹钉。
十瘌痢说钉杀俚个瘌虫筋。

杨世清先生所集河南儿歌中即有以下一首：

大秃得病二秃慌。三秃在家熬药汤。
四秃去取药。五秃去报丧。
六秃去打墓。
七秃抬，八秃埋。
九秃从南哭上来。
我问九秃哭甚的，
“俺家死个秃乖乖！”

这些歌不知道是一个地方有了而流传出去的，还是在儿童的意识中自有此一类歌词，所以会得不约而同的唱出来？

周启明先生在《读童谣大观》（《歌谣》第十号）中，有以下一段文字：

狸狸斑斑，跳过南山；
南山北斗，猎回界口；
界口北面，二十弓箭！

据《古谣谚》引此歌，并《静志居诗话》中文云：“此余童稚日偕闾巷小儿联臂踏足而歌者，不详何义，亦未有验。”又《古今风谣》载元至正中燕京童谣云：

脚驴斑斑，脚踏南山。
南山北斗，养活家狗。
家狗磨面，三十弓箭。

可知此歌自北而南，由元至清，尚在流行，但形式逐渐不同了。绍兴现在的确有这样的一首歌，不过文句大有变更，不说“狸狸斑斑”了。《儿歌之研究》（此亦周先生所作，见《歌谣》三十四号《转录》栏）中说："越中小儿列坐，一人独立作歌，轮数至末字，中者即起立代之。歌曰：

铁脚斑斑，斑过南山。
南山里曲，里曲弯弯。
新官上任，旧官请出。

此本决择歌（Counting-out rhyme），但已失其意而为寻常游戏者。凡竞争游戏，需一人为对手，即以歌决择，以末字所中者为定。其歌词率隐晦难喻，大抵趁韵而成。"

本集第三十二首所载，也是这一个歌而较长的：

踢踢脚背，跳过南山。
南山扳倒，水龙甩甩。
新官上任，旧官请出。
木渎汤罐，
弗知烂脱落里一只小弥脚节头！

以我所知，这歌除了决择对手之外，还有判决恶命运的意思。例如许多小儿会集时，忽然闻到屁臭，当下问是谁撒的。撒屁的人当然不肯说，于是就有人唱着这歌而点，点到末一个"头"字的，就派为撒屁的人，大家揶揄他一阵。

从元代的"脚驴斑斑"，到这"踢踢脚背"，不知经过了多少变化了，而"南山扳倒"的"扳倒"还保存着"北斗"的北音，"旧官"与"家狗"犹是同组。

（十一）《野有死麕》之三

自在《歌谣周刊》上发表了《野有死麕》的讨论之后，承俞平伯先生在《语丝》第三十一期中给我一封信，又承钱玄同先生在《语丝》第三十三期中给我一封信。我非常的快乐，这样一个小问题竟得到许多人的好意，可以讨论出一个较确实的文义来。今将两书原文钞录于下：

颉刚兄：

读你的《写歌杂记》第七关于《野有死麕》中卒章（《歌谣周刊》第九四号），我略微有几句话想对你们饶舌。你的原文，文字上微有疵病，适之先生所正极是，兄亦自承认了。至于释帨为佩巾，我意已是解此章之义，正不必别求歧义。如适之先生说："佩巾的摇动有多大的声音？"这可以回答，实没有多大的声音。但是门帘的摇动又有多大的声音呢？何必多此一举？我先就"帨"研究，再就本章之意推合之。

帨之训为门帘，只是一种想象，你们都已明言之。就《礼记》本文上看："男子悬弧于门左，女子设帨于门右"，帨之非门帘实明甚。只因为弓矢是男子常佩之物，帨是女子常佩之物，故悬之于门侧，且别左右，以作男女诞生之象征。若帨为门帘，则悬在门中乃事理之常，何必特设之于门右乎？更有何象征之意味乎？就上文推之，男子既佩弧，何以女子不可佩帨？至于你说"帨在佩巾之外别有意义自属可能"，可能原是可能的，只是不必多此一举耳。况且，即使别有意义，安见其为门帘呢？手巾在俗语中有手帕、擦面巾等等歧诠，诚如尊言；但却不可推之帨与门帘之间，因为小手巾与大门帘太悬殊了。足下以为然否？

故若就《礼记》而论，帨决非门帘；就《诗经》而言，亦不见其为门帘。且无论是门帘也罢，手帕也罢，摇来摇去，总不见得有多大的声音。你们两位考据专家在此都有点技穷了。我对此章，作解微与您俩不同。我以为卒章三句，乃是三层意思，绝非一意复说。"无使尨也吠"，意在没有声音，便作幽媾。若"无感我帨兮"，本意既不在有声音与否上面，你们所论绝未中的，反觉疑惑丛生了。我很奇怪，以您俩笃信《诗经》为歌谣为文学的人何以还如此拘执？郑玄、朱熹以为那个贞女见了强暴，必是凛乎不可犯也；而您俩以为怀春之女，一见吉士，便已全身入抱，绝不许有若迎若拒之姿态了。您俩真还是朴学家的嫡派呀！必须明白"舒而脱脱兮"是一层意思，"无感我帨兮"是一层意思，"无使尨也吠"又是一层意思，一层逼进一层，然后方有情致；否则一味拒绝，或一口答应，岂不大杀风景呢？"将军欲以巧示人，盘马弯弓故不发"，急转直下式的偷情与温柔敦厚之诗国风，得无大相径庭乎？一笑！

弟平伯。六月九日。

俞先生说得真痛快。诗人的话本须诗人才能解得；我自己知道，我的眼光太质直了。但我所以设想"感帨"发出声音，乃是由于本集第六十八首之歌词而来。这歌上，男的先说：

走到呒笃场上狗要叫；
走到呒笃窝里鸡要啼；
走到呒笃房里三岁孩童觉转来。

这完全是在声音上着眼；而“走到呒笃场上狗要叫”与“无使尨也吠”的语意更是酷肖。女的答道：

倷来末哉！
我麻骨门闩笤帚撑，
轻轻到我房里来！
三岁孩童娘做主，
两只奶奶塞子嘴，
轻轻到我里床来！

这也是完全在声音上注意；而“轻轻到我房里来”，“轻轻到我里床来”，与“舒而脱脱兮”的文义也是十分符合。因为有了这一首极类似的歌词，所以我对于这诗的卒章有这一个推测。同时，我因在《诗经》上见到“何以赠之，琼瑰玉佩”，“贻我佩玖”，“佩玉琼琚”，“鞙鞙佩璲”等话，知道古人身上佩的东西很多，而《秦风·终南》篇又有“佩玉将将”之言，佩玉而能将将（即锵锵），可见不是没有声音的了。帨既是佩巾，则感帨自可使佩玉将将起来，所以有“你不要摇动我的身上挂的东西，以致发出声音”的解释。

以上都是说明我的构成本记第三条的解释的原因，而不是驳诘俞先生之说，因为我自信没有断定《诗经》文义的勇气。

钱玄同先生给我的信如下：

颉刚兄：

我看了您和适之、平伯两兄讨论《野有死麕》的卒章的话，忽然想起十几年前有一位朋友用苏州口语“意译”这三句为——

傣慢慢能嘘！

傣嫑拉我格绢头嘘！

傣听听！狗拉浪叫哉！

(ㄋㄝ　ㄇㄢㄇㄢㄋㄣ　ㄏ丨ㄚ！

ㄋㄝ　ㄈ丨ㄠ　ㄌㄚ　ㄫㄨㄍㄜ　ㄐㄩㄢ　ㄉㄡ　ㄏ丨ㄚ！

ㄋㄝ　ㄊ丨ㄣㄊ丨ㄣ！　ㄍㄡ　ㄌㄚㄌㄤ　ㄐ丨ㄠ　ㄗㄝ！)

我觉得他译得颇有意思，所以至今还记得，现在录奉诸兄一览。

对于“帨”字的训话，我与平伯兄完全同意。我以为此句无论作何解——即使作为某书所谓“……”解——总不会把一个大门帘摇出ㄏㄨㄚㄌㄚ　ㄏㄨㄚㄌㄚ地声音来的。

弟玄同。一九二五，六，一七。

钱先生所举某君译文妙饶风趣。惟第三句犹用郑、朱旧解，以拒绝为其本义，似非。诗中原是恐龙之吠而加对方以警告，不是闻龙之吠而遂借为喝止之辞。若照某君所译，重译以文言，便要变成“子其听之，龙既吠矣”，而不是“无使龙也吠”了。

前年在上海天韵楼听时装申曲（一名《东乡调》，是上海、苏州一带流行的小调，本来只有唱，自上海有了许多游艺场，便兼演作了），不知演何故事，题是什么，就所见者言，乃是一个女子于未嫁时结识一男，嫁后男子往访，欲续旧情，女子允既不能，拒复不忍，遂屡唱"笃笃交来慢慢能"（ㄉ'ㄛ ㄉ'ㄛ ㄐㄧㄠ ㄌㄞ ㄇㄢㄇㄢㄋㄣ）以缓之。"笃笃交"，"慢慢能"，都是"舒而脱脱"也。忆及，附书于此。

歌谣中标字的讨论

弁　言

1920年的冬天，我在《晨报》上发表搜集的歌谣，登到《男孤孀》（即本集第七五“恩爱夫妻不久长”一篇）时，写本上第十九句作“如今在黄泉路上步黄房”。这歌不是我从别人口中写出的，乃是从一个歌谣的钞本上得到的，一时想不出“黄房”二字的意义，所以加了一个小注，说明不解。又《哭七七》（本集未收）里有一句“叫安童担扫灵前座”，“担扫”是拂拭的意思，但“担”的字义是负担，我也不知道拂拭的担的本文是怎样写法的，又在注里说明了。不久承沈兼士师的好意，告我“黄房”和“彷徨”是一样的。又承魏建功先生的好意，说“担”的本文是“胆”。见于《礼记·内则》。我都在《晨报》上披露了。但沈师的意思，是说明这类的字不过托名标识，文字虽异而功用无别；魏先生的意思，是要考定它的本字，找出一个古字变成今言的线索。他们二人的意见不同，所以争论了几回。我对于语言文字之学完全是外行，不敢加入讨论，仅仅把他们争论的信件登入《晨报》。到现在，这件事已成了陈迹了，魏先生对于原来的观念已根本改过了，本来可以不必再登。但因为学术界的岑寂，使得大家对于方言的地位没有充分的了解，至今还有许多人要执住了死文字来驾驭活语言，甚而至于说现在的字没有一个不可在《说文解字》中找出原字的。这个观念不打破，不但方言的研究无从进行，即歌谣的著录也有改窜失真的弊病，所以我把前数年讨论的文件聚集拢来，编成本集的《附录三》。希望读者诸君能够领受这个意思，大家用了新方法去处理新材料。

至于本集中径把“黄房”改为“彷徨”之故，乃因此歌是弹词体，文言气味甚重，必是通文的人所做，而“黄房”的代替“彷徨”，即白话中亦没有这个例（白话中形容怅怅无所适的词，有“团团转，弗著弗落，鏖糟，活突”等等而无彷徨），可以断定是钞歌的人因文言知识的短浅而致误的，与方言无关。

1925 年 10 月 21 日，顾颉刚记。

（一）致顾颉刚书

顾先生：

《晨报》所载歌谣三七《男孤孀》第十九句“如今在黄泉路上步黄房”，注：“‘黄房’二字不解”，我疑心“黄房”就同古书所用的“彷徨”、“彷徉”、“方羊”、“房皇”、“彷翔”、“怅怅”一样，是形容无所适貌。不知你以为如何？

沈兼士。1920 年 12 月 8 日。

(二)覆沈兼士书

兼士先生:

昨天在《北大日刊》见到先生的一信,欣幸之至;已经函《晨报》更正了。我的意思,“黄房”决是“徨彷”二字之误。其所以把“彷徨”二字颠倒的缘故,因为“步”与“彷”是双声,双声的字在一个词内说起来很顺,而在二个词内连说起来很逆,所以竟倒转了。“徨”与“彷”是叠韵,虽是倒转,仍旧谐韵,所以更是不觉其倒转了。臆见未知然否?请先生鉴正。

我在去年先辑吴歌,后来连带及于吴谚,又连带及于吴语。有许多尚在日记簿中,没有录出。若统行录出,已有十四五册了。所恨者,我于文字学太没有根柢,竟不能整理他;又是我犯了神经衰弱的病,要用功读书也是困难,所以虽积聚了许多材料,竟没有法把他做成器用。现在先生给我一封信,我非常快乐。我愿意拿这些材料送给先生,让先生来编审,我去搜集。不晓得先生肯不肯?先生虽是湖州人,但离苏州不远,苏州话一定能够完全了解的。

学生顾颉刚。1920 年 12 月 13 日。

(三)致顾颉刚书

颉刚兄:

你给我的覆信,已经收到了。你收集的吴歌、吴谚、吴语已有十四五册之多,用力之勤,至可佩服。承委托我帮忙编审,那是我很愿意做的。

来信说:"……我的意思,'黄房'决是'徨彷'二字之误;其所以把'彷徨'二字颠倒的缘故,因为'步'与'彷'是双声,双声的字在一个词内说起来很顺,而在二个词内连说起来很逆,所以竟倒转了。'徨'与'彷'是叠韵,虽是倒转,仍旧谐韵,所以更是不觉其倒转了。臆见未知然否?……"我以为大凡叠韵或双声的形状语,两字的次序本有互易的例:譬如古书中的"恍惚"、"惚恍","黄昏"、"昏黄",和俗语中的"张慌"、"慌张",皆是,并无别的理由,似可不必过事深求。

再原歌中所用的"黄房",倘相沿本是如此写法,大可不必改作"彷徨",以存其真。就理论上说起来,这类的字本来不过是"托名标识"罢了。"黄房"之与"彷徨",功用略无差别,不能竟说它是错误的。

我们现在研究歌谣里的方言,就有俗字的说,不是要考它的古字——"本字"或"正字"——究竟是什么,是要考它的意义究竟是怎样。仔细说起来,就是不应该以形体为惟一目的,还像《新方言》那样每语必求它的古字,应该以意义为惟一目的,本着声韵变迁的定律去推寻其意义的范围,意义弄得很清楚了,就算能事已尽;正不必拿和现在说话不相符合的古字来替代俗字。例如《晨报》十二月十一日所载京南的歌谣《月亮地》有句“月亮地,‘凋’衣裳”,注:“凋,亦洗也,不知是否此字?姑用之。”从声韵上研究起来,北方人说的“ㄊㄡ”和“ㄔㄡ”——凋——南方人说的“ㄉㄚ”,都应该是“涤”字的音变。——“ㄊㄡ”是涤的古音,“ㄔㄡ”是叠韵相转,“ㄉㄚ”是双声相转。——我们研究方言的人,只要从“ㄊㄡ”“ㄔㄡ”这些声音里面推寻出它是由“涤”变来的,是“洗”的意思,那就够了;却不必一定要把“涤”字复活了来代替俗用的“凋”字。又如你的吴歌四七《哭七七》中有句“书童‘担’扫灵前座”,注:“担谓拂去灰尘,不知‘担’字怎样写法?”我们虽然知道《内则》“桃曰胆之”的胆是拂拭的意思,但是“胆”和“担”都是一样“依声托事”假借来用的字,又何必妄生分别,定要用那不通俗的“胆”字替代那通俗的“担”字。

至于歌谣中遇着有音无字的方言,且不必管它应该怎样写法,只要拿注音符号来表出它的声音就得。倘是考出来的本字的声音恰好与今语相合,那也不妨拿来应用;但必须有个限定,就是要“现无流行的俗字,而其本字的声音又与今语相合的场合”方才可以。

此外还有几条意见,现在一并写在下面,和你商榷。

地方歌谣应注明流行所在的现代地名,不应用那广狭异域界限不清的古代地名。你在《晨报》上所发表歌谣都注一个“吴”字。这个“吴”字若指狭义的吴县说,就说无可论的了;倘是袭用古代吴越之吴,那是我不甚以为然的。

地方歌谣中所用的字,多与原歌谣的声音不符,我以为非旁注注音符号不可。

民谣可以分为两种:一种为自然民谣,一种为假作民谣。二者的同点,都是流行乡里间的徒歌。二者的异点,假作民谣的命意属辞没有自然民谣那么单纯直朴,其调子也渐变而流入弹词小曲的范围去了。例如广东的粤讴,和你所采苏州的《戏婢》、《十送郎》诸首皆是。我主张把两种民谣分作两类,所以示区别,明限制。不知你以为何如?

1920 年 12 月 16 日,沈兼士。

(四)致顾颉刚书

颉刚先生:

今天《日刊》上"一封讨论歌谣的信",我很怀疑,本想商之沈先生的,就和先生谈谈罢。

沈先生说:"我们现在研究歌谣里的方言,就有俗字的说,不是要考他的古字——'本字'或'正字'——究竟是什么,是要考他的意义究竟是怎样。仔细说起来,就是不应该以形体为惟一目的,还像《新方言》那样每语必求它的古字,应该以意义为惟一目的,本着声韵变迁的定律去推寻其意义的范围。意义弄得很清楚了,就算能事已尽;正不必拿和现在说话不相符合的古字来替代俗字。"我以为言语的变迁是一定有个头绪的。要整理今言的头绪,自然要考究出它的古字来,在找出它变成今音的线索。因为古字是我们祖宗的语言,我们受的遗传很多,不得不去研究古字。古字不必泥用以代"俗字"古字的声音若和今音相同,不妨用它。假如所谓俗字还不曾通俗,连本地采集的人都不知它是通俗的,我们就必须找出一个正确的字来替它了。例如《哭七七》的“担”字是“胆”字,用“担”字固未为不可的。但是吴语“担”字是否通俗字,这也是一个问题。沈先生说:“何必妄生分别,定要用那不通俗的‘胆’字替代那通俗的‘担’字。”先生吴人,一见此“担”字就不知作何写法,足见不能通俗了,那么,“担”字必系未经通俗的字了。这种未经通俗的字,我们能找出一个古字和他的音恰同而意又合,何以是“妄生分别”呢?我以为“担”“胆”虽同音,而“担”字毫无“拂拭的意思”的证据,自然以“胆”为宜。不然,我们何必审定呢?且这些歌谣多半是没有通俗的写本,都是流传于口述的,我们征集的人怎么能不考订一下再写下来呢?我敢说:沈先生所谓通俗的字现在还没有呢,“担”字不尽然是“依声托事”。

沈先生又说:“至于歌谣中遇着有音无字的方言,且不必管他应该怎样写法,只要拿注音符号来表出他的声音就得。”我以为今音无字而有音的,就是言语的变迁。这种非可以注音足以了事,更不可“且不必管它应该怎样写法”。例如,我说的吴音和沪音的“啥”字是“什么”之拼音,北京之“不用”拼读如“崩上声”,吾乡之“罢”字是“不要”之拼音。我们自应在这地方多注意,多研究,然后中国言语变迁大概也许有点头绪。所以沈先生也说了的:“倘是考出来的本字的声音恰好与今语相合,那也不妨拿来应用……”

沈先生说:“再原歌中所用的‘黄房’,倘……‘黄房’之与‘徨彷’功用略无判别,不能竟说它是错误的。”“黄房”若是一见了然,何得发生疑问呢?若是改了“徨彷”,人家一见就懂,我们有什么不能改呢?功用固无判别,习惯上了解不能了解却是一个问题。假如我们写成一个“恍惚”,依声韵关系和“黄房”不也相近吗?因为“灰”之声与“弗”之声今人多相混的,如英文中“When”。多少人读如“fen”。但是我们因“徨彷”的意思是形容茫无所措的,“恍惚”却是形容颠倒的。“黄泉路上”断不会步“恍惚”的,所以就审定了是“徨彷”。而且这类的歌,我们可以断定是经过一位文人做出来的,不过原本已失,沿传变成“黄房”了。我们研究言语学,对于这种变迁怎样不要“过事深求”呢?我们要审定的就是这些。但是不必如从前研究小学的人说,某字俗讹,非应派写成某古字不可。例如“啥”字,我们就不必说要写做“什么”。然而我们可以把它注解出来给大家知道知道。

沈先生主张分民谣为两类。我说,“自然”与“假作”很难分别。有许多歌谣是假作的,但是沿传已久就像自然的了,我们怎么办?《男孤孀》,我们还可以断定是假作的。有些儿歌是有意造的(习俗相传这类的很多),但是很像天籁,我们哪儿分得出。我以为只有以“儿歌”、“童谣”、“山歌”、“情歌”、“渔歌”、“秧歌”这么分好。《戏婢》、《十劝郎》自是情歌之列。

我是一个少年不识事理的人,见了沈先生这一篇大信,不觉乱说了一顿!愚见先生以为何如?而且我以为在废“汉字”的主张未实现以前时,无论什么“字”、“句”,我们都要根据现时社会上言语意思来解释,寻找这些方言的来历,审定出一个原文来。而现行的与原文相通或相同的,我们自应用新的,去旧的,促进言语的进化。照沈先生那样一说,我们要审定真不容易下手呀!

魏建功。1920年12月20日。

（五）答魏建功驳　沈兼士

答驳我的第一段

我给顾君的原信第四段说明了是"就有俗字的说"，而魏君的议论却是为无俗字的而发，假设既不同，结论当然不能一致。

担扫的"担"字，顾君原注所谓"不知'担'字怎么写法"，推其意实系"不知'担'之本字应该怎样写法"之省文。——不如此解，则不可通。魏君致顾君信："先生是吴人，一见此'担'字就不知作何写法，足见不能通俗了，那么，'担'字必系未经通俗的字了。"据此以为'担'字未经通俗的证据，恐怕是误会了顾君原注的意思。"胆"字用以代表拂拭的意思，在古来某一个时代虽有"约定俗成"的价值，但是现在就我所知道的地方，通俗多用"担"字或"撢"字。倘是用"胆"字，反足使人迷惑。魏君信中"我敢说沈先生所谓通俗的字现在还没有呢"的话，未免与事实不合。

魏君信又说："'担'字不尽然是'依声托事'。"这句的意思颇欠明了。我以为"胆"字和"担"字都应抛却。"肝胆"和"担击"——"担"字见《广雅》及《广韵》——的本义只用依声托事的原则，通假来代表拂拭意思的词。所以我原信说："'胆'和'担'都是一样依声托事假借来用的字。"

答驳我的第二段

我以为考证方音的来历和声音的变迁本是很要紧的——我的原信第四段中已经说明了这个主张——至于改定方言用字却是另外一事，必须于必要的场合方可改之定之——参照下表说明。——我所说“……且不必管它应该怎样写法，只要拿注音符号来表出它的声音就得”，是对于改定方言用字而言，并非对于考证方言而言。魏君把二事没有分析开来，却指责我反对考证，实在是失了我原文的真意。

答驳我的第三段

我承认“考证方言”和“改定方言”是两桩事情，所以我前次虽然考证“黄房”或者是“彷徨”的意思，但是我却不主张竟然改定“黄房”为“彷徨”。因为黄房是徨彷之误，原不过是一个推测的假定，不改还可以留后人研究“黄房”一语的余地，改了则“黄房”二字便永远绝迹，后人便没有研究的机会了。这种审慎从事的办法，我以为实在是研究方言者大家所应取的态度。魏君上文主张改“黄房”为“彷徨”，下文又说“……不必如从前研究小学的人说某字俗讹，非应派写成某古字不可……然而我们可以把它注解出来，给大家知道知道”，词意似嫌矛盾。所谓“注解出来给大家知道知道”，我之考证“黄房”或者是与“彷徨”同义，也不就是这个意思吗？

至于魏君信中又说：“……功用固无差别，习惯上了解不能了解却是一个问题。”这句话是我极端承认的。我以为解决这个问题，仍是只有绝对的用“考证而不改定”的方法才行。

答驳我的第四段

我所说的“自然民谣”与“假作民谣”是纵面的分法，魏君所说的“儿歌”、“童谣”、“山歌”……等是横面的分法。横面的分法固不可少，纵面的却也有须分的必要。比方假作的歌谣，音节词气大致和弹词开篇相仿，倘使连类而及，则小曲唱本亦当附入，似乎限制大漫。现在因为研究上便利起见，我们不妨假定的把它略为区别一下。在事实上严格讲起来，我们对于某歌谣固然有时不能断定其为自然或假作，然就原理上着眼，这个分别或者还有几分可以成立的理由。

总　　结

总之，我对于研究方言，是抱定“考证而不轻易改定”的宗旨。现在把我主张的理由，总括的写在下面：

一、考证是近于研究的供参考的态度；改定是近于武断的定一尊的态度。

二、自来训诂学家只注重纵断面求是的考证意义和声音之本相，而无视横断面致用的“约定俗成之原则”，这是我们应该力矫其弊的。

三、保存现代方言的真面目，一以备察考音义转变之轨迹，一以备后代研究现代方言的材料，这也是我们应负的责任。

四、后代所有的事物和思想，大半为古代所无。换一句话，就是古代的字义不见得能尽包含后代的事物和思想。倘先存了一个积极的“都要审出一个原文来”的成见，恐怕免不了穿凿附会的毛病。

五、从实验上看来，方言的转变大都本于双声，从叠韵转的实在是极少数。近代考证方言者一切本章太炎先生《成均图》所说广义的“旁转”、“对转”以通其所不可通，这也是我们应该注意审慎的地方。

歌谣中方言用字考证分类表

现在我就个人的意见，将歌谣中方言用字就考证上把他列出一个表，如下：

（甲）有通行俗字的

（一）未考出正体及古借字的

（二）已考出正体的
- （a）合于今语声音的
- （b）不合于今语声音的
  - 双声转
  - 叠韵转

（三）已考出古借字的
- （a）合于今语声音的
- （b）不合于今语声音的
  - 双声转
  - 叠韵转

（乙）有通行借字的

（一）未考出本字及古借字的

- (二)已考出本字的
  - (a)合于今语声音的
  - (b)不合于今语声音的
    - 双声转
    - 叠韵转
- (三)已考出古借字
  - (a)合于今语声音的
  - (b)不合于今语声音的
    - 双声转
    - 叠韵转

(丙)有声无字的

- (一)未考出本字及古借字的
- (二)已考出本字的
  - (a)合于今语声音的
  - (b)不合于今语声音的
    - 双声转
    - 叠韵转
- (三)已考出古借字的
  - (a)合于今语声音的
  - (b)不合于今语声音的
    - 双声转
    - 叠韵转

再说表中各项,研究其有无改定古字之必要——不是指考证,——据表看来:

甲种第一类、乙种第一类、丙种第一类 } 不能用古字

甲种第二类、第三类、乙种第二类、第三类 } 本约定俗成的原则,不必用古字。

丙种第二类、第三类,有用古字的必要,但是内中还有不可能的场合,如:——

丙种 第二类 b 项
第三类 b 项 } 为考出之本字或古借字不合于今语声音，故理论上虽有用古字之必要，而实际上仍有窒碍之处，非变其音读不可。

除上列诸项外，只有

丙种 第二类 a 项
第三类 a 项 } 是绝对应该而且可以用古字的。

此外还想利用此表规定一种考证方言用的符号，此种符号当俟歌谣研究会开会时提出讨论，免得考证者拿那些“音近义通”、“古今音变”、“一声之转”……等含混的话来殽混人眼。

(六)检举不“以‘声’为‘形’役” 魏建功

适之先生讲书的时候曾经说过，世界上的荒谬主张都曾经有人相信过，他这话的意思在说明我们研究前人的东西，一面要知道前人的好处，一面也是要知道前人如果荒谬，那荒谬究竟如何。(这是他讲哲学史开场时候的话。)我相信，我切实相信荒谬主张是免不了我们的份儿，现在我自己就是个明证！

颉刚兄在《弁言》中已经把我的荒谬主张复翻旧档公布出来了，我一面觉得惭愧，一面觉得高兴：惭愧的我竟有过如此的荒谬主张；高兴的我已经打破了自己的荒谬主张，并且将这主张荒谬的究竟得有与一般学者参考的机会！

北京大学《歌谣周刊》周岁的特号里，我曾经主张采集歌谣全用标音方法，不写这已僵槁的“方块字”；现在的情形，自然还不能直截了当做到那步，但是我在为《特刊》做文的时候，却已和兼士先生讨论的时候，是走了两极端了，和兼士先生讨论的时候，我是被“方块字”的圈套束缚住了，完全没有注意到活的语言上去！细看我给颉刚的那一封信，内中有——

> 我以为言语的变迁是一定有个头绪的。要整理今言的头绪，自然要考究出它的古字来，再找出它变成今音的线索。因为古字是我们祖宗的语言，我们受的遗传很多，不得不去研究古字。古字不必泥用以代“俗字”，古字的声音若和今音相同，不妨用它。假如所谓俗字还不曾通俗，连本地的采集的人都不知它是通俗的，我们就必须找出一个正确的字来替它了。

兼士先生答我，只说他就“有俗字而言”，我就“无俗字而言”，所以两人假设不同，结论便不一致。我现在连“无俗字”的假设都作为一体看待了。我笑我说的“要整理今言的头绪，自然要考究出它的古字来，再找出它变成今音的线索！”为什么整理今言的头绪不从今音往上去探求；要多转折——而且白费力——去考究什么“古字”，然后再找变成今音的线索？“古字”——也就是现在的方块字——不能完全表音，不能正确表音；我们为求今言的头绪，反往不完全不正确的方块子字里钻，天下之傻子岂能过乎此者！“古字”不能完全正确表音，我们可以从活材料上去证明；就是我给颉刚信里的例子，吴音和沪音 sa，北京的 pong，我们即便新造出“啥”“甭”来，在吴、沪、北京可以算完全算正确了，在别地方的人又安知不读成 sha 读成 piong 呢？拘泥在字形上的危险真大啊！所以我更要笑我说的“今音无字而有音的就是言语的变迁；这种非可以注音足以了事，更不可‘且不必管它应该怎样写法’！”古字诚然是我们祖宗的遗产，但是这份遗产并不是包罗上下若干年的语言的东西。我们的语言进化，我们记录语言的文字也进化，我不再说有什么“俗字”“不俗字”了！我只知道后起的语言就该用后起的文字写；后起的文字是我们最方便的一种符号，符号由我们自家造的。我们最方便的符号是衍音的文字，这一切的谬误和纠纷全由“方块字”不适用而来。所以我说的“古字不必泥用以代‘俗字’，古字的声音若和今音相同，不妨用它”，我已绝不承认了。我现在以为若是所谓“古字”即现在通行的某一个意义的字，就不应中间一点没有沿用的痕迹，而要另写所谓“俗字”；例如我们讨论缘起的那个“胆”“担”“撢”用作“拂拭”之意，如果“桃曰胆之”的胆与“叫安童担扫灵前座”的担是一样的，《广雅》、《广韵》上就该不再写出“担”字来。再说“桃曰胆之”的胆，其意与“担扫灵前座”的胆，究竟意义是不同：按《内则》的正文有“肉曰脱之，鱼曰作之，枣曰新之，栗曰撰之……梨曰攒之”，是说制作饮食的事情，然而“胆之”的胆指处理桃儿的事，是个专用词，不是一般拂拭的意思就叫“胆”了。就声音说，“胆”在《广韵》是“谈”之上“敢”韵，“担”是“寒”之上“旱”韵。依近人的研究结果，“寒”韵收 n，“谈”韵收 m；然则“桃曰胆之”与“担扫灵前座”的“担”，今日虽同音，《广韵》时代古音却有分辨，古代古音又如何？强用《内则》之 tam 代今日苏州的 te，其谬误为如何者！即便今音“担”普通为 tan，与普通“胆”（变 m 为 n）同，其如与苏州还不相同何？这样，我绝不敢再主张从古书里去寻找偶与我要找音义似同的字来代替现在的语言里有音无字的字或已有后起的特造的字，只有主张纯粹标音。

凡是那样要考证“古字”纯是“窥陈编以盗窃”的鬼把戏！纯是没有对中国文字语言间的过去历史下过仔细研究的过失！我的荒

谬实在到极点了！我觉得这是我们“文字语言进化观”上的一个大问题，我不怕人耻笑，依旧把荒谬的话留着，并且自己再自己打几下手心！陶老先生自悔的话，我偷偷地改去一个字（又是闹方块字的鬼把戏！）来收尾：“既以‘声’（身）为‘形’役，奚惆怅而独悲？悟已往之不谏，知来者之可追。实迷途其未远，觉今是而昨非！”

1925年10月27日，景山东街寓庐。

苏州的歌谣*

歌谣是以前不注意的东西，所以书籍里保存的极少。只有给当时人看作有关国家休咎的，才肯尽量登载在国史的“五行志”里。这一方面的损失，实在很大。近来中国人感受世界潮流，北京大学于民国七年即着手征集歌谣。到现在，已经征集到二万首，都放在研究所国学门的歌谣研究会中。但因学校经费困难，未能整理印行。

苏州是中国近古的一个文化中心，那里的歌唱也很有名。翻开《辞源》来看，上面就写：“山歌，榜人（即舟子）所歌，吴（苏州一带）人多能之，即所谓水调也。”其实山歌（民歌）何地没有，不过苏州人受了水乡的陶冶，声调靡曼缠绵，容易使得听众爱好罢了。

从历史上考查苏州歌谣，最早见于记载的是《楚辞·招魂》篇的“吴歈蔡讴，奏‘大吕’些”。《汉书·艺文志》歌诗类中有《吴楚汝南歌诗》一种。但是这些都是乐曲，不是徒歌；而且吴的地域没有一定，或为国，或为郡，不能确说是苏州的作品。宋郭茂倩的《乐府诗集》里有“吴声歌曲”四卷，是六朝至唐的乐曲，大约是以金陵（六朝的国都）为中心的。

---

* 本文原载日本《改造杂志》八卷八号，1926年7月。又刊广州中山大学《民俗周刊》第11—12合期，1928年6月3日。

我们现在所要说的歌谣，是以吴县的苏州市为中心而旁及于太湖区域（江苏的东南部和浙江的西北部）的。在这一个区域中，我们搜集到的歌谣以五代时吴越国王钱镠所唱的为最早。宋僧文莹所作的《湘山野录》中记钱镠还乡，与乡人宴会，他先唱一首文言的歌（三节还乡分挂锦衣。吴越一王驷马归……），乡人都不懂。他觉得不能尽兴，就用吴音唱着山歌。这首歌词是：

你輩见侬底欢喜，
别是一般滋味子，
永在我侬心子里！

歌毕，大家欢乐非常。这是平民文学胜过贵族文学的一段故事。

明王世贞的《艺苑卮言》里说，"吴中人棹歌，虽俚字乡语，不能离俗。而得古风人遗意，其辞亦有可采者。如：

月子弯弯照九州，
几家欢乐几家愁？
几人夫妇同罗帐？
几人飘流在他州？

又：

约郎约到月上时，
只见月上东方不见渠。
不知奴处山低月上早？

又不知郎处山高月上迟?

即使子建、太白降为俚谈,恐亦不能过也。”他这个批评确不是过分的话,民间不识字的天才诗人真多着呢。

民国八年,我住在苏州本乡,曾收得苏州市及附近市乡的歌谣二百余首。可惜不久离乡,这个工作没有继续进行,否则经过了七八年的工夫一定可以收到一千首以上了。这些歌词,现已写定一百首,加上注音、释义、考证,编为《吴歌甲集》一种,由北京大学歌谣研究会付印,不久可以出版。现就我收得的苏州歌谣和他人收得的太湖区域的歌谣选出若干首如下。

歌谣中最有趣味的当然是情歌。但这些歌谣只在乡间发达,城市中人因为受了礼教的束缚,情爱变成了秘密的东西了。

(一)

姐拉田里摘菜心,
田岸头上丢条裙。
郎呵,郎呵,
要吃菜心拿一把去;
要想私情别起心!
长裙短裙爷娘撑,
着仔倷个红裙卖仔我个身!

(二)

吃吃粥,呷呷汤,
看看情哥看看郎:
情哥好像正月里个梅花,二月里个杏花,三月里个桃花,白里泛红,红里泛白能样好,
我郎好像四月里个菜花黄!

(三)

结识私情结识恩对恩,
做双快鞋送郎君。
薄薄哩个底来密密哩扎,
情哥郎着仔脚头轻!

(四)

结识私情结识隔条河,
手攀杨柳望情哥。
娘问女儿"你拉浪望啥个?"
"我望水面上穿条能个多!"

（五）

昨日夜里满天星，
今朝落雨弗该应。
情哥郎𫜻带钉鞋伞，
小奴奴急断肚肠根！

（六）

一只小船弯勒弯，
两边花树到南海。
千叶牡丹种拉蔷薇里，
看花容易采花难！

城市中女子唱的歌，大都偏于家庭生活方面。家庭生活中有姑媳的不合，姑嫂的不合，夫妻的不合，妻妾的不合，所以歌唱的大都是这些痛苦之情。

（一）

油菜花，簇簇黄。
嫁了女儿哭杀娘。
娘说嫁了心肝女，
嫂说嫁了孽舌姑！

(二)

月亮圆圆，
荷花囡囡，
出来张娘。
娘说道:"金和宝转来哉!"
爷说道:"宝和金转来哉!"
阿爹说道:"敲背囡转来哉!"
阿婆说道:"荷花囡转来哉!"
嫂嫂说道:"败家精转来哉!"
哥哥说道:"搅家精转来哉!
搅得黄河水弗清!"
"吃爷饭，着娘衣，
𫨐吃哥哥窠里米，
𫨐着嫂嫂嫁时衣"!

(三)

阳山头上花小篮，
新做新妇多许难。
朝晨提水烧粥饭;
下昼提水烧浴汤。
姑娘㴚浴娘拖背;
阿嫂㴚浴自添汤。

一双新鞋尽踏湿，
眼泪汪汪哭进房。
丈夫说道："不要哭哉！不要哭哉！
廿年新妇廿年婆，
再歇廿年做太婆！"
"太婆弗是容易做，
想想前前后后一段苦！"

(四)

堂上一对小夫妻，
说说谈谈把家事提：
"娘子呀！
才上茶坊多听话，
两个浮生说我妻。
娘子呀！
劝你腰结汗巾秋香色，
劝你娘子依不依？
芙蓉面上何必搽脂粉；
小口樱桃何必用胭脂点；
三寸金莲算不得大，
绣花鞋内衬什么内高底！
娘子呀！
你四季鲜花何必戴；
家常何必穿新衣！

空闲何必在门前立；
不可对人笑微微，
你是无心他有意。”
“相公呀！
我穿的衣都是件件嫁时衣，
若说不穿衣，
在家箱笼贴封皮。
封皮出拉何方地？
女人不足穿新衣，
何等人家穿何等的衣？
四季鲜花娘家多插惯；
胭脂花粉原是年轻搨。
相公呀！
你自己不要引人看，
别人不奇你希妻。
劝君莫要太多疑！”

这类闺阁中的歌，篇幅长的极多。因为这些女子大都识几个字，能看弹词唱本，所以它的风格就和弹词唱本接近了。

现在太湖区域中最通行的歌，要算是“孟姜女十二月花名”了，几乎没有一个女子不会唱的。孟姜女故事的大意是：秦始皇造万里长城，万喜良被捉去做工，死了就葬在城里。他的妻孟姜女望他归来，久无信息，不得已自到长城寻找。到长城后知道丈夫已死，向城痛哭，把城墙哭倒了。这十二月花名原是唱春调的乐歌，因为它写的并不是孟姜女的故事而是孟姜女的思夫之情，能够刺入妇女的心坎，所以会得极流行，把乐歌变成了徒歌，今在十二首中节录数首于下：

正月梅花是新春，
家家户户点红灯。
“别家丈夫团团聚，
奴家的丈夫去造长城。”

四月蔷薇养蚕忙，
姑嫂双双去采桑。
桑篮挂拉桑树上，
勒把眼泪勒把桑。

六月荷花热难当，
蚊虫飞来叮胸膛。
“宁可吃奴千口血，
莫叮奴夫万喜良！”

九月菊花是重阳，
重阳美酒菊花香。
“满满斟杯奴不喝，
无夫饮酒不成双！”

这些话都是泛写夫妻离别的悲伤的，和四季相思诸歌正同。若在唐人诗中，就是“闺怨”了。

儿歌里面,有许多是声调极谐和而无意义的,有许多是富于滑稽的成分的。

(一)

小人小山歌,
大人大山歌。
蚌壳里摇船出太湖。
燕子衔泥丢断海;
鳑鲏跳过洞庭山。

(二)

摇摇船,
摇到外婆家。
外婆出来留吃茶;
娘舅上山采枇杷。
枇杷园里刚开花,
胡蜂螯子半爿巴。
拆仔天来补仔花;
拆仔地来补仔天;
拿块方砖补仔地。

（三）

和尚，和尚！
光头浪汤。
一记耳光，
打到里床。
里床一只缸；
缸里一个蛋；
蛋里一个黄；
黄里一个小和尚，
唔呀唔呀要吃绿豆汤！

（四）

一个小娘三寸长，
茄科树底下乘风凉。
拨拉长脚蚂蚁扛仔去，
笑杀仔亲夫哭杀仔娘。

（五）

婴阿婴阿踏水车，
水车沟里一条蛇，
游来游去捉蛤蟆。
蛤蟆伴拉青草里；

青草开花结牡丹。
牡丹娘子要嫁人；
石榴姐姐做媒人。
桃花园里铺行嫁；
梅花园里结成亲。

夏秋间的夜里，青年男女在豆棚瓜架下纳凉，往往唱山歌相应答，谓之“对山歌”。甲方唱了发问的歌，乙方回答不出，算输了。乙方回答出来，甲方不能再问下去，也算输了。因此，会唱歌的人往往问答得很长很长。只因没有人记录，所以保存的极少。今试举一例：

甲　唱

山歌好唱口难开。
樱桃好吃树难攀。
白米饭好吃田难种。
鲜鱼汤好吃网难张。

乙　问　一

啥人对倷说“山歌好唱口难开？”
啥人对倷说“樱桃好吃树难攀？”
啥人对倷说“白米饭好吃田难种？”
啥人对倷说“鲜鱼汤好吃网难张？”

甲　答　一

唱歌郎对我说“山歌好唱口难开。”
贩桃郎对我说“樱桃好吃树难攀。”
种田汉对我说“白米饭好吃田难种。”
捉鱼郎对我说“鲜鱼汤好吃网难张。”

乙　问　二

落里碰着唱歌郎？
落里碰着贩桃郎？
落里碰着种田汉？
落里碰着捉鱼郎？

甲　答　二

上山碰着唱歌郎。
下山碰着贩桃郎。
田角落里碰着种田汉。
西太湖里碰着捉鱼郎。

乙　问　三

纳亨样式唱歌郎？

纳亨样式贩桃郎？
纳亨样式种田汉？
纳亨样式捉鱼郎？

甲　答　三

长长大大唱歌郎，
矮矮短短贩桃郎。
黑铁袜搭种田汉，
赤脚零丁捉鱼郎。

乙　问　四

送样啥个唱歌郎？
送样啥个贩桃郎？
送样啥个种田汉？
送样啥个捉鱼郎？

甲　答　四

送本小书唱歌郎。
送只猫篮贩桃郎。
送双蒲鞋种田汉。
送两生丝捉鱼郎。

乙 问 五

一本小书几许瓣？
一只猫篮几许眼？
一双蒲鞋几许根？
一两生丝几许头？

甲 答 五

只买小书勿数瓣。
只买猫篮勿数眼。
只买蒲鞋勿数根。
只买生丝勿数头。

乙 问 六

纳亨死法唱歌郎？
纳亨死法贩桃郎？
纳亨死法种田汉？
纳亨死法捉鱼郎？

甲 答 六

唱歌郎死起来烂牙床。

贩桃郎死起来掼桥上。
种田汉死起来下泥潭。
捉鱼郎死起来氽长江。

我虽写到这里为止，但擅长对山歌的人依然可以就“牙床，桥上，泥潭，长江”生发些别种问句而再唱下去。这种歌词写在本书上看，固然觉得很单凋，但在他们清夜高歌的时候，我们听着实在是非常美丽的。

苏州歌谣的种类和形式，大概如此，别地方的歌谣，大体也都相同。以中国地方之大，人民之多，如能尽力搜集，依我们的预计，二十万首是可以收到的。自从设立学校以来，都市中的小孩子大都唱着学校中的歌词了。教育日渐普及，乡间也都要这样。所以在现在二三十年中不去搜集，这些可爱的东西便有失传的危险。关于这一方面，我们真是十分担忧。

1926年6月8日

〔附记〕这篇谈论苏州歌谣的文章，是顾先生前年为了应许日本《改造杂志》的征文而作的（发表时，由何思敬先生为译成日文），在中国向未发表过。顾先生自己谦说没有什么意思，不愿意拿出来刊登。我以为，这至少总可以使我们读《吴歌甲集》时增些理解，所以我硬要来发表在这里了。

1928年4月22日
敬文记

吴歌小史*

吴歌的地域，自苏州改为吴县以后，很易引起误会，以为只是苏州一带才称吴，其实是不很对的。吴的区域包括很广，差不多现在说江浙话的区域都是。《水经注》说三吴是吴兴（湖州）、吴郡（苏州）、会稽（杭州嘉兴一带）。《通典》说是吴兴、吴郡、丹阳。这好像有出入，实则不然。春秋时吴国建都在苏、常之间，汉代吴王濞所封的地带是常、苏、嘉、杭一带，那时又总称其地为会稽郡。三国的吴国区域又扩大了些，连镇江、松江、湖州一带都包括了进去。经历晋、唐，常州、镇江改为晋陵、江都，所以渐渐不大有人知道了。只有吴县、吴兴一些名称因传世较久，依然沿用。杭州虽无“吴”之名，却也还有个吴山，金主完颜亮曾经派人画了南宋的地图，在上面题一首诗，说要“立马吴山第一峰”的。所以我们现在所说的三吴，大致自江以南，自浙以西，都包括在内；所谓吴歌，便是流传于这一带小儿女口中的民间歌曲。

吴歌最早起于何时，我们不甚清楚，但也不会比《诗经》更迟。可是因为《诗》三百篇的编者只收集了中原和江汉的国风，江以南的吴、越、楚都没有在风雅中占得一席地位。这也许是因为他们蛮夷鴃舌之音，还不足以登中原文化的大雅之堂的缘故。可是这并

---

* 本文原载《歌谣周刊》第2卷第23期。

不能证明吴人没有歌，不会唱。战国时楚国的使者陈轸曾经对秦王道：

> 王独不闻吴人之游楚者乎？楚王甚爱之。病，故使人问之，曰："诚病乎？意亦思乎？"左右曰："诚思则将吴吟。"今轸将为王吴吟。

这所谓吴吟，是徒歌，是乐歌，还是只是哼哼调儿，无从知道。但是《楚辞·招魂》的：

> 吴歈蔡讴，奏"大吕"些

却可以使我们知道即在当时已有合乐的吴歌，而且有一个专名叫"吴歈"。

后来左思的《吴都赋》中，也说起《吴愉》和其他的歌名：

> 幸乎馆娃之宫，张女乐而娱群臣。罗金石与丝竹，若钧天之下陈。登东歌，操南音，胤《阳阿》，咏《韩任》，荆艳楚舞，吴愉越吟，翕习容裔，靡靡愔愔。若此者，皆与谣俗汁协，律吕相应。其奏乐也，则木石润色；其吐哀也，而凄风暴兴，或超《延露》而《驾辩》，或逾《绿水》而《采菱》。军马弭髦而仰秣，渊鱼竦鳞而上升。

据《文选》刘注：荆艳的"艳"也是歌名，大概后来的"艳歌""艳歌行"，即起源于此。并且我们还可知道，不但吴愉越吟起得很早，连盛行于南朝的《绿水》、《采菱》之曲，至少也是汉朝就有的。《汉书·艺文志·诗赋略》所载的：

《吴楚汝南歌诗》十五篇，

又《隋书·经籍志·总集类》载的：

《吴声歌辞曲》一卷，

这些是吴中的乐歌，保存于乐府中的。至于它们和徒歌的关系，《晋书·乐志》曾有说明：

吴声杂曲，并出江南，东晋以来稍有增广。《子夜歌》……《懊憹歌》……始皆徒歌，既而被之管弦。

可知这些乐歌乃是徒歌的后身。郑樵《通志·乐略》“白纻歌”条下也说：

“白纻歌”有“白纻舞”，“白凫歌”有“白凫舞”，并吴人之歌舞也。吴地出纻，又江乡水国自多凫鹜，故兴其所见以寓意焉。始则田野之作，后乃大乐氏用焉。其音出入“清商调”，故清商七曲有《子夜》者，即《白纻》也。

在吴歌为《白纻》，在雅歌为《子夜》。梁武令沈约更制其词焉。……

右《白纻》与《子夜》，一曲也。在吴为《白纻》，在晋为《子

> 夜》，故梁武本《白纻》而有“子夜四时歌”。后之为此歌者曰《白纻》，则一曲；曰《子夜》，则四曲。……

读此又可知道徒歌的《白纻》会变为乐歌的《子夜》，徒歌的一曲会变为乐歌的四曲。大约徒歌不妨短而乐歌必须长，故复沓而为四时歌，和现在民间“五更调”一样。

《子夜歌》是婉娈轻扬极了，满是男女之辞，其温柔，其敦厚，皆可上接《诗·国风》。《乐府诗集》中所录的《晋齐宋辞》今抄出数首：

> 宿昔不梳头，丝发披两肩。
> 婉伸郎膝上，何处不可怜！
>
> 朝思出前门，暮思还后渚。
> 语笑向谁道，腹中阴忆汝。
>
> 欢愁侬亦惨，郎笑我便喜。
> 不见连理树，异根同条起？
>
> 夜长不得眠，明月何灼灼。
> 想闻散唤声，虚应空中诺。

可见那时的歌，每首是四句，每句是五言。其中很有借字寓意的，如：

始欲识郎时，两心望如一。理丝入残机，何悟不成匹。

这是借"匹帛"作"匹偶"的。

今夕已欢别，合会在何时？明灯照空局，悠然未有棋。

这是借"棋"作"期"的。

高山种芙蓉，复经黄蘖坞。采得一莲时，流离婴辛苦。

这是借"莲"作"怜"，因而全首就在莲花上生发的。

《子夜四时歌》则各就四季景物，抒写情思，正和今日流行的《四季相思》相类。今也从《乐府诗集》（卷四十四）选抄数首：

春林花多媚，春鸟意多哀。
春风复多情，吹我罗裳开。

朝登凉台上，夕宿兰池里。
乘月采芙蓉，夜夜得莲子。

白露朝夕生，秋风凄长夜。
忆郎须寒服，乘月捣白素。

涂涩无人行，冒寒往相觅。
若不信侬时，但看雪上迹。

这是何等缠绵的情调！

在郭茂倩的《乐府诗集》中，从卷四十四至五十一，都是“吴声歌曲”，属于“清商曲辞”。其序录云：

> 清商乐一曰清乐……其始即相和三调是也。并汉魏以来旧曲，其辞皆古调，乃魏三祖所作。自晋朝播迁，其音分散。后魏孝文讨淮、汉，宣武定寿春，收其声伎；得江左所传中原旧曲。……及江南吴歌，荆楚西声，总谓之“清商乐”。……至武后时，犹有六十三曲。……长安（武后年号）已后，朝廷不重。……乐章讹失，与吴音转远。开元中，刘贶以为宜取吴人，使之传习。

是知这类歌辞是由魏到唐的，说不定其中还保存有《隋志》所录的《吴声歌辞曲》的篇章。郭氏书中，以宋鲍照的《吴歌》三首为冠，歌云：

夏口樊城岸，曹公却月戍。
但观流水还，识是浓流下。

夏口樊城岸，曹公却月楼。
观见流水还，识是侬泪流。

人言荆江狭，荆江定自阔。
五两了无闻，风声那得达。

这是六朝时文人拟作民歌的一例。其后又有王翰、薛耀、郭元振诸家，而李白的《子夜秋歌》：

长安一片月，万户捣衣声。秋风吹不尽，总是玉关情。何日平胡虏，良人罢远征？

这样熟习在人口的一篇，也就是一支吴声歌。

唐朝拟作民歌的文人，最著名的是刘禹锡。他贬了朗州（今湖南常德）司马，曾模仿蛮俗巫词作《竹枝词》，流传于武陵溪洞间。后来任夔州刺史，又作了好几首《竹枝词》，其序云：

余来建平（即夔州），里中儿联歌竹枝，吹短笛，击鼓以赴节。……聆其音……卒章激讦如吴声。虽伧伫不可分，而含思宛转，有淇澳之艳音。

他是听过吴歌的，特提出“激讦”二字做它的总评，足见那时的吴歌是很高亢的，所以《子夜歌》会得归入清商调。可惜他不曾做苏州刺史，否则他的诗集里也会有几篇拟吴歌了。

唐末钱镠为吴越王，衣锦还乡（临安，今杭州），大陈乡饮；他高兴得很，就模仿了汉高祖的还乡歌《大风歌》而唱道：

三节还乡兮挂锦衣，吴越一王驷马归。临安道上列旌旗，碧天明明兮映日辉。父老远近兮来相随。……

句子也并不古奥，可是钱镠时代已不是汉高祖时代了，所以他的乡亲听了都不懂。他觉得不能尽欢，于是“高揭吴喉，唱山歌以见意”。词曰：

> 你辈见侬底欢喜，
> 别是一般滋味子，
> 永在我侬心子里！

这本地风光就引起了民众的兴趣来，顿时“叫笑振席，欢感闾里”，直到宋朝还没给民众忘记。——这件事见于宋僧文莹《湘山野录》（卷中）

《子夜歌》等为五言，这首歌是七言。《子夜歌》等一首四句或六句，这首歌只有三句。比较看来，吴歌的体裁是变了。

苏轼三十六岁到三十九岁，任杭州通判，他能欣赏当地的民歌，并且自己仿制了几首。（《苏轼诗集》卷五）其序云：

> 游九仙山（按：山在临安），闻里中儿歌《陌上花》。父老云：“吴越王妃每岁必归临安，王以书贻妃曰：‘陌上花开，可缓缓归矣！’”吴人用其语为歌，含思宛转，听之凄然；而其词鄙野，为易之云。

这又是一件和吴越王有关系的山歌故事。他说的“含思宛转”，正是刘禹锡批评建平竹枝词的话。可惜东坡先生只能欣赏山歌的声调而不能欣赏山歌的词句，所以他要奋笔“易之”。他所易的三首如下：

陌上花开蝴蝶飞，江山犹是昔人非。遗民几度垂垂老，游女长歌缓缓归。

陌上山花无数开，路人争看翠轩来。若为留得堂堂去，且更从教缓缓回。

生前富贵草头露，身后风流陌上花。已作迟迟君去鲁，犹歌缓缓妾回家。

这是七绝体的山歌，是和《子夜歌》与钱镠歌都不同，而却为宋明以来惟一的格式的。我们试把它和刘禹锡的《竹枝词》比较一下：

山桃红花满上头，蜀江春水拍山流。花红易衰似郎意，水流无限似侬愁。

江上朱楼新雨晴，瀼西春水縠纹生。桥东桥西好杨柳，人来人去唱歌行。

试问它们的格式和风度何等相像？大约当时长江流域都通行这种调子，不过发声行腔各受地域的影响，有些不同而已。

苏轼还有一首诗也是在杭州作的，题为"席上代人赠别"（《苏轼诗集》卷五，施注苏诗本卷六）：

莲子擘开须见忆，楸枰着尽更无期。破衫却有重逢处，一饭何曾忘却时。

这首诗看了似乎不容易懂，他自己没有注出什么来。王十朋(?)注道：

此吴歌格，借字寓意也。古诗有云："围棋烧败袄，着子故依然"，乃此格矣。莲子曰菂，菂中幺荷曰薏；"须见忆"，以菂之薏言之。楸枰，棋盘也；"更无期"，以棋言之。"重逢处"，以缝绽之缝隐之也。"忘却时"，以匙上之匙隐之也。

(其实王十朋的注解还没有透彻。吴语"时""汝"谐音，"忘却时"又谐"忘却汝"。上三句都说情爱，这里忽然来一个"忘却匙"，并无多大意义，远不如"忘却汝"有情味。)

由此可见那时的吴歌是惯于"借字寓意"的。其实这个格式也不独吴歌为然，刘禹锡模仿长江上游的民歌也是如此。他的《竹枝词》云：

杨柳青青江水平，闻郎江上唱歌声；东边日出西边雨，道是无晴却有晴。

在这里也是以"晴"隐"情"的。不过王十朋既定借字寓意为"吴歌格"，足见吴歌中是最多这种格式的。

这种士大夫拟作民歌的风气事实上地不限于三吴，形式也不限于四句的七言或五言，另有许多歌姬舞女所唱的曲调，也大都是落拓或不落拓的文人所作。到后来即脱离了民歌的状态，另行发展，蔚成词曲。柳永固然是专替妓女们填词来让她们唱的，姜白石也是“自琢新词韵最娇，小红低唱我吹箫”的。即如宰相的公子晏几道，他见他朋友家中养着歌儿，便也模仿小儿女的口吻，写了许多词曲，一面喝酒，一面让那些歌儿唱给他们听着玩儿（见《小山词自序》）。这类歌曲，此刻看来固然典雅非凡，在当时却和现在的“小调”，在性质上并无大别。

但是士大夫拟作的民歌固然不伧儜，不鄙野，但终不及真正民歌的朴实自然。即如苏东坡的“已作迟迟君去鲁”，用了《孟子》中典故，哪能教民众了解？只是士大夫们能欣赏民歌的已少了，能保存民歌的更绝无仅有。就我所找到的最早纪录，要算南宋赵彦卫的《云麓漫钞》卷九所载的两句：

> 彭祭酒学校驰声，善破经义；每有难题，人多请破之，无不曲当。后在两省，同寮尝戏之，请破
>
> 月子弯弯照几州？
>
> 几家欢乐几家愁？
>
> 彭停思久之，云：“运于上者无远近之殊，形于下者有悲欢之异。”人益叹伏。此两句乃吴中舟师之歌，每于更阑月夜，操舟荡桨，抑遏其词而歌之，声甚凄怨。唐人有诗云：“徙倚仙居凭翠楼，分明宫漏静兼秋。长安一夜家家月，几处笙歌几处愁？”感行于时，具载《辇下岁时记》，与此意同。

这是用歌谣作八股文章。他说的“声甚凄怨”，也正与东坡所谓“听之凄然”一样，可见凄清的音调是吴歌的一个特点。

赵氏记此歌，只有两句；其全文见于明叶盛（昆山人）的《水东

日记》(卷五),他说:

吴人耕作或舟行之劳,多作讴歌以自遣,名"唱山歌",中亦多可为警劝者,漫记一二:

月子弯弯照几州?
几家欢乐几家愁?
几家夫妇同罗幛?
多少飘零在外头?
南山脚下鹁鸪啼,
见说亲爷娶晚妻。
爷娶晚妻爷心喜,
前娘儿女好孤凄!

这才是正式的记录,可惜他只记了两首就停笔了。

稍后于叶盛的陆容(太仓人),也在《菽园杂记》卷一中记了一首山歌:

吴中乡村唱山歌,大率多道男女情致而已;惟一歌云:

南山脚下一缸油,
姊妹两个合梳头:
大个梳做盘龙髻,
小个梳做扬篮头。

> 不知何意。朱廷评树之尝以问予，予思之，翌日，报云："此歌得非言人之所业本同厥初，惟其心之趋向稍异，则其成就遂有大不同者，作如是观可乎？"树之云："君之颖悟过我矣！作如是观，此山歌第一曲也！"

想不到他们竟会从合梳头的山歌里看出性近习远的大道理来。山歌最没有道学气而最多道男女情致，他们的著作里既是必须登载"可为警劝者"，所以笔记下来的就少极了。

第一个敢突破这种束缚，大胆搜集男女情致的吴中民歌的，是明末的冯梦龙。他搜集了三百多首山歌，编为《童痴二弄》，凡十卷；卷一至卷四为《私情四句》，卷五为《杂咏四句》，卷六为《咏物四句》，卷七为《私情杂体》，都是吴中的徒歌。卷八为《私情长歌》，卷九为《杂咏长歌》，都是吴中的乐歌。卷十为《桐城时兴歌》，则是附录的别地歌。这册书刊行之后，因为与传统的脑筋太冲突了，所以几乎失传。直到民国二十三年上海传经堂书店主人朱瑞轩君到徽州访书，方复显于世。自从发见了这样丰富的材料，吴歌始有研究的工作可做。

在这册书里，证明了那时吴中的徒歌，除开衬字必是七言，每首（除开一小部分杂体）必是四句，和苏东坡仿作的完全相类。其中又多"借字寓意"，也和王十朋所说的"吴歌格"一样。它的正则的格式如下：（凡加括弧的是衬字）

> 弗见（子）情人心里酸，
> 用心模拟一般般。
> 闭（子）眼（睛）望空亲个嘴，

接连叫句俏心肝。
(《童痴二弄》卷一,《模拟》)

衬字是没有限制的,所以有些歌虽然仍是四句,而字数就扩张得很多很多,弄得分析不出衬字来,例如:

郎爱子姐哩姐弗爱个郎,
单相思几时得成双?
郎道姐呀,你做着弗着做个大人情放我在脚跟头困介夜,
情愿拨来你千憎万厌到大天光。
(《童痴二弄》卷三,《一边爱》)

其借字寓意的,例如:

姐道郎呀,我当初结识你哈里好像宝和珍,
哪间哪了你冷如冰?
我好像裱背店里个蛀虫吃子别人多少画,
新妆塑个天尊受子多少金。
(《童痴二弄》卷三,《冷》)

在这首歌里,这位女子本要说:我从前为了你受了许多人的闲话,吃了多少回的惊吓,现在你怎么把我弃了。但她不说"话"而说"画",就想起了裱画店里的蛀虫,不说"惊"而说"金",又借用新妆塑的天尊。这类的隐词廋语,在这册书里不知有多少,别地人是很难看懂的,有待于我辈的诠释呢。

这些民歌，虽然他们在形式上和六朝的乐府吴歌已很不同，而在情味上却毫无二致。读者如果把上文所引的《子夜歌》："想闻散唤声，虚应空中诺"比一比"山歌"中的"闭子眼睛望空亲个嘴，接连叫句俏心肝"，便可知道它们不仅貌似，连神韵都一模一样。至于借字寓意的方法，和这"大体神似"一比照，反而似乎是较小的问题了。

明朝是一个放纵的时代，所以仿制男女情致的歌谣很多。我去年在苏州蒋氏发见了杨慎的《五更调》手写本，其格调和现在通行的《五更调》不同，而和《四季相思》极像。俟将来再在本刊介绍。就冯梦龙的《山歌》里看，已有不少的文人创作，例如：

古人说话弗中听，
哪了一个娇娘只许嫁一个人？
若得武则天娘娘改子个本《大明律》，
世间啰敢捉奸情！
（《童痴二弄》卷一，《捉奸》）

冯氏写了一个案语在后面：

此余友苏子忠新作。子忠，笃士，乃作此异想，文人之心何所不有？

又如《姹童》一首（《童痴二弄》卷五）之后，他附的案语说：

张伯起先生有所欢，既婚而瘦，赠以歌云：

个样新郎忒煞矬，
看看面上肉无多。
思量家公真难做，
弗如依旧做家婆！

俊绝，一时诵之。

这都是指得出作者的。又如明人传奇《歌风记》中《困羽》一折的末尾，写乌江亭长在项羽自刎之后：

(外)呀，大王爷，可怜也！不免把他骸骨权且收敛，待日后以礼安葬；我且唱个吴歌儿，掉船去罢！

(歌介)
自古英雄几个得到头？
相持鹬蚌战蜗牛。
劝君莫学扛鼎拔山使尽子个力，
弗到乌江也弗肯休。

这当然也是有意仿制的。不过这种风气也只在明末一现，到底不曾在文学的园地中筑下坚实的基础。

到了清朝，不知何故，"四句头"的规则打破了，"借字寓意"的方式也停用了。我十余年前在苏州搜集三百多首歌谣，四句的固然有，然而很少；用同音字代替的更少，几乎碰不见。向日所称的"吴歌格"竟成了陈迹了。

还有一件事也可附带一提。商务印书馆所编《辞源》,其中"山歌"条说:

> 榜人所歌,吴人多能之,即古所谓水调也。宋《王元之集》有"唱山歌"诗。又《湘山野录》载钱武肃王还乡见父老揭吴喉唱山歌,"你辈见侬底欢喜",云云,是山歌实起于五代矣。

这位作者好不明白,竟以山歌为吴人所专有,并谓山歌实起于五代,难道除了吴中以外别处就不复有山歌吗?在钱镠还乡唱以前,吴中就没有人唱山歌了吗?这种盛情,真使我们吴人觉得"受之有愧",只好璧谢了!

《辞源》所说的"宋王元之集有唱山歌诗",我很惭愧,竟找不到,愿知之者告我。

以上所说的都是关于儿女情致的吴歌;但是现在流行的吴歌中还有一部分,数量虽然较少,但在通行的程度上并不下于私情歌的,便是描写各地风光和景物以及四时花名节序的歌曲。因为这类歌曲虽然不能引起情爱,却能供给人许多各地的知识(虽然不一定正确),并且因此也没有猥亵的词句,无伤大雅,所以许多老年人也爱唱唱。这类歌词可以分为三类,一类是专夸某一地的富丽景致的,一类是泛述各地风光和出产品的,一类是描写节序风光的唱词。第一类中,最通行的是"苏州景致"、"无锡景致"、"上海景致"之类。这些歌曲的开头大致是这样的:

> 我来拉胡琴呀,唱只苏州景呀,苏州景致多得无淘成呀。

让还未，虎丘是顶有名：
慢慢那个唱来唱吓唱你听，
走进山门呀看见二仙亭。
五十三参参参见观音呀，
千人末石边是贞娘坟。
……
……

或者是

我有一段情呀唱把诸位听。
诸公各位净吓净净心。
我有一点无锡景吓细细从那头吓说吓说你听。
小小无锡城吓盘古到自今；
东，西，南，北，共有四城门吓。
一到那宣统三年份吓，
新造一座吓光吓光复门。
……
……

唱到后来，连什么《玄妙观景致》、《上海电车景致》、《法（租）界电车景致》、《无锡留园景致》，也出来了。第二类的各地风土出产的唱本，则有《三十六码头》、《九行十八镇》等等。这些唱本里的所谓"码头"，意思是说城市；但是编唱者的知识本极浅陋，所说的城市只限于江、浙两省，较远的地方，却只能举一些"山东"、"广西"、

“南京”、“北京”一些大地名了。而且他们把“女人”和“官僚”，也会算作出产品的。《三十六码头》一起始是这样的：

正月里梅花报立春，
文武百官在北京。
江浙两省风水好，
万商云集到武林。

二月里杏花叶放青，
绉绸杭粉花样新。
八丝贡缎南京出，
苏州细席织得精。

这样每一个月依次唱下去，唱到八月是：

八月桂花阵阵香，
扬州小脚姜(美)姣娘。
风流姑娘处处有，
大脚婆娘出凤阳。

十二月是：

十二月里腊梅多，
松江出的四腮鲈。
水邑要算常熟好，

洞庭出得俏尼姑。

我们不要以为这些歌词肤浅平板,假使我们并不健忘,《文选》中那些"汉赋"的题材和作法和它们也差不许多,它们的直接渊源虽然不能附会到汉赋中去(但至少作者的动机是相同,不过汉赋是作给贵族看,唱本是编给民众听罢了),但是在乐府中却并不缺少这类作品的前身。我们且看陆机的《吴趋行》:

楚妃且莫叹,
齐娥且莫讴。
四座坐清听,
听我歌吴趋:
吴趋自有始,
请从昌门起。
……

这和"无锡景致"有多大分别呢?崔豹《古今注》云:"《吴趋曲》,吴人以歌其地也。"可见陆机也是模仿民间俗曲而作,这一类吴歌的起源至少也在晋朝就盛行了。谢灵运也有一首《会吟行》:

六引缓清唱,
三调停繁音;
列筵皆静寂,
咸共聆念吟:

这正是"我有一段情呀唱把诸位听。诸公各位净吓净净心。"

会吟自有初，
请从文命敷。

这也是"小小无锡城吓盘古到自今。"

以下是铺陈景物，什么"连峰竞千仞，背流各百里"、"层台指中天，高墉积崇雉。"这虽然是名手的"阳春白雪"，老实说，在情致的流畅自然上，并不比那些"下里巴人"高明多少。——在这里应当说明一下，这首乐府也是"歌其地也"。方虚谷云："《会吟》非吴会之会，即会稽之会；今两浙，秦之会稽郡，汉之吴郡也。"

这类铺陈景致的民歌，我们相信民间一直流传着，并未中断。虽然此类歌曲因不为人所注意，未得保存下来，但我们从各时代文人仿作的旁证，可以推测其决不在少数。李白和李贺都有《十二月乐辞》，其体制虽不尽同于现在流行的十二月唱春调子，但也可推知当时有此种流行曲子的状况。至于柳永《乐章集》中的那首《望海潮》：

东南形胜，三吴都会，钱塘自古繁华。烟柳画桥，风帘翠幕，参差十万人家。云树绕堤沙；怒涛卷霜雪，天堑无涯。市列珠玑，户盈罗绮竞豪奢。重湖叠巘清嘉。有三秋桂子，十里荷花。羌管弄晴，菱歌泛夜，嬉嬉钓叟莲娃。千骑拥高牙；乘醉听箫鼓，吟赏烟霞。异日图将好景，归去凤池夸。

更是很好的例子。《鹤林玉露》谓:"金主亮闻歌,欣然有慕于'三秋桂子,十里荷花',遂起投鞭渡江之意。"柳永本来是专为民间儿女写歌的人——我们也可以知道这类题材流传之既久且广了。

1936 年 11 月 7 日

苏州近代乐歌*

上次我在本刊发表《吴歌小史》，忘记提到近代的苏州乐歌。乐歌虽不是民谣，而与民谣有不可分离的关系，例如《诗》三百篇中的国风定有一大部分是从民谣转过去的，我十余年前在苏州搜集民谣也从太太小姐们的口中得到许多弹词开篇和把乐歌变了样的徒歌。所以，我们研究民谣，不能不连带研究乐歌，否则便无从得着它们的来踪去迹。

各地虽各有乐歌，而苦于记载太少，文献无征。苏州的乐歌史料是同样的难找。

从老辈处打听，知道从前（约四十年前）苏州乐工，唱昆曲的称为"堂名"，唱徽调的称为"徽堂"。这"堂"就是"班"的意思，每一个班子都起一个某某堂的名号。现在盛行的"摊簧"，当时只是徽堂的附属品，在奏乐将终的时候唱一套而已。

但摊簧也有"前摊"和"后摊"的分别。前摊为"扫秦""断桥"等，是叙正经事，说正经话的，好像生旦戏。后摊为"借靴""探亲"等，是调笑的，好像丑角戏。假使在宴会中只有摊簧，那么，有几桌客人就唱几出前摊；但桌数过多的时候也自有个限制。唱完了前

* 本文原载《歌谣周刊》第3卷第1期。

摊，便请客人点唱后摊，让大家笑乐一场而散。近来这个规矩不存在了，大家觉得听摊簧是寻快乐的事，不再愿意正襟危坐，所以前摊的演唱是愈来愈少了。

从前上等社会有练习摊簧的集合，像昆曲的“曲局”（好像北平的“票房”）一样，人家有喜庆事，可以设宴招他们来，吃一顿，唱半天。摊簧的成为卖艺生涯，别出于徽堂之外而独树一帜，似乎始于这四十年中。友人王伯祥先生告我，他幼时见胥门内日升园茶馆作第一次的演奏，棹幔上还写“诸位爷台演唱南词”。称艺员为“爷台”，还保存着曲局的遗风。后来从苏州流传到上海，“苏摊”方成为一种极普遍的乐调。

从前苏州人呼娼妓为“女堂名”，因为妓院也是用某某堂标在门上的，如“鸿禧堂”“彩喜堂”等，而她们是以歌唱为主要工作的，为要和男堂名分别，所以称为女堂名。后来传至上海，就改称为“堂子”，这样，和北方的“窑子”之名便很相像了。在我幼时，人家有喜庆事，常常唤娼妓来，一桌又一桌地点唱，好像北平的“鼓姬”一般。唱的大抵是小调，后来渐渐变换为京戏。娼妓又会跳舞，在厅堂的一小方地上一个儿跳着，没有长袖便扬着手巾，叫做“串戏”。但到我长大时此风就消歇了。到现在，在喜庆之家几乎碰不到娼妓了。回想当年的张五宝（百代公司留声片中有她的“乔醋”“思凡”两折），为了唱得太好，应酬不了许多人，以至于唱死，真使人对于现状起艺术衰落之感了。

“宣卷”，是宣扬佛法的歌曲，里边的故事总是劝人积德修寿，（如金本中，本只有七岁的寿命，为了他累次积德，延至九十九岁），是起得很早的。（《金瓶梅》中屡见，敦煌发见的“变文”是它的先导。）在我幼时，几个太太们嫌家里闷，常叫来唱；做寿时更是少不了的。宣卷的乐器很简单，只有一个木鱼，一个小磬。但自摊簧盛行之后，相形之下宣卷真是太朴素了，引不起年轻的奶奶小姐们的兴趣了，于是他们被迫改变旧章，有一位曹少堂始倡为“文明宣卷”，势力愈来愈大，终至完全代替了旧式的宣卷。其实，所谓文明宣卷者，并没有什么奥妙，乃是宣卷与摊簧的合班，把这两种乐词更番唱着。妇女们既喜摊簧的洋洋盈耳，又喜宣卷的好说吉利话，故到现在仍极盛行。每演奏一晚，约花费六元。

苏州人最爱听说书，每天下午各茶馆都有据高台讲故事的，听客们当做日常的功课；有的茶馆夜里还有。在露天广场中讲说的也有几处。说书分两种，一种“大书”，说英雄豪杰；一种“小书”，说男女爱情。大书如《三国》、《水浒》；小书如《玉蜻蜓》、《双珠凤》。说大书的只说不唱，手中拿一块醒木，逢到紧要地方用力在桌上拍击。说小书的如为“双档”（二人合唱），则一人弹琵琶，一人弹弦子；先唱“开篇”（与本书无关的一段故事，好像电影馆里先演新闻片），次唱本书。如为单人，则唱开篇时弹琵琶，唱本书时弹弦子。因为小书重在弹唱，所以唤作“弹词”。弹词中分为两派，一派为“俞调”，以风情旖旎胜；一派为“马调”，以气势奔逸胜。马调倡始者为马如飞，听说是一个秀才，著有《马如飞开篇》二册传世。本来说书的都是男人，他们联合组织一个“光裕社”；这社的势力着实不小，东到上海，南到嘉兴，西到无锡，北到常熟，说书的大抵是社里人。后来有几个说书的，他的太太、姊妹、女儿也会说了，于是他们脱离光裕社，又联合组织了一个“慎余社”，登台演唱。一时人情喜欢新奇，多去改听女说书，弄得光裕社员大为不安，就和慎余社翻脸打官司。只因中华民国男女平等，官厅没法取消女子的说书职业；结果只禁止男女合唱。等到男女一分家，女子的势力就孤单了,她们在城里的地位就被打倒了。

因为听说书成了苏州上下中三等人的日常功课,所以大家嘴里都会哼几句弹词,把开篇当作歌谣唱。从前听书的没有上等女人,现在呢,书场已开放女禁了。茶馆书场每条街都有,很匀称地分配,家家人有听书的方便,加以无线电的传播,使得弹词成了每个人的必要的精神食粮,比了北平的戏剧还要普遍。苏州如此,太湖一带的城市乡镇也莫不如此。这是关心社会教育的人所不该随便放过的。

弹词本只说唱,可能时也惟有做做手势而已。自从上海有了游艺场,这班说书的也把所说的书,所唱的词,改变为戏文而扮演起来了。

此外,苏州的乐歌还有从上海浦东来的,叫"东乡调",是一个人的自拉自唱;有从扬州来的,叫"打连厢",是几个女子的合唱。还有一种叫"说因果",一个女子拿了两块铜片敲击作声而唱的(好像大鼓中的梨花片),我只在玄妙观中见到一处,似乎现在已绝响了。

1937年3月24日

《吴歈集录》的序*

绍虞南下，从今天起，到下月绍虞回京，这一个月里吴中歌谣归我自己抄了。我不抄则已，抄则似乎必须作一个自序才好。

我搜集歌谣的动机，不消说得，自然是北京大学征集歌谣的影响。那时我正患了很厉害的神经衰弱，在家里养病，书也不能读，念头也不能动，看看时间一刻一刻过去，十分的难过。适《北大日刊》上天天有一二首的歌谣登出，吾想，吾不能做用心的事情，何妨做做这种怡情的东西呢！所以我便着手采集歌谣。始而在家里就几个小孩口里去采集，继而托人到乡下去采集，居然成绩很好，到今有三百首的左右了。我当初采集的时候，原是想投稿到北大里去的，现在积了这些，似乎可以出一本《吴歈集录》的专书了。

但我这件事情虽然做了一二年，终不敢宣布出来。为什么呢？因为里边实在有许多解不出的句子、写不出的文字、考不定的事实。我想要彻底地弄他清楚，必得切切实实做一番小学功夫，拿古今的音变、异域的方言，都了然于心，然后再来比较考订，那么才可无憾。这件事情，不是几年里所能做的，所以我已经拿了这部《吴歈集录》算做终身之业了。事不凑巧，偏偏绍虞在《晨报》上同我介

---

* 本文原载《晨报》，1920年11月3日。

绍出来；介绍之后，又有许多人要看，嘱我发表出来；绍虞又允同我代抄：我这件事实在守不住秘密了。我这种不成熟的发表，自己是很惭愧的；希望阅者将我的错误处，及未能考定的地方，教正教正！

苏州的唱歌种类，约计之，有（1）昆曲；（2）皮簧；（3）梆子；（4）弹词；（5）打讪头；（6）摊簧；（7）宣卷；（8）扬州调；（9）东乡调；（10）说因果；（11）女说书调；（12）五更调；（13）小热昏；（14）百弗得；（15）打连镶；（16）奶奶小姐所唱的歌；（17）乡村女子所唱的歌；（18）农工及流氓等男子所唱的歌；（19）儿童在家里唱的歌；（20）儿童在学校里唱的歌。以上二十种，昆曲、皮簧、梆子都是戏剧，不在我们搜集之内。弹词是小说书，都弹唱一部很长的小说，也不必去搜集；但他们在弹唱小说之前，都有短的开篇，杂采史事及小说中语为之；这与奶奶小姐所唱的歌，形式实质却很相似，或者也可去采取；但我尚没有着手。宣卷、摊簧、打讪头，都同弹词一样，有长的，也有短篇的，我们也可想法把他们的短篇集来。扬州调可以不认为吴歌，但亦有吴人学唱，将来如能集得，可以做一个“附录”。说因果我只在玄妙观里看到一处，这一处又专唱珍珠塔，实质与弹词相同，不过用于了绰板，音调特别罢了。小热昏者，逢到一件社会上宣传的事情出来，他便编做了长歌，在热闹地方放了一个凳，自己立在凳上唱起来。因其随口成词，唱又甚长，叫他复唱一遍，也不会一致；别人更不会记得，所以这种歌只是一时的。百弗得是劝人为善，音调也很特别；他所唱的也有印的单张，不过我还没有买。《五更调》也是唱时事的多：有的是打讪头唱的，有的是立在街头的歌者唱的，有的是工人及流氓唱的；大概拿一事的起初，算为一更，一事的进行状况，算为二更至四更，拿这件事的终局，算为五更。我因为和这辈人没法联络，所以还没有采到一首。

东乡调是苏州的一处乡下人歌唱卖钱的生涯,我在小时候也听过,现在记不起来他唱的是什么;只记得他的乐器是胡琴罢了。女说书调有的是短篇的歌,有的是京戏。他们唱京戏时,用苏州的"二胡"来拉,二胡和"京胡"是不一样的,乐器既异,他们唱的也幼稚,所以有人称做"苏州二簧"。他们唱的短篇,或说妓院的苦,或说嫖客的无良,多能动人"哀矜勿喜"之心,却有可采的价值。不过我也同他们不接近,无可采集,仅在奶奶小姐们学来的唱歌里,集到二首。打连镶是一种舞蹈时的唱歌,也没有机会去听它。儿童在学校里所唱的歌,通行的唱歌集上已占去一半,不必写它;此外有关系吴中故事而传唱又甚广的,拟设法采它几首。

说了上面的一大段话,可见我不独没有编纂考订的程度,乃至搜集的材料,也是极不完备。我现在所采集的,只是:

(1)儿童在家里唱的歌

(2)乡村女子所唱的歌

(3)奶奶小姐们所唱的歌

(4)农工流氓等所唱的歌

(5)杂歌

这五种,照我现在的观察,要精密去采集,使它大致完备,可以有三千首;我现在不过得到十分之一。在意义上看来,儿歌纯粹是一种天籁,没有什么深厚的兴感。乡村女子歌里,情歌最多,亦最好。奶奶小姐们的歌里,结构比别类都茂密;说的人情世故,也都刻画入细。在形式上面,固然独创的也很多,但给识字女子做了,便接近到诗及弹词上面去,在精神上面,多不说私情而说功名,希望夫婿以科第得官;或者自己极力振顿家事,求得丈夫面上的威光。这种情境,实在是乡村妇女想不到的。农工流氓所唱的歌,都欢喜滑稽取乐，或者奖励淫杀。在这许多里，都很可以看到社会状况的骨子里去。

我既经将我二年来采集到的吴歌，送与《晨报》发表了，我自然对于吴歌应当勉力搜集下去；我更希望凡是看《晨报》的，凡是知道《晨报》里有这一栏的，都就自己知道的歌，或者自己虽不知道而可以采集到的歌，写出来寄到《晨报》里发表。好教我有参考比较的材料，绍虞前天说的对于《民众艺术》的希望，也就可以成遂。

苏州唱本叙录*

当北京大学搜集歌谣之后，我就注意到地摊上的唱本，曾在苏州收集四次，得到二百册。那时嘱我的表弟吴立模君为它作一叙录，记载其格式与事实。我的意思，是想在北大的《歌谣周刊》上发表的。不幸北大同人只要歌谣，不要唱本，以为歌谣是天籁而唱本乃下等文人所造作，其价值高下不同。这写出的一点稿子就搁了起来，而吴君也不高兴续作了。但他们反对唱本的意思，我总觉得不服。我以为歌谣与唱本实在没有严密的界限。就意义上说，歌谣是民众抒写的心声；唱本也是民众抒写的心声。就流传上说，歌谣有流行得很广的，也有很狭的；唱本有流行得很狭的，也有很广的。就两者的关系上说，歌谣有从唱本上来的，如唱本失传而歌谣不失传，就给人看作歌谣了；唱本有写录歌谣的，如歌谣失传而唱本不失传，也就给人看作唱本而不看作歌谣了。若说唱本是下等文人所作而歌谣是天籁，难道歌谣是从天上掉下来的吗？不过歌谣有些出于妇人孺子之口，篇幅短，较富于天趣，而唱本则多出于略识字的男子之手，较富于理智，能作长篇的叙述罢了。若说这些下等文人造作的便无一顾之价值，则现在流行的戏曲何尝不出于

* 本文为与吴立模合著，原载《开展月刊》第10、11期合刊，1921年7月25日。

下等文人之手，何以又要去注意呢？所以实际说来，歌谣、唱本及民间戏曲，都不是士大夫阶级的作品。中国向来缺乏民众生活的记载；而这些东西却是民众生活的最亲切的写真，我们应当努力地把它们收集起来才是。

说到收集唱本，现在真是“千钧一发”的时期了。上月我旅行到济南，到地摊上看，满是上海印本。要买济南本地刻的，买不到。访了几家铺子，才得到本地木版的十余本。我问他们：“为什么这样少呢？”他们说：“上海的又好看，价又廉；本地的谁要买！”唉，上海靠了印刷术的发达，纸价的低廉，印出了巨量的唱本，分散到各地，把各地原有的民众文艺一切打倒，这文化的侵略真不小呵！（现在的小孩只唱小学校里的歌而不唱各地原有的歌谣，与此正同例。）我们如果不去搜集，再过十年，就买不到了，这一部民众生活的宝藏就失传于我们的一世里了！我们忍心有这件事吗？

我个人为职业所羁，以前从事的民俗研究现在暂不能继续，是一件恨事。现在《民俗集刊》征文，即将吴君原作略略修改寄去。《苏州唱本叙录》，此不过三分之一。以后能有时间编完，最好。希望各地的人都照样做去，将来合成一部“中国唱本提要”，更选择一个适宜的地方建一所“唱本藏”，这实在是我们这世里应当有的事。

1920 年 6 月 12 日

大九连环——苏州景

九连环系曲调名。本第二段注“转五更调”，第三段“转花名调”，第四段“转别五更调”，第五段“转鲜花调”，第六段“转哈哈调”,第七段“转湘江郎调”第八段“转时调”,大约系各段的调子不同,故名九连环。第一段疑是“上海码头调”,此编叙苏州繁华,王孙公子携妓游玩山塘,以及中秋重阳等景致。

十二月虫名山歌

此本是四句一段的“山歌调”,分着十二个月。全歌不相贯穿,段自成意。歌中把虫的社会尽变为人的社会,像螳螂的游春、蜜蜂的开茶馆等等,颇有兴趣。且字句通俗,音调顺协,所以流传得非常之广。

虫名开篇

全篇的专一的描写是纺绩娘忆恋螳螂,而把许多的虫名嵌入歌中,像“蝉声噪树来分手”等等;且把虫名的音来替代别的同音的字,像“蜜蜂”的代“密封”,“蝙蝠”的代“必福”等等,就是纺绩娘同螳螂也不过借着“娘”字和“郎”字的谐声,因此全歌有二十五个虫名。但开篇总没有山歌般的通俗,所以“虫名开篇”流传得没有同“虫名山歌”一样广。

做亲景致

叙写旧式结婚的礼式及情形,淋漓尽致。此歌产出之期当还不远——至多不出十几年——因为歌中所说的仪仗里头已经有军乐同竹梢旗——苏州仪仗中军乐始于民国初年;竹梢旗盛行于民国初年。——歌用无锡景、调。

公子游春

开篇调，字句是很典雅的。大意是说一个少年公子出去游春，在路上看见一个寡妇正在哭祭她丈夫的新坟。大部分的描写是属于后者，故公子游春不过是一个楔引罢了。

十八摸

凡十八段，是顽笑戏“荡湖船”里头的一节。——李君甫上了船，同船姑顽闹，周摸她的全身，一头摸一头唱的唱句。此歌有特殊的调谱，自成一格，流行得很广的。不过歌里头有几段很秽亵，所以有几种刻本里把它删了，另填进别的几段。

红娘寄书

把《西厢》里的一段译成通俗的开篇。

男哭沉香，女哭沉香

都是俞调开篇。男哭是哭他的亡妻，女哭是哭她的故欢。字句都很紧凑，描写都很入情，而后者更胜于前者。沉香，是沉香木雕刻的遗像。

私情山歌

此本是把月来分段的山歌。全歌共十二段,每段八句。所叙的是少妇怀春的情景。

三国山歌　岳传山歌　武十回山歌　英烈山歌　白蛇山歌　双珠凤山歌

这五本是把《三国演义》、《岳传》、《水浒传》中武松的十回书、《英烈传》、《白蛇传》、《双珠凤》中的纲要编成的山歌,都用"十二月花名调"。

王祥卧冰

此本用山歌体,所叙说的是王祥卧冰的故事,同古来所传说的无甚出入。不过它说王祥是江南安庆府人,王百万的儿子;晚娘叫陈三姐。

打牙牌

是一支极通行的歌曲,有特殊的曲解,很婉丽的,但唱的时候,一定要打着官音才对。它注出是湖北调,当是湖北的歌曲转传过来的。所说的是一个雏妓正在房中打牙牌,她的恩客来了,她拒绝她恩客的轻薄,因为时期还没到。到了她挂牌之后,老年的人虽是给她千金,她总不肯爱他;她情愿陪恩客顽耍,不要他一个钱。最后写两人欢爱的情形。

无锡景致

描写无锡近今的情形,有特殊的歌调,流传得非常之广而成为一种调谱。

苏州景致

写苏州的景致。虽是模仿无锡景调,但此歌比无锡景高胜得多。无锡景不但没有描写什么景致,而所说的又杂凑无谓;此歌所叙的的确是苏州的名胜风景,描写亦非常高超,大有后来居上之势,所以流传得很广。

江阴景致

写江阴的情景,同无锡景、苏州景是一类的。用无锡景调。(凡歌题末字或末两字为“景”或“景致”的,大都是用无锡景调的。)

西湖景

写浙江西湖的风景。

留园景

写苏州留园的景致。共有二支;一支是用无锡调的,一支是用花名山歌调的。

吹风凉景致

纳凉,吴语作“吹风凉”。吹风凉景致就是写纳凉时的情景。

遂园景

写遂园里的景致及园里的游艺——魔术、双簧——等。遂园是苏州城里的一个花园,曾兴盛过一时,而此歌大约是此一时之中的投机歌谣。

上海景致

此歌只可以说新世界景致,因为歌里所说的只是新世界——上海的游戏场——而不是全上海。

唐诗唱句

“唐”是唐寅,“唐诗”是唐寅所作的《妒花歌》。这是把《妒花歌》译成的唱句。

戏名山歌

此本实在不是戏名山歌，而是伶人山歌。因为里头只有伶人的名字而没有戏名。但此本亦不是伶人山歌，而是虫名山歌，因为歌里的字句几乎完全同虫名山歌一样，仅仅把虫名改做伶人的名字罢了。

蚊子歌

这是一支短歌，歌意是很有趣的。它说蚊子本住在草里，后来狂风吹进了香闺，躲在姐儿身上，被姐儿拍死。它虽死，但是很风光的。

枪毙阎瑞生

这也是供应社会的需要，把王莲英、阎瑞生的事编做一支花名山歌。不过编者对于这事的经过太不明了了，只拿他自己的眼光来猜度。例如他说"考进秀才阎瑞生"，"金镯金戒金钢表，莲英打扮去游春"等等，是很可笑的。

王莲英蒋老五对唱山歌

此本说王、蒋二妓在阴间碰到了，对唱山歌。大意是：王说她实在是被钻戒害死的；蒋说她在阴间寻她的情人罗炳生。王说我们合伙寻,寻着了都嫁给他。而她们都很恨杨大少——这是谁,不可考——说他在阳间一定要作乌龟的。

男女对山歌

全歌很长,分钉两本。对山歌就是一问一答的山歌。

三百六十行

"行"就是职业的意思。"三百六十行",就是各种职业的意思。此本把三百六十行的名目凑成句子,押了韵,集成一歌。

劝人五更

说出嫖、赌、吃酒、吃鸦片、闯穷祸的坏处,劝人不要这样做,用"五更调"的调子。

嫖赌五更

说出嫖、赌、吃、着、吃鸦片、轧挨窑(流氓)的坏处,劝人不要去犯。"五更调"本只有五段,它加了天明一段,故有六段。

打斋饭

歌中第二身代名词用"能",小孩子叫"官官",都是常熟的方言，故此歌或者是常熟的歌。

第一段写天气的炎热。第二段说一个女子正在房中做营生，而门外来了一个打斋的和尚，她叫他不要惊醒了小宝宝；但他把"小宝宝"三字听做"鸾凤交"，就上前调戏，竟被她殴辱，并把篮中的饭都抛在地上。第三段说和尚回去被师父责问，为何没有打到斋饭，他还想狡辩，又被师父敲打。歌中有表白、旦唱、丑唱、净唱的分别，是又有剧本的、摊簧的意味，不仅仅是歌谣了。

小方卿

此歌是把《珍珠塔》里的纲要编成的，用花名调。

十二条手巾

此篇共分十二段，用十二条手巾做纲领。每段八句；第一句拿手巾来开场，中四句写节令及景色，末三句把通俗的故事填入。

十姐缠脚

此歌写十个姐儿缠脚，五个缠得好，五个缠得不好。苏州一带早已放足，这当是三十年前所作的了。

新出小热昏

此歌没有名目，因为"小热昏"也不过是一种歌的调格——凡四字一句而押韵的歌叫小热昏。——歌中所叙的是五四运动时苏州罢市的情形,此歌产生当也在这个时间。

胡丝山歌

吴语叫丝厂为“胡丝栈”,此所名“胡丝”是叙丝厂里的女工金桂姐姐的情史。她起始思慕男子,后来竟结识了一个少年,诸般亲爱。歌用上海做背景,像城隍庙、得意楼、长生桥等等都写入。歌用“花名调”。

恩爱夫妻景

此歌描写夫妻的志同道合,以及家庭中的和睦,旁人的羡慕。用无锡歌调。

百勿得

这是劝导的歌。虽然在文学上没有多大的价值,但对下等社会没有受过普通教育的人们的确是一个极大的贡献,而收效亦很不小的。每句七字,二句一段,所说的是种种做不得的事情。

苏州玄妙观有一个专唱“百勿得”的半老的人,有人说此歌就是他所编的。

堂名赋

大意是说一个人因为嫖妓而堕落，所以要劝人切莫嫖妓。歌中叙苏州二三十年前的妓院情状很详细。全篇都是四字一句，通体只押一韵。他说是“名家滩数版”，大约就是同“小热昏”一类的歌曲。

饭店五更

此本写苏州普安桥头仁和馆饭店的情景，用五更调。在第三段里说：“三更三点月正湾，提起吃荒饭。咦呀呀得哙，拿一盆金花菜。拣瘦咸肉加菠菜，装碗饭。惠起账来一角两只板（铜圆），咦呀呀得哙，小账全辣海（尽在其内）。”形容饭店里的情景再像没有了。

剃头五更

大意是说旧式的剃头不及新式的舒服。旁及民国初年苏州玄妙观里搭棚的剃头摊的情形，很有趣。

麻雀五更

写打麻雀牌的情景，会唱它的人很多。以上两歌都用“五更调”的调子。

来富唱山歌

是直抄"双珠凤弹词"中的一段,里头有来富唱的山歌并及唱山歌时的情节。歌后有一段风雅主人的跋语,劝人勿犯奸淫。

戒嫖开篇

同"堂名赋"有同一的寓意与描写,不过它是开篇调,所以字句比较雅致一点。

素酒山歌

此本书面刻"素酒山歌",里面刻"十二杯酒山歌",当然以十二杯酒为是。歌用"山歌调",每段四句,第一句说第几杯酒怎么样;其余的三句写一段故事,像"刻木事亲"、"苏秦封相"、"桃园结义"等等。

十条扁担

写十种挑担做小贩的情状。十种小贩是:剃头、修洋伞、卖干货、访姣娘、卖糖粥、木人戏、补缸、箍桶、换糖、挑粪。因为挑担一定要用扁担,故名十条扁担。

十个字

歌凡十段,段凡四句。每段的第一句说“一”字到“十”字的形状,其余的三句或说一件故事,或说不同的三件故事。没有相像或贯穿的意思,只是顺口而押韵。

十双快靴

它的结末的一段是“十双快靴十样名,双双快靴有古人。小妹千辛万苦来绣好,相与情哥结私情。”全歌大意都是这样。

十条桥

此歌说西方路上有不同的十条桥。六条是安稳而荣耀,是行善修行的人走的;四条是危险而鄙贱,是行恶不念佛的人走的。

十房新妇

“十房新妇”就是十个媳妇的意思。此歌写十房新妇的勤懒、美丑、智愚等等的不同。最有趣的一段是:“第十房新妇贪懒精,一条裤子十八斤。东太湖边洗一洗,西太湖边水也混”,真可以说贪懒到极点了。

小长工

长工,佃佣也。此歌大意是一个小长工同佣主家里的一个女郎发生了恋爱关系,起首大家爱慕,后来竟成了好事;但未成夫妇,所以到田事完了,彼此就洒泪分别。歌用十二月花名分段,但每段八句,疑是用二支花名调并合成的。

四季相思

全歌分为五段,前四段是说一个女郎在四季中感物兴怀,思念她的情人;末一段说她的情人来了。描写是很深刻的。字句虽通俗而不失其雅丽,所以流传得很广,而创成"四季相思"的调谱。

沈七歌

歌中大意是沈七郎同他的表妹互相慕爱,后来他们竟得相会了;但又被他舅母的迂执的见解所斥责,永不许沈七郎进他们的门,隔断了私情的路。做歌人的本意说是劝人不要做私情的事。

小篮挡

写十二个提小篮做小买卖的妇女的面貌、装束、际遇,或是她不正当的事迹。"挡"字是作"党"字讲的。里头有一句说:"阿世妹初入小篮挡。"此歌也是用十二月花名来分段的,不过字句同"花名调”不同，当另是一调。

十二双绣鞋

描写十二双鞋子上绣的十二种花卉。山歌调。

十姐梳头

此歌杂凑无意义，但流传却很广。调子好像是“上海码头调”。共十段，每段起头的两句是说第几姐梳头怎么样，后头的三句都拿不相关而荒诞的故事嵌入，只要押了韵就是了。

玄妙观五更

叙苏州玄妙观里弥陀宝阁建造的历史，阁中的仙迹，后来失火时的情形，以及他年再要兴造时的艰难。

文明做亲五更

此歌名为文明做亲（新式结婚），但里头所说的却是旧式结婚的情景。

等郎五更

这支歌是说一个女郎等候她的情人，而情人不来。她始而盼望，继而闷呆，终而怨恨。从一更等到五更，而情人终没有来。

刁刘氏山歌

这是把《果报录》里的纲要编成的“花名调”山歌。

哭七七

是写一个寡妇——韩家二姐——逢七哭她的故夫的情景。人死七日，是为一七；凡七个七，故名哭七七。

香烟花名山歌

此歌说吃香烟的有损而无益，很沉挚的。虽则是一支山歌，却含有正大的劝导，同“木铎歌”“百勿得”等有同一的宗旨。

腊塔五更

吴语“腊塔”就是不洁净的意思。这支歌里是形容一个女的贪懒而腊塔到无以复加。歌虽粗俗，很可引人发笑。用“五更调”的调子。

采桑山歌

这是七字一句、四句一段的山歌。一共有六套。第一套“采桑山歌”,第二套“后私情”,第三套“游春山歌”,第四套“合欢情”,第五套“新人歌”,第六套“闹新房”。这歌叙说一女郎同一爱人约会在桑园中,被父母知道,斥责她,女郎狡辩,并怨恨父母不早同意她成婚,以致无限孤独。有一个春天,女郎打扮好了出去游玩,碰见她的情人,诉说别离相思之苦,乃引她到家,私自亲爱。一年之后。女郎有孕,被父母知道,就叫夫家迎娶。因为她美貌,公婆与丈夫非常喜欢。但不幸生私生子了,她父母要她死,公婆把她退,惟独她的丈夫爱她,竟饶恕了她的初次的不贞。

《山歌》序*

当民国八九年间，北京大学同人收集歌谣的时候，我曾有一个骄傲的念头：这是我们破天荒的工作，我们为学术界开辟了一个新园地了！哪知过不甚久，就在李调元刻的《函海》中发现了他的《粤风》，乃是辑录粤中各族的歌谣的，顿时使我失去了骄傲的勇气。我才知道，在一百多年前就有人垦过这园地了。后来又知道，李调元的《粤风》就是清初吴淇的《粤风续九》，那么这开垦的工作又提前了一百数十年了。

民国十四年，我初编成《吴歌甲集》，胸中再起了一个骄傲的念头：拿苏州歌谣来编成一部书，我总是第一人了；将来再有人做这个工作时，他总须奉我为始祖了！哪里知道：去年朱瑞轩先生发见了这部奇书，不但把搜集歌谣的工作提到了三百年前，而且竟是一部苏州歌谣的大总集，从此我的炎炎的气焰又给他浇灭了！唉，骄傲是这样不容易维持的！

民国廿三年九月，我在杭州，抱经堂主人朱遂翔先生来，送给我这部《山歌》的抄本，他说："这部书是我的弟弟瑞轩到徽州收书时得到的。原书是万历刻本，因为知道你喜欢搜集歌谣，所以钞了

---

* 本文原载冯梦龙《山歌》，顾颉刚校点，1935年。

一部送给你。”当时我也不在意，他走后翻开一读，竟把我惊奇得跳起来。想不到我们明朝的同乡民众，会有这许多文学作品遗留到今日，而我偏能先见到！我连连庆贺自己的眼福，觉得坐也不是，立也不是。呵！天下竟有这样的巧遇！隔了几天，瑞轩来见，始知这书已归汪云荪先生，但他很愿公诸世人，所以一任瑞轩付印。闻之，为之快绝！

那时在杭州，没有书可参考，仅从瑞轩口中得知这书的编辑者墨憨斋主人即冯梦龙而已。后来回到北平，遇见马隅卿先生，他对于冯梦龙有很深的研究，告我许多关于他的故事。又把这部书送给胡适之先生看，他就送给我一册民国十八年上海华通书局出版的《挂枝儿》，使我又读到了沉埋三百年的乐歌。不幸得很，隅卿先生于今年三月中去世了，他竟不及见这部书的出版！

冯梦龙，字犹龙，是明末苏州的一个极其放荡不羁的文士，也是当时文坛上的一个怪杰。他喜欢写游戏文章，自己创作的有《万事足》、《双雄记》等；他人的作品而由他改作的有《新灌园》、《量江记》等等：合为《墨憨斋新曲十种》。尚有《笑府》、《情史》、《智囊》、《智囊补》、《喻世名言》、《警世通言》、《醒世恒言》诸书，都是他编纂的。（详见容肇祖先生的《明冯梦龙的生平及其著述》与《续考》，载《岭南学报》二卷二、三期。）至于《挂枝儿》一种，我们所见已经不是冯氏的原书而是浮白主人的选本，只存四十一首而已，远不如这一集《山歌》的丰富。

冯氏在叙《山歌》里说：“且今虽季世，而但有假诗文，无假山歌，则以山歌不与诗文争名，故不屑假。苟其不屑假，而吾藉以存真，不亦可乎？……若夫借男女之真情，发名教之伪药，其功于《挂枝儿》等。故录《挂枝词》而次及《山歌》。”这就证明了《挂枝儿》和

《山歌》的连带关系。《挂枝儿》上有民国十八年志远先生一序，说："我们固然不能斗胆咬定《挂枝儿》是冯氏的手作，但是在我们未找得确定的证据以前，我们只好暂依一般人的见解，姑且认为冯氏的作品罢了。"现在发见了这篇序文，那么《挂枝儿》的作者问题就已解决了。

拿《挂枝儿》和《山歌》略一比较，我觉得两者之间有着很密切的关系。题材既多相同，情调也不差多少。尤其是下面两首：

瓜仁儿本不是个希奇货，汗巾儿包裹了送与我亲哥。一个个都在我舌尖上过。礼轻人意重，好物不须多。多拜上我亲哥也，休要忘了我！（《挂枝儿·赠瓜子》）

五更鸡，叫得我心慌撩乱。枕儿边说几句离别言，一声声只怨着钦天监。你做闰年并闰月，何不闰下了一更天！日儿里能长也，夜儿里这么样短！（《挂枝儿·鸡》）

瓜子尖尖壳里藏，姐儿剥白送情郎。姐道郎呀，瓜仁上个滋味便是介，小阿奴奴舌尖上香甜仔细尝。（《山歌·送瓜子》）

姐听情哥郎正在床上哼喽喽，忽然鸡叫咦是五更头。世上官员只有钦天监第一无见识，你做闰年闰月那了正弗闰子介个五更头。（《山歌·五更头》二）

这些显然是同出一源。但《挂枝儿》的辞句较为雅驯，且真是小曲的音调。又如《荷珠》一首：

露水荷叶珍珠儿现，是奴家痴心肠把线来穿。谁知你水性儿多更变；这边分散了，又向那边圆。没真性的冤家也，随着风儿转！（《挂枝儿》）

像这样诗情诗味十足的好作品，一般民歌中则有此真情而少此上乘的表现和修辞技巧。冯氏是戏曲家，生平又喜欢改定他人的作品，所以我疑惑他选录《挂枝儿》时曾加以润色，甚而改作也说不定。否则，亦必是其他文人作给民众唱的，因受民众的欢迎，故能流传广远，正如柳永的词一样。就是山歌中所录的也有当时文人的作品。例如卷五《姹童》一首的附记云："张伯起先生有所欢，既婚，而瘦，赠以歌云……。"又卷一《捉奸》第三首后附有这几句："此余友苏子忠新作。子忠笃士，乃作此异想；文人之心，何所不有！"捉奸第一首下面则附有冯氏自己所作的两首，他说，"弱者奉乡邻，强者骂乡邻，皆私情姐之为也，因制二歌歌之。"可见当时歌风盛行，文人模仿了山歌的声调与格式与内容而作歌，是极自然而可能的事。去年逝世的刘半农先生也曾仿了江阴的民歌而写成《瓦釜集》。这原是古今的通例。不过，因此民歌的来源就混淆不清；年代久远，更难辨别孰为民众自制，孰为文人仿作的了。

现在且说说我在《山歌》里所注意的几点：

本书所集录的山歌连附载五条共有三百四十五首之多。虽全部是情歌，而范围之广，形式之多，内容之复杂，皆远非《吴歌甲集》《吴歌乙集》或其他歌谣辑本所能及。自从收集歌谣以来，这部书可算是最重大的发见！

山歌的篇幅，最短的是七言四句。至"杂咏长歌"中的《烧香娘娘》竟达千四百六十余言。民歌里除了东莞的《撒帐歌》，这样的长篇巨著是罕见的；而且结构、铺叙、描写都还不错，不识字的民众似乎不会有如此的创作的魄力。其来源大概如上文说过的，乃是文人或文丐代作的吧？否则，便是有过文字训练的民间诗人的创作了。不过，山歌的价值并不因作者而有所增减；它所反映的背景总是当时民间的情形，它所表现的文字也总是民众的情绪与思想。不然，就不会流传下来了。

本书一至七卷的苏州歌及第十卷的桐城歌都是徒歌。第八九两卷则为长歌而且是乐歌。卷八《丢砖头》一首标题下注："以下俱无说白。"又《汤婆子竹夫人相骂》下面更注明："以下俱曲白间用。"故无疑的，这些长歌全是合乐曲而唱的乐歌。我颇疑它与"摊簧"相似，不应叫做"山歌"。

歌辞中的双关语特多，约有四五十则。这种谐声的隐语，是心慧、巧思和机警的表征。以前我以为除了《游仙窟》以外，这是客音情歌的专长，现在才知道在吴歌中也是"古已有之"的。随便举几个例吧：

> 你好像绒帽子风吹毡（专）做势，遇熟黄梅卖甚青（清）。
> 挟绢做裙郎无幅（福），屋檐头种菜姐无园（缘）。
> 深山里落叶弗要扫（嫂），脚桶宽来只要箍（姑）。
> 四金刚相打争两廊（郎）。

把无意志的物件假定为人类的拟人法，在文学上是极普通地被采用的，尤其常见于韵文中。散文方面如寓言、神话、童话故事等等都少不了它。其功用在能使该物所予的印象更形活跃，以引起读者的想象、联想和兴趣。故这拟人法实为文学的特征之一。歌谣是文学而且是诗，当然不会缺少这个特征。儿歌中如《吴歌甲集》第二十四首“……牡丹娘子要嫁人；石榴姐姐做媒人……”和乙集第十五首“出门碰着雪梅担，海棠请我吃三杯，牡丹芍药来陪伴，菊花斟酒蜡梅吹”都是。成人之歌里，也常有一两个“拟人”的句子。至于严肃地采用这个方法，把物件人格化了，拿来写成整篇东西的，据我所知，只这部《山歌》里有。例如：卷八的《竹夫人》、《汤婆子竹夫人相骂》及卷九的《破骔帽歌》等等，这些又属乎咏物寄慨的一类了。

三百多年前的吴语和表现语音所用的文字已和现在的不很相同了。从前的“来”（在也）现在变为“拉”，“要”变为“啥”，“聪”变为“替”，“那间”变为“嗱亨”……这些较普通的还可以推知。尚有好些古语不特他省人看不懂，连我们苏州人也看不懂。倘有人能把这部书里的古字古语考订出来，详加注释，那么我们读者就将更感兴趣了。

最后，我得下一个警告。这部书几乎全部是私情歌，其中的三分之一还是直接、间接、或隐、或显地涉及性交的。若是认为猥亵，那是猥亵到极点了。读者中如有道学家，认为人生中有丑恶的部分，则最好请趁早掩卷合十，收视返听，念几声阿弥陀佛，不看下去为妙，否则便有沾染不洁之虞。

其实，“世间惟一不洁的物，便只是那相信不洁的念”。（周作人先生《谈龙集》引斯温朋的话。）譬如看了裸体画而致心荡神摇，那是观者自己的病态，而非艺术本身的过失。周先生的《谈虎集》里有几句话说得更好：“野人常把自己客观化了，把自己行为的责任推归外物；在小孩、狂人也都有这种倾向。就是在文明社会里也还有遗迹，如须勒特耳……所说，现代的禁止文艺科学美术等大作，即本于此种原始思想，以为猥亵在于其物而不在感到猥亵的人；不知道倘若真需禁止，所应禁者却正在其人也。”

我们若是站在学术的立场上，用了研究的态度和文艺的眼光来直视这三百余年前的古民歌，则这些歌辞根本无所谓猥亵与粗鄙。可是，直视这些山歌也有危险，假如我们的心眼本来就不纯洁。我只有敬告读者：在开卷之前，应先反省，问问自己的心是否洁净，然后去趋吉避凶。

我们都知道明季的社会情形是如何的黑暗凌乱。骄奢淫逸之风弥漫全国，朝野上下都抱着享乐主义，尽情放浪，走向消极颓废的路上去。这样的时代背景是最适于产生情歌的。另有一个相反的原因，那是礼教的压力太大了，一般民众丝毫没有恋爱的自由，婚姻又多不满意，故不得不另求满足。有勇气的就实行反抗，毅然的为自己打出一条血路：

结识私情弗要慌，捉着子奸情奴自去当。拼得到官双膝馒头跪子从实说，咬钉嚼铁我偷郎！（《山歌·偷》）

如此热情，如此刚勇，真使人觉得这一字一句里都蕴藏着热的血泪。我们读后会以为她卑鄙淫荡么？不！我们只应佩服这位礼教叛徒的坚强的人格，而对她处境的恶劣表示极深的同情。其次是胆子略小的：

搭识子私情雪里来，屋边头个脚迹有人猜。三个铜钱买双草鞋我里情哥郎颠倒着，只猜去子弗猜来。（《山歌·瞒

人》)

姐送情哥到半场,门前狗咬两三声。小阿奴奴玉手亲抱住子金丝狗,莫咬子我情哥惊觉子娘。(《山歌·送郎》)

这样可怜的环境,婉妙的情调,只使人深深地感到它的温柔敦厚而不觉其猥亵,其所表现的人物是怎样的活跃而富有生命力。还有更诗意更优美的呢:

弗见子情人心里酸,用心模拟一般般。闭子眼睛望空亲个嘴,接连叫句俏心肝。(《山歌·模拟》)

至于那些可以使人感到猥亵的诸作,大概是怯懦者的心声。因为文学上所表现的不一定反映作者的现实生活,有时却正是寄托他的不能实现的理想,或不能满足的某种欲望。贫士所写的“才子佳人”一类的书便是个好例。被礼教束缚着的民众,在事实上没有机会也没有胆量去偿一偿心愿,乃退而在想象中寻求欲望的满足,唱唱私情山歌也未始不足以抒发和安慰他们的心灵。这是所谓“望梅止渴”的意淫了。被迫至此,这情形是何等的悲惨!幸而遇到一个同情的知音者冯梦龙,不以他们为粗鄙猥亵,拨开礼教的瘴雾,把亿万被压迫者的梦想和呼声流传给我们,于是,那数百年前怀着满腹悲哀的民众在这部书里复活了!

冯氏诚然是一个怪杰,《山歌》也的确是一部好书。我真有幸,让我留一个纪念在这不朽的文学作品的前面!

1935年8月14日

下　　编

妙峰山与东岳庙研究

妙峰山的香会*

一、香会的来源

香会，即是从前的“社会”（乡民祀神的会集，为 society 译名所本）的变相。社祭是周代以来一向有的，而且甚普遍，自天子以至于庶人都有。现在我们无论到什么三家村里，总寻得到一所“土地堂”，原来这是他们一社的社神呢！我们读《史记·陈平世家》，该记得“里中社，平为宰，分肉甚均”的故事。这就是那时的“社会”。

自从佛教流入，到处塑像立庙。中国人要把旧有的信仰和它对抗，就建设了道教，也是到处塑像立庙。他们把风景好的地方都占据了，游览是人生的乐事，春游更是一种适合人性的要求，这类的情兴结合了宗教的信仰，就成了春天的进香，所以南方有“借佛游春”一句谚语。因为有了借佛游春的人的提倡，所以实心拜佛的人就随着去，成了许多地方的香市。

到远处的神佛面前进香既成了风俗，于是固定的“社会”就演化为流动的“社会”。流动的社会有二种：一种是从庙中舁神出巡

---

* 本文原载《京报副刊》第 157 号《妙峰山进香专号》，1925 年 5 月 23 日。

的赛会,一种是结合了许多同地同业的人齐到庙中进香的香会。赛会是南方好,因为他们的文化发达,搬得出许多花样,而且会得斗心思。一个地方有了几个赛会,就要争奇赌胜,竭尽他们的浮华的力量。可惜近年来生计困绌,加以官厅的禁止,已经不易看见了。香会是北方好,因为他们长于社交,有团结力(北方人长于社交的例,随处可以看见。譬如在沪宁车中,对面坐的人可以不攀谈,吃物可以不招呼;但坐津浦车到了山东时,社交的空气就浓厚了,使人觉得不与对坐旁坐的人招呼攀谈是一种不可恕的傲慢)。他们在进香中为谋自己的便利,故把同会的人分配了种种职务。同时他们也谋别人的便利,故在道中设立茶棚,招呼香客进内喝茶,喝粥,吃馒头,歇夜,尽一点"结缘"的诚意。(南庄茶棚的会启云:"诚献粥茶,接待来往香客,登山涉水,崎岖路途,以解酷热之劳渴;及风雨寒暑,以备早晚之歇宿:普结万善之良缘,宣扬诸善士之功德十五昼夜。")

本来"社"是独尊的,自从有了佛教道教的庙宇以来,它的势力就一落千丈,到如今各处的社坛都是若存若亡的了。"社会"是从前的一件大事,但自从分出了赛会和香会之后,它也就无声无臭地消失了(听说安徽还有几处地方举行这个典礼的,江南浙西一带则从未听见过;不知道他处怎样)。这是今古的一个大变革。

承受香火的佛道教庙宇是各地方都有的。例如我们苏州,有玄妙观、北寺、蛇王庙、七子山、穹窿山、上方山、观音山……许多地方。但这种地方的势力并不大,不过受到百里以内的香火。势力大的,如浙江的西湖和普陀、山东的泰山、安徽的九华、山西的五台、四川的峨嵋、广东的罗浮、江苏的栖霞和茅山……它们可以吸致千里以内甚至于数千里以内的香火。所以然之故,只因它们的风景是特别好,能给与进香者以满足的美感,因此使在他们的意想中更加增神灵的美妙的仪态。

北京的妙峰,确是京兆直隶一带风景最好的地方,那里有高峻的山岭,有茂密的杏花和松树,有湍急的浑河和潺湲的泉水。所以它能够吸收京兆全部及直隶北部(直隶南部的香火给泰山吸收去了)以至于侨寓京兆、直隶的人的香火。

二、妙峰山香会的组织

每年从三月初旬起,我们住在北京城里的人就看见街路上渐渐张贴出许多“会启”来(这个名字是我假定的,因为上面有“右启”字样,说不定叫会招、会报、会帖呢)。这种会启是用黄纸印的,大的有五六尺高,二尺来阔;小的也有尺许高,八九寸阔。它们大抵印成石碑的模样,上面有碑额,下面有碑座。碑额与碑座用红绿色纸的多,往往有图画:画中或是他们朝山的样子,或是妙峰山的风景和路线,或单画些荷叶花果和璎珞之类。我的奢望,很想把它们都摄影了,印成一册,备大家的鉴赏。

会启上主要的项目,是以下几样:

(1)会所及设驾所。(驾,即是碧霞元君。他们在自己的会内或附近的庙内,都供有碧霞元君的神位或神像。他们在朝山之前先要在自己会内设驾致祭,有的竟把驾抬上山去。)

(2)守晚、起程、上山、朝顶、回香的路程和日期。(守晚是晚间在会中聚集,以便明晨一同出发。)

(3)到山后所做的事情。(如开茶棚、诚献物品及工作等。)

（4）说明化缘与不化缘。

此外也有写出规劝的话和说明施舍茶粥之故的，可是不多。这些会启，有的简单，有的复杂，很不相同。所以有的我们只能知道他们的一个会名，有的竟可以联带知道他们终年的工作。例如本期插图内所登的"希贤惜字圣会"会启原文，我们便可在他们的进香之外更知道一些他们平日里收拾字纸的生活和投弃纸灰的地方。

我在北京住了也有八九年了。这些会启年年张贴，但以前的七八年中竟毫没有投入我的意识。（我们"熟视无睹"的事情实在太多了！）自从去年五月十一号（阴历四月初八）游了一次三家店，看见了几千个香客，进了几个茶棚，方始在我常走的几条街巷中见到墙上贴着的无数会启。我的心中顿时痒得很，恨不得把这些东西立刻钞来，但又老不出脸皮当着许多走路人的面前钞写。不久风吹雨打，加以惜字人的揭取，也就看不见了。这次到妙峰山，我立下坚强的志愿，要去抄录一个全份。抄录会启是从来没有的事情，所以一班香客都很注意，他们聚着看我。有的疑惑道："抄来作什么的？"有的诧叹道："他写得真快！"有的重碰见了我，对我笑道："又来了！"我本来很怕羞，更经不起他们的注意；要不是受了压抑了一年的好奇心的逼迫，一定是羞怯得写不下了。现在居然把它们钞完，虽是有许多节录得太简单，总算得到了一个大概情形，我真是非常的快乐！

但回到庙内看烧香时，我又受到了一个失望的打击。我坐在殿檐下看了五六处的香会，竟没有一个是有会启的。他们有的穿了戏装来，生、旦、净、丑各色都全。我看他们的"会旗"（香会中每人有一面三角形的旗，上面写着会名）上写的是"音乐圣会"。有的一班人来奏乐,旗上写的是“大鼓圣会”。有的戴了狮子头尾跳舞而来,我看他们的会旗上写的是“狮子圣会”。有的一班人都是小孩子,旗上写的是“拨子圣会”。又有舞了中幡(很高的幡,有丈余长,用竹竿支起)而来的,我没有瞧见他们的会旗,想来应该唤作“中幡圣会”了。我和孙伏园先生向着这一班会众竭力地张望,结果,只有知道,“拨子圣会”是从昌平县西南苏家块村来的(从表疏上看见),“音乐圣会”是从西小营村来的(从会旗上看见,但不知是哪一县);其余全不知道。后来庄尚严先生又在樱桃沟看见一家门上贴的一张长纸条,上写“京兆房山县西王佐村年例诚起前往金顶妙峰天仙圣母娘娘驾前□香如意圣会寓”,知道这是房山县来的香会,也是没有张贴会启的。

回京之后,把会名编排一过,方始明白有会启的只有北京城内外和天津的会众,其他各县及大兴、宛平两县稍偏僻的地方完全没有。这是不难解释的。他们的文化程度不及京津高,找刻字匠也不容易,而且会众也不像京津一般的散在各处,需要用会启来召集,所以他们就没有会启了。我们只要看,沙河到妙峰是一条大路(即北道),每年从沙河、汤山、昌平、居庸关……一带来进香的当然不在少数,然而倘使我们不在庙中见到“拨子圣会”,我们就决不能知道从哪条路来的一个香会的名字。房山的“如意圣会”也是如此,若是没有它,我们也无从知道从京汉路来的有什么香会了。

我因为受了这种的失望,知道我费了许多气力钞出的香会名目原是很不完全的,要去搜集完全,除了从四月初一至十五日在庙中坐守再没有别的办法。我也发过一阵空想,想在娘娘庙的门前立了一个签到簿,有到必写,他们不会写就替他们写,那就不致有遗漏。但这事除由圣母娘娘托梦给庙祝之外是办不到的;若用了命令式的态度去强迫他们做，徒然吓得他们相率退了回去而已。（希贤惜字老会的会启上有“至灵官殿报号”之语，或即是签到；但他们的事情原不必合着我们的意想，说不定到灵官殿磕头即算是报号呢。明年如再去，当到灵官殿一看。）

苇子港茶棚（北道第一个棚）里的人告诉我们：初六至初九间，到的会最多，一天有数十起。每会人数多的数百，少的也数十。香会的种类，有笤帚，有掸帚，有青菜，有茶叶，有果子，有鲜花，有秧歌（高跷）……他们的会费，是依地亩捐的，一亩地派捐多少钱，所以很公平。近年来，来的会不如前了，今年更少。以前有四百余会，今年减至一百余了。这番话给我们以不少的知识，最好的指示是“依亩捐钱”。这事一来见得他们的香会真有社会（今义）的性质，不仅是个人的信仰而是公众的政事，二来见得他们看这位圣母娘娘确是一位女皇，所以有按年交纳田地的钱粮的义务（“交纳当年钱粮”是会启中的通语）。但是今年只有一百余会的话我不敢信，因为单是京津的会我已钞得了一百个，我在殿檐下坐了两小时即得到五六个没有会启的会。依我的推想，三百个会是可以有的。说不定他是专说的北道呢。

至于京津两地的香会费，当然和乡下人的按亩征收的办法不同。

天津是商业中心，商人是有钱的，所以他们在香市中最占势力，施送粥、茶、馒头，点燃煤油灯、汽油灯的非常多。北京方面是完全由于捐款，他们有的向外募捐（如合义面茶老会会启上说的“普请助善”），有的只向自己会中募捐（如同心秉善檀香素烛圣会会启上说的“永不外化”），有的虽不到外募捐，但也欢迎有人捐款（如希贤惜字老会会启上说的“本会并无缘簿在外募化，亦不勒令捐资;若有诸君随喜,乐为引善施助者,请登台衔入会”)。他们没有天津人的阔,也没有庄家人的稳,单就捐到的钱开销。听说他们会中的穷人只要捐了几十个铜子就可上妙峰山走一回,所以去的人很多。

香会中的会规,我虽没有得到,但从会启中也可以看出一个大概。如“普兴万缘净道圣会”会启的下半节云:

> 本把人等不准拥挤喧哗玩戏,亦不准沿路摘取花果,以及食荤饮酒,一概禁止。人多,饮酒不免有乱性妄为、口角淫词等事。……恐其有失善道,不成体制。如不遵约者除名不算。各宜戒之慎之!

又我在庙内客堂见到一幅照相,相片上一个老人,他把右手指着一段文字,这段文字也是劝告会众的。(这老人名唤富斌,想是旗人,相片是光绪丁未照的。)文长不及备录,只钞得了一个头,如下:

> 各会诸棚各把众位老都管行香坐棚文武,当通同一体,必应互辅。若有各把误有失神脱落之处,须破缝绽补,不令外人看出遗漏,以整局面。

在这两段规诫与劝勉的话中,我们可以领略他们香会的团结的精神。

他们的组织怎么样,我们也不能知道。但很侥幸的,我们在庙中见到几方石碑,碑上有他们会众的职名。我便统统钞了出来。

（A）康熙二年引善老会：

（1）钱粮都管　　（2）请驾都管
（3）车上都管　　（4）苦行都管
（5）陈设都管　　（6）中军吵子都管
（7）号上都管　　（8）揆子都管
（9）厨房茶房都管　　（10）拉面都管
（11）饭把都管　　（12）净面清茶都管
（13）司房都管　　（14）本会香首

以上每事或二人，或三人。

（B）乾隆五十二年献供斗香膏药圣会：

（1）香首　　（2）副香首
（3）付香首　　（4）都管
（5）中军上　　（6）揆子上
（7）执事上　　（8）口号上
（9）吵子都管　　（10）钱粮上
（11）厨房都管　　（12）司都
（13）信女

（C）光绪三年净道圣会：

（1）引善都管　　（2）催粮都管

(3)钱粮都管　　　　　(4)车把都管
(5)司库都管　　　　　(6)中军把
(7)净道都管

这三方碑的相距的时间很匀称,我们可以从上面见出清朝一代北方香会的组织的大体。内中除掉我们所不懂得的之外,可以归纳为下列数项:

(一)引善都管(香首和副香首)是会中的领袖。

(二)催粮都管是收取会费的人。

(三)请驾都管是掌礼的人(即古之祝)。

(四)钱粮都管是采办供品的人。

(五)司库都管是管理银钱的人。

(六)中军吵子(疑是哨子之误)都管是管理巡查防卫的人。

(七)车把都管是管理车辆的人。

(八)厨房茶房都管是管理饮食的人。

(九)女香客不任职务,所以别立“信女”一项。

我们看,他们的组织是何等的精密!他们在财政、礼仪、警察、交通、饷糈……各方面都有专员管理,又有领袖人物指挥一切,实在有了国家的雏形了!

三、明代北京的碧霞元君的香会

妙峰山的香会是从什么时候起的?容希白先生的《碧霞元君庙考》,据康熙二十三年修的《宛平县志》所录张献《妙峰山香会序》中“己巳春三月……卜吉共进楮币”的话,断为在崇祯二年或以前，甚为可信。

但明代妙峰山的香火，我敢断说是不盛的。这一因妙峰山庙中没有明代的碑碣，二因在他种记载中可以看出明代北京一带香火最盛处是涿州与通州。

明末太监刘若愚所著的《酌中志》，卷二十为“饮食好尚纪略”，其“四月”条云：

> 初旬以至下旬，耍西山、香山、碧云等寺，西直门外之高梁桥；涿州娘娘、马驹桥娘娘、西顶娘娘进香。二十八日，药王庙进香。

马驹桥在通州，西顶在蓝靛厂。我们在这一条中，可见明代的碧霞元君的香火，以涿州、通州，及蓝靛厂三处为盛；妙峰山是数不到的。

涿州离北京广安门（彰义门）一百四十五里，较妙峰山为远。通州离崇文门四十里，较妙峰山为近。蓝靛厂在西直门外，最近。

此外还有右安门外的娘娘庙。《图书集成·职方典》卷十五“顺天府关梁考”云：

> 草桥，在右安门外南十里。草桥方十里皆泉也，会桥下，伏流十里，道玉河以出，四十里达于潞。故李唐万福寺，寺废而桥存，泉不减而荇荷盛。天启间，建碧霞元君庙于此。
>
> 岁四月，游人集醵且博，旬日乃罢。土以泉故，宜花，居人遂以花为业。

这便是容先生文中所说的“中顶”，也是风景很好的地方。看这段文字，知道它在香市中的情形，与现在正月中的白云观，三月中的东岳庙正相同。它起得很晚，建庙之年已在十七世纪的初叶了——说不定和妙峰山的香火是同时兴起的呢。

涿州进香的状况，《酌中志》卷二十四“黑头爰□记略”中有几句话：

涿州去京师百余里。其涿郡娘娘，宫中咸敬之。中官进香者络绎。

在这段文字中看来，它也是盛极一时的。加以宫中的提倡，当然容易造成锦上添花的风气。可惜这篇记略的主旨并不在圣母娘娘，所以对于进香的详细情形未及叙述。我们要知道它，且待将来翻看《涿州志》吧。

通州的香火，明代刘侗、于奕正合著的《帝京景物略》中有一段很好的描写（原书未见，今据《集成·职方典》卷十五所引）。钞录如下：

出左安门东行四十里，石桥五丈，曰弘仁桥。（按《职方典》卷十五关梁考通州条云：“弘仁桥在州城南三十里，旧名马驹桥，又曰压浑桥”。）……桥东头元君庙，西向临桥，若梯阶之；桥左右水若特意环之，避其溜中。

按稗史，元君者，汉时仁圣帝（东岳大帝）前有石琢金童玉女。至五代，殿圮，石像仆。至唐（颉刚案，唐在五代后，不可解）童泐尽，女沦于池。至宋，真宗封泰山，还次御帐，涤手池内,一石人浮出水面。出而涤之,玉女也。命有司建小祠安奉,号为圣帝女,封天仙玉女碧霞元君。后祠日加广,香火自邹鲁齐秦至晋冀。而祠在北京者称"泰山顶上天仙圣母",麦庄桥北曰"西顶",草桥曰"中顶",东直门外曰"东顶",安定门外曰"北顶";盛则莫弘仁桥若。岂其地气耶?夫亿万姓所皈礼,以俗教神道焉,君相有司不禁也。

岁四月十八日,元君诞辰,都士女进香。先期香首鸣金号众,众率之如师如长,令如诸父兄。

月一日至十八日,尘风汗气四十里,一道相属也:舆者,骑者,步者,步以拜者,张旗幢,鸣鼓金者。舆者,贵豪家。骑者,游侠儿,小家妇女。步者,窭人子,酬愿所愿也。拜者,顶元君像,负楮锭,步一拜,三日至;其衣短后丝裈,光乍袜履,五步十步至二十步拜者,一日至:群从游闲数唱吹弹以乐之。旗幢鼓金者,绣旗丹旐各百十,青黄皂绣各百十骑,鼓吹步伐鼓鸣金者称是。人首金字小牌,肩令字小旗,舁水制小宫殿曰元君驾,他金银色服用具称是。后建二丈皂旗,点七星;前建三丈绣幢,绣元君号。又夸儇者为台阁,铁杆数丈,曲折成楼阁严木云烟形;昼置四五婴儿,扮如剧演。其法,环铁约儿腰,平承儿尻,衣彩掩其外杆,暗从衣物错乱中传下。所见云梢烟缕处,空坐一儿,或见跨像马蹬空,飘飘道傍,动色危叹;而儿实无少苦。人复长竿掇饼饵,频频啖之。路远,日风暄拂,儿则熟眠。别有面粉墨,僧尼容,乞丐相,遢伎态,憨无赖状,间少年所为喧哄嬉游也。桥傍列肆,抟面角之,曰麻胡。饧和炒米圆之,曰欢喜团,秸编盔冠幞额,曰草帽,纸泥面具,曰鬼脸,鬼鼻。串染鬃鬣,曰鬼须。

香客归途，衣有一寸尘；头有草帽；面有鬼脸，有鼻，有须；袖有麻胡，有欢喜团。入郭门，轩轩自喜；道拥观者啧啧喜。入门，翁妪妻子女旋旋喜绕之。然或醉则喧，争则殴，迷则失男女，翌日烦有司审听焉。

把这篇所记与现在妙峰山的香会一较，真要使人发出"人心不古，世风日下"的慨叹了。现在的妙峰山，只有寥寥落落的几竿中幡（疑当作幢），哪里有百十个绣旗丹旐！只有唱着秧歌的高跷，哪里有婴儿跨马蹬空的台阁！只有穿着戏装来的乡下小戏班，哪里有面粉墨的闾少年所扮的僧尼乞丐无赖诸相！只有秸编的小草帽，哪里有什么鬼脸、鬼鼻、鬼须！游戏的兴趣是淡得多了，美术的意味也薄得很了，大家只管规规矩矩地进香磕头，所以"醉则喧，争则殴，迷则失男女"所谓"风化攸关"的事情的确也没有了！（关璞田先生还要希望维持风化，未免冤人。）

碧霞元君的诞辰，照《景物略》说，既为四月十八日，何以那时的香市竟自四月初一至十八呢？又何以现在妙峰山的香市又自四月初一至十五呢？《职方典》卷十八"顺天府风俗考"引《舆地记》云：

四月一日至八日，为浴佛会，民间散盐豆结缘。十日至十八日，庆碧霞元君诞。

浴佛会是为佛诞而举行的。《荆楚岁时记》（韩谔《岁华纪丽》引，今本不见）云：

四月八日，诸寺各设香汤浴佛，共作龙华会，以为弥勒下生之征。

可见四月中的娘娘香火，原含有庆祝佛诞的分子在内。说不定马驹桥庙内(或附近)原有庆祝佛诞的，因为佛诞之后隔着碧霞元君的诞辰只有十天，便把香市连了下去，所以从四月初一直闹到四月十八。但后来竟把四月十八这一个元君诞辰忘记了，因此混合佛诞，缩成了半个月，变为四月初一至四月十五。至于“民间散盐豆结缘”，或者即是现在设棚施茶粥的起源咧。

明代的香会，我们现在所知道的不过如此，这时祀奉碧霞元君的风气已经极盛，五顶之名亦已规定。想不到过了几时，妙峰山便后来居上，在五顶之外又凭空添出了一个“金顶”！

四、清代的妙峰山香会

清代的香会，涿州和通州方面如何，我们尚未能知道；至于妙峰山一方面，一定是极发达的。我们看，到妙峰山的路这等艰险，但现在已经修得很平正了；妙峰山的庙宇还是明末盖的，但现在已经各处建造了茶棚，中、南、北三路都随处可以歇脚了：这全是清代三百年来的香客所努力而获得的成绩呵！

但香会虽发达，而它们的名目与事实终苦于“文献无征”(文献是一定还有好多留着的，不过我们一时征集不到而已)。现在只有从碑碣和会启上抄得数个如下：

(一)引善老会(康熙二年立碑，乾隆十四年重立。碑在峰顶娘娘庙)。

(二)万寿善缘缝绽会(康熙二年发起,见本年会启)。

(三)万诚童子跨鼓老会(康熙二年发起,见本年会启)。

(四)义合膏药老会(康熙五十九年立会,乾隆四十年立碑,碑在峰顶娘娘庙)。

(五)妙峰山进香圣会(雍正十二年立碑,碑在峰顶娘娘庙)。

(六)二人圣会(乾隆二年,皇城门内朝天宫众善立碑,碑在峰顶娘娘庙)。

(七)二顶兴隆圣会(乾隆七年立碑,碑在峰顶娘娘庙)。

(八)献袍会(乾隆十六年,阜成门外六道口会众立碑,碑在孟尝岭云聚寺中)。

(九)十人膏药圣会(乾隆三十五年立碑,碑在峰顶娘娘庙)。

(十)二人老会(乾隆四十七年立碑,碑在峰顶娘娘庙)。

(十一)献供斗香膏药胜会(乾隆五十二年,西直门外成府村会聚立碑,碑在峰顶娘娘庙)。

(十二)公议沿路茶棚施献茶叶圣会(嘉庆十年,西华门南池子后铁门会众立碑,碑在峰顶娘娘庙)。

(十三)遵王荡平修道圣会(道光二年发起,光绪八年重整,见本年会启)。

(十四)万年长清甲子悬灯灵丹圣会(道光二年立碑,碑在峰顶娘娘庙)。

(十五)海灯老会(道光十六年立碑,碑在峰顶娘娘庙)。

(十六)永佑平安绳络老会(同治十三年发起,见本年会启)。

(十七)净道圣会(光绪三年立碑,碑在峰顶娘娘庙)。

以上十七个会的时代次第是否确是这样,我不敢断定。一来呢，立碑的年月本不是立会的年月，所以立碑的次第原不可算做立会的次第。二来呢，他们自己所说的立会年月也未必可靠。例如雍正十二年的会有叫“妙峰山进香圣会”的，可见那时的香会还不盛，故即以通名为其私名；那么，在它的七十年之前是否已有“万诚童子跨鼓老会”、“万寿善缘缝绽会”一类的叠了许多尊号般的名字而成的私名，便甚为难说。而且在这十七个香会之中，前面三个都说是“康熙二年”，似乎太整齐了。或者这一年在香会的历史上有重大的发展的故事，故使后起者都依托着吧？

王小隐先生告我，他在本京朋友处打听，知道一个香会必须经过了一百年，方可改“圣会”为“老会”。老会是香会中的领袖；别的香会逢到疑难时，都要去请教老会中的会友。以前有过一个会，它的会众为要急于抬高它的地位，不到一百年时就改了；后来竟给别的香会问倒，过不下去，只得又从“老会”变为“圣会”。这一番话，很能给我一个启发，使我可以在种种香会之中约略分出些先后来，这是非常的欣幸的。

今将所见的“老会”的名目钞录于下：

（一）金峰普照燃灯老会。

（二）公议希贤惜字老会。

（三）南道水泉降香粥茶老会。

（四）公议重整拜席老会。

（五）缝绽老会。

（六）公议助善开路老会。

（七）公议同善缝绽老会。

（八）公议重整合义面茶老会。

（九）兴隆十八盘献粥茶老会。

（十）秉心如意茶叶老会。

（十一）子孙万代粥茶路灯老会。

（十二）同心助善檀香老会。

（十三）恭献鲜花老会。

（十四）万寿长青献鲜老会。

（十五）攒香如意老会。

（十六）圆明园正白旗修道老会。

（十七）开山老会。

（十八）攒香老会（香山）。

（十九）天津阖郡公议大乐老会。

以上十九个，连同上面杂钞在碑碣中的四个，共二十三个。我们即使不敢确定它们统都在一百年以前发起（如绳络老会即是在同治十三年发起的，虽则说不定也是“重整”），但说它们在许多香会中是老资格，是前辈，这是可以的。因此，我们可以知道，在本年的香会中，老资格的会占了百分之二十三。

五、本年的妙峰山香会

我现在依了地域，把本年的香会（我们所知的），统排一过：

（1）金峰普照燃灯老会——崇文门内本司胡同东头关帝庙。

（2）乐善俊山清茶圣会——东四牌楼。

（3）长寿白纸神账圣会——东四五条。

（4）长寿清品神茶圣会——东四五条。

以上二会合出会启。

(5)公议希贤惜字老会——齐化门内南小街后拐棒胡同。

(6)悟善同修清茶圣会——齐化门内南小街中间棚铺后院。

(7)长寿白纸圣会——东直门内草厂路南。

(8)一心乐善清茶圣会——宣武门内西单牌楼中铁匠胡同路北。

(9)南道水泉降香粥茶老会——宣武门内东铁匠胡同中间路南洛伽寺。

(10)清静乐善清茶圣会——太仆寺街,驾设罗家大院。

(11)万年永庆太狮一堂——西四牌楼西珠市,驾设银锭桥三元宫。

(12)同兴南庄诚献粥茶子孙圣会——西四南缸瓦市长庆街。

(13)公议皇供献盐圣会——西四南兵马司无量庵,现移白塔寺。

(14)静修乐善清茶圣会——阜成门内宫门口北顺城街西弓匠营路北三义庙。

(15)万里云程踏车圣会——地安门外护国寺街路北。

(16)松棚秉意诚献粥茶圣会——护国寺西口柳泉居。

(17)公议重整拜席老会——护国寺西口外。

(18)缝绽老会——皇城内外。

(19)万寿善缘缝绽会——皇城内外。

(以上二项,疑是一会而分出两种会启者。)

(20)德缘志善献盐圣会——京兆大宛两县及皇城宫内各关内外旗民。

以上二十会,在北京内城。(末三会无确实地点,因均写"皇城",故暂附。)

(21)同心万代巧炉圣会——正阳门外大蒋家胡同,驾设鲜鱼口内豆腐巷路东。

(22)一统同善杠子圣会——正阳门外冰窖胡同。

(23)公议乐善巧炉圣会——珠市口南山涧内路东三盛店。

(24)永乐同春五虎少林一堂——山涧胡同路南。

(25)义顺同祥五虎打路藤牌少林堂——珠市口南边中间沟尾巴胡同路东万顺店。

(26)永年志善献盐圣会——正阳门外精忠庙迤南。

(27)一必秉善毛掸清茶圣会——正阳门外兴隆街西头路北。

(28)公议助善开路老会——正阳门外鞭子巷,驾设金鱼池娘娘庙。

(29)公议志善沿路缝绽圣会——正阳门天桥东蒲包店。

(30)同心志善诚献茶烛圣会——正阳门外果子市南。

(31)裱糊神堂佛殿窗户(裱作合行公议心愿)——正阳门外大沟沿。

(32)乐善同心献花圣会——崇文门外花市大街皂君庙。

(33)子孙万代诚献粥茶盘香圣会——崇文门外磁器口东头地藏寺。

(34)永佑平安绳络老会——宣武门外达智桥内路北潮庆庵。

(35)公议心愿诚献茶瓢——宣外教场小六条。

(36)公议心愿诚献围桌——宣外教场口内。

(37)提灯乐善诚献粥茶——包头章胡同。

(38)万代同春少林五虎——宣外教子胡同,驾设达智桥中间路北。

(39)同心秉善檀香素烛圣会——西小市,驾设宣武门外车子营小五条。

(40)公议同善缝绽老会——宣外菜市口山西洪洞会馆。

(41)议心善缘掸尘圣会——宣外小市西头。

(42)公议重整合义面茶老会——宣外上斜街。

(43)兴隆十八盘献粥茶老会——宣外老墙根路南。

(44)秉心如意茶叶老会——广安门内白纸坊东头高庙村,驾设道士观真武庙。

(45)子孙万代粥茶路灯老会——广安门内白纸坊。

(46)同心长善清茶圣会——广安门内白纸坊。

(47)公议乐善诚献粥茶棚花会——广安门内南乐园。

(48)公议永善清茶圣会——广安门内南乐培园。

以上二十八会,在北京外城。

(49)乐善合缘敬宾茶会——朝阳门外东中街朝阳寺。

(50)乐善合缘茶会一堂——朝阳门外东中街朝阳寺。

(以上二项,疑是一会而分出两种会启者。)

(51)心缘同善巧炉圣会——东便三关,发信处在朝阳门外弥勒院。

(52)同议善缘诚献净饰香道圣会——德胜门外上清河镇六道口双泉堡村。

(53)同心助善檀香老会——阜成门外八宝庄关帝庙。

(54)亿善合缘清茶圣会——西便门外会城门间村。

(55)善缘吉庆诚献果供——广安门外三路居。

(56)善缘吉庆果供圣会——广安门外三路村。

(以上二项,疑亦是一会而分出两种会启者。)

(57)恭献鲜花老会——右安门外角二堡村。

(58)万善长青献鲜老会——右安门外关厢村。

(59)攒香如意老会——右安门外草桥关南狼堡村,驾设本村高庙。

(60)同心乐善诚献粥茶——右安门外草桥关西南马厂郭公庄。

(61)万缘吉庆攒香圣会——右安门外玉米市村。

(62)益善同缘茶棚圣会——海淀皇影壁北药(?)秀园。

(63)遵王荡平修道圣会——圆明园正红旗内外旗民。

(64)圆明园正白旗修道老会。

(65)金善普缘如意子孙面鲜圣会——海淀西青龙桥西关帝庙。

(66)普兴万缘净道圣会——玉泉山前北坞村。

(67)开山老会——京西玉河乡下苇甸村。

(68)平安圣会——玉河乡三岔涧村。

(68)攒香老会——香山齐家村,善化寺守晚。

(70)天太山感应修道进香(天太山在三家店西)。

(71)万诚童子跨鼓老会——陈家庄(陈家庄在三家店北)。

以上二十三会,在北京四郊。

(72)拨子圣会——昌平县西南苏家块村。

(73)口香如意圣会——房山县西王佐村。

以上二会,在京兆属县。

(74)重整攒香金花圣会——西局村。

(75)音乐圣会——西小营村。

以上二会,是有村名而不知道所属的县的。

(76)公议呈献巧炉圣会。

(77)五圈万代吉庆奉台攒香圣会。

(78)狮子圣会。

(79)大鼓圣会。

(80)拜垫圣会。

(81)中幡圣会。

以上六会,是不知道地名的("奉台",或是地名,说不定即是丰台)。

(82)老北道老爷庙馒首粥茶会。

(83)河北关上崇善堂修补老北道会。

(84)老北道估衣商诚献洋灯会。

(85)中北道北安河信意粥茶灯棚姜汤馒首善会。

(86)津郡公议老路灯进香。

(87)天津礓磋石河馒首粥茶会。

(88)老南道桃园义善汽灯笼灯路灯施茶圣会。

(89)老南道桃园信余堂褚自备馒首施粥善社。

(90)娘娘顶后殿众善汽灯施粥施茶善会。

(91)天津裕德里大连小岗子合办汽灯会。

(92)双龙岭公意馒首粥茶会。

(93)大峰口馍馍施茶会。

(94)朝顶山口苇子港施茶社。

(95)磕头岭公议乐善社施馒首粥茶善会。

(96)天津阖郡公议大乐老会。

以上十五会,是天津大连的香会人"天津全体联合会"的(联合会于民国十二年二月初一日成立)。

(97)天津西窑洼公议代香会。

(98)天津堤头村公议随路大乐会。

(99)天津公善汽灯会。

以上三会,是天津的香会不入"天津全体联合会"的。

六、香会的分类

我们若把这九十九个现在的会,和十三个在碑中见到的会分起类来,便可看出它们有以下这些项目。

(甲)修路

(一)遵王荡平修道圣会:

这个会是"圆明园正红旗内外旗民"在道光二年发起的,到今已有一百零三年了。他们的会启中说,每年二月初一日祭山,三月二十日起程,到寨尔峪(在中道,离大觉寺八里)落宿,三月二十一日兴工。想来他们修的是中道。

(二)圆明园正白旗修道老会:

他们的会启并没有详细的说明,只写"头把修至此",或是"二把修至此",或是"三把修至此",可见他们的修路队是分成几把的。他们的会启,我们只在妙峰南麓到峰顶的道中看见,说不定他们修的只是本山的路。

(三)普兴万缘净道圣会:

他们的会启上说:"三月内将山径石坎用錾打平浮沙,扫除活石。……三月二十九日起程(指会众),至金仙庵落宿。三月三十日至灵感宫，净道先竣，复至回香亭斋宿。”从他们会众的路程上看，他们修的当是中北道。

（四）净道圣会：

碑在峰顶娘娘庙中，光绪三年所立；或者即是上一会的简称亦未可知。

（五）开山老会。

（六）天太山感应修道进香：

按，天太山在三家店的西南，他们所修的当是南道。

（七）公议助善开路老会。

（八）河北关上崇善堂修补老北道会。

（乙）路灯

（一）天津公善汽灯会：

他们的会启上说：“老北道历年沿路所点汽灯，所有一切资费，皆由本会自行筹备。”又特书曰：“不敛不化，并无知单。”可见这个会是很阔绰的。别条路上只有煤油灯，惟独这老北道点的是汽油灯。可惜我们只走到苇子港，未能知道他们的汽油灯点到什么地方为止，如果确是由峰顶直点到沙河的，那么，这四十里的夜景一定是很好玩的了。

（二）中北道估衣商诚献洋灯会：

我们那天下金山时，天已昏黑了，亏得他们会里的煤油灯，指示给我们一条路。这些灯放在长方的玻璃笼架内，下面用木杆支着，杆子插入地下。他们点灯熄灯的事情，大约是委托茶棚里的人做的。

（三）津郡公议老路灯进香。

（四）老南道桃园义善汽灯笼灯路灯施茶老会。

（五）娘娘顶后殿众善汽灯施粥施茶善会：

按，这是在庙内的。

（六）天津裕德里大连小岗子合办汽灯会。

以上六会，都是天津的，可见天津人的富有。

（七）金峰普照燃灯老会。

（八）子孙万代粥茶路灯老会：

按，他们的茶棚在三家店西营灰厂。

（九）万年长清甲子悬灯灵丹圣会。

（十）海灯老会。

以上二会，见峰顶娘娘庙中所立碑。

（丙）茶棚

（希贤惜字圣会的会启上说："自德胜门外头道茶棚起。"可知德胜门即已有茶棚。我们归途，从三家店而南，过五里陀、磨石口等村，亦均见有茶棚，可见南道的茶棚不是到三家店即终止的。据轿夫所说，南道有十站，中道有五站，北道有十站，中北道有六站，是确定的茶棚已有三十一个，何况此外更有添出的呢。依我想来，至少五十个是可以有的。但我们真惭愧，只钞得了二十二个，还不到一半！）

（一）老北道"老爷庙"馒首粥茶会。

在引号内的，是茶棚所在的地名，下同。

（二）朝顶山口"苇子港"施茶社。

(三)“磕头岭”公议乐善社施馒首粥茶善会。

(四)“双龙岭”公议馒首粥茶会。

(五)天津“礶碴石河”馒首粥茶会。

(六)“大峰口”馍馍施茶会。

以上六棚,均在老北道,全是天津人所设。

(七)中北道“北安河”信意粥茶灯棚姜汤馒首善会。

以上一棚,在中北道。中北道的茶棚很多,有向福观、朝阳院、金仙庵、瓜打石、庙儿洼诸处,可惜我们路过时候没有留心这些棚是什么香会设置的,他们又没有会启贴出,所以只得缺去了。

(八)子孙万代诚献粥茶盘香圣会:

会启云:“四月初四日,至南道仰山‘药王殿’本茶棚安坛设驾,敬献粥茶十二昼夜。”

(九)同心乐善诚献粥茶:

在“孟尝岭云聚寺”。开棚及止茶日期与上同。

(十)公议重整合义面茶老会:

在“樱桃沟”。四月初五日开棚,十四日落程。

(十一)同兴“南庄”诚献粥茶子孙圣会:

会启云:“四月初一日起程,晚至南庄村观音院本茶棚安坛设驾,诚献粥茶……宣扬诸善士之功德十五昼夜。”

(十二)公议同善缝绽老会:

在“桃园”。

(十三)老南道“桃园”义善汽灯笼灯路灯施茶圣会。

(十四)老南道“桃园”信余堂褚自备馒首施粥善社。

(十五)南道“水泉”降香粥茶老会:

会启云:“四月初一日起程,晚至本棚,即时开棚。……十五日回香。”

（十六）兴隆“十八盘”献粥茶老会：

会启云：“四月初一日起程，……十四日落棚。”

（十七）提灯乐善诚献粥茶：

在“西北涧”，四月初三日开棚。

（十八）子孙万代粥茶路灯老会：

在三家店西“营灰厂”。自四月初二至十四。

以上十一棚，均在南道。除第十三、十四两个是天津人设立的外，其余都是北京人设立的。

（十九）“松棚”秉意诚献粥茶老会：

这一棚在妙峰山南麓。他们也是没有会启的；因为他们请我们吃了一顿点心，所以我们能在壁间见到这个会名。当初十早我们下山时，他们已在拆去“松棚”了。（这个茶棚，是用松枝搭成的；棚边的殿额题“松棚行宫”。他们这样做，不知道是否专为美观，抑是有故事在内，还是从前确有一棵大松树，用以搭成一棚，后来没有了，为维持这个名称起见，所以照样搭起。）

（二十）娘娘顶后殿众善汽灯施粥施茶善会：

这一个会，在我们所见的许多茶棚中最为整洁。

（二十一）益善同缘茶棚圣会：

这棚不知在什么地方。会启上说：“四月初一起，安坛十五昼夜。”

（二十二）公议乐善诚献粥茶棚花会：

这棚的地方也不知道。会启上说四月初一开棚，十五回香。

（丁）缝绽：

（缝绽是鞋匠对于香客们尽的义务。凡是走山路把鞋子损伤了的，都可交他们修好。）

（一）公议志善沿路缝绽圣会：

会启云："四月初四日起程，沿路并山道来往缝绽，以便行履。初六日朝顶进香，当日回香至灵官殿，守驾三昼夜。初九日进京……"

（二）万寿善缘缝绽会：

会启云："皇城内外新旧靴鞋行旗民人等诚起。……四月初一日起程，宿北安河。初二日安坛设驾，诚献缝绽十四昼夜……"

（三）缝绽老会：

这会名目虽与上会不同，而日期和路程都没有两样，说不定是一会而分出两种会启的。

（戊）成补铜锡器：

（一）同心万代巧炉圣会：

会启云："四月初四日起程，上北道。回香中道。两道来往五日。助善在中道沿路茶棚成补铜锡磁器。"

（二）心缘同善巧炉圣会：

会启云："四月初四日起程，由德胜门外头道行宫起，初五日中道登山。初六日进京。"

（三）公议呈献巧炉圣会：

日程与上会同。

（四）公议乐善巧炉圣会：

会启题“正阳、崇文、宣武门外本行”。日程较上二会各迟三天。

（己）呈献庙中途中用具：

（一）公议心愿诚献围桌：

按，围桌是桌前的围布。

（二）公议心愿诚献茶瓢。

（三）拜垫圣会：

我们在西北涧茶棚中，见神前围桌上写有“拜垫圣会呈献”字样，可见这会不但献拜垫，并献围桌。

（四）公议重整拜席老会：

我们游到玉皇顶时，见有人背了一卷芦席上山，连手张贴拜席老会的会启。他们铺了拜席，拜了几拜，随即把席收了下山。我很疑惑：这席是单供他们自己会中人用的拜垫呢？还是原应施舍与庙中，只因玉皇顶无甚香火，故又收了回去呢？可惜当时没有问明，记此待考。

（五）议心善缘掸尘圣会。

（六）一心秉善毛掸清茶圣会。

（七）永佑平安绳络老会：

会启上写“三道浑河”，可见这绳络是渡船所用。

（八）一统同善杠子圣会：

按，杠子不知是否为挑物的棒，还是另有意义，待查。

（九）裱糊神堂佛殿窗户：

会启上写"裱作合行公议心愿"。

（庚）呈献神用物品及供具

（一）献袍会。

（二）献供斗香膏药圣会。

以上二会，见云聚寺及娘娘庙所立碑。

（三）长寿白纸圣会：

会启云："到回香亭呈献文房四宝，更换幽冥档册。"

（四）长寿白纸神账圣会。

（五）同议希贤惜字老会：

会启云："恭谒天仙圣母……懿前诚献香烛供品，文房四宝……"又云："恭谒感应药王孙大真人驾前，诚献香烛供品，文房四宝……"

（六）同心助善檀香老会。

（七）同心秉善檀香素烛圣会。

（八）同心志善诚献茶烛圣会。

（九）同议善缘诚献净饰香道圣会。

（十）金善普缘如意子孙面鲜圣会。

（十一）乐善同心献花圣会。

（十二）恭献鲜花老会。

（十三）万善长青献鲜老会。

（十四）重整攒香金花圣会。

（十五）善缘吉庆诚献果供。

(十六)善缘吉庆果供圣会。

(辛)施献茶盐膏药:

(娘娘庙中有“公议沿路茶棚施献茶叶圣会”的碑,可见茶叶的香会不仅把茶叶献神,还要施送与各个茶棚。《职方典》引《舆地记》,有“四月初一日至八日为浴佛会,民间散盐豆结缘”的话,可见所献的盐亦不是单在神前设供的。膏药不知道怎么样,但它的效用原在人的方面,和神没有什么关系,说不定亦是施送的性质,与“北安河信意善会”的施送姜汤同意,故连及。)

(一)长寿清品神茶圣会。

(二)乐善俊山清茶圣会。

(三)悟善同修清茶圣会。

(四)一心乐善清茶圣会。

(五)清静乐善清茶圣会。

(六)静修乐善清茶圣会。

(七)同心志善诚献茶烛圣会。

(八)秉心如意茶叶老会。

(九)同心长善清茶圣会。

(十)公议永善清茶圣会。

(十一)亿善合缘清茶圣会。

(十二)乐善合缘敬宾茶会。

(十三)乐善合缘茶会一堂。

(十四)公议沿路茶棚施献茶叶圣会。

以上十四会,都是茶叶,末一会见于嘉庆十年所立碑。

（十五）永年志善献盐圣会。

（十六）德缘志善献盐圣会。

（十七）公议呈供献盐圣会。

以上三会。是盐。

（十八）义合膏药老会。

（十九）十人膏药圣会。

（二十）献供斗香膏药圣会。

（二十一）万年长清甲子悬登灵丹圣会。

以上四会，是膏药灵丹。但只在碑文看见，建碑的日子都在一百年以前了。想来施舍膏药所费甚巨，当此民穷财尽之年，竟是举行不起，所以就没有继起的了。

（壬）技术

（一）义顺同祥正虎打路藤牌少林。

（二）万代同春少林五虎。

（三）永乐同春五虎少林一堂。

（四）攒香如意老会：

在这个会的名目上，看不出是一班玩武艺的人所结合的；恰巧我们到松棚时，他们来施演刀枪鞭棒，所以知道了。

（五）中幡圣会

（六）音乐圣会。

（七）大鼓圣会。

（八）狮子圣会。

（九）万年永庆太狮一堂。

（十）万里云程踏车圣会：

这是玩自行车的人结合的会。到妙峰的路很崎岖，不适于行自行车，不知道他们是不是乘车去的，还是到金山东麓时就把车子停放了？他们在路上，或者要比赛快慢，做出许多花样，可惜我们没有看见。我们只在他们会启中知道他们是由北道登山，中道回香的。

（十一）拨子圣会：

这会恐是一种玩艺的小孩子所结合的，待查。

（十二）万诚童子跨鼓老会：

跨鼓，恐亦是一种玩艺，待查。

（癸）普通的进香及未详其意义者

（一）引善老会。

（二）妙峰山进香圣会。

（三）二人圣会。

（四）二顶兴隆圣会。

（五）二人老会。

以上五会，见峰顶娘娘庙所立碑。"二人老会"当即是"二人圣会"的改名。

（六）同香如意圣会。

（七）五圈万代吉庆奉台攒香圣会。

（八）攒香老会。

（九）万缘吉庆攒香圣会。

（十）平安圣会。

（十一）天津西窑洼公议代香会。

（十二）天津堤头村公议随路大乐会。

（十三）天津阖郡公议大乐会。

我们看了以上的叙述，试闭目一想，在三月中，他们如何地在山前山后打平浮沙，扫除活石；一到四月初，就如何地在各条路上架起路灯，在各个站口开起茶棚，他们开了茶棚之后，如何的鞋匠来了，铜锡匠来了，施送拜塾围桌的人来了，施送茶盐的人来了。那时香客们如何的便利，一路上随处有人招待，如熟识的朋友一般。开茶棚的人也如何的便利，茶叶是有人送来的，供品设备是有人送来的，打破了的碗盏也自有人来修补的。大家虔诚，大家分工互助，大家做朋友！他们正在高兴结缘时，又如何的音乐班子来了，玩武艺的人来了，舞幡舞狮的人来了，他们眼中见的是生龙活虎般的健儿的好身手，耳中听的是豪迈勇壮的鼓乐之声。这一路的山光水色本已使人意中畅豁，感到自然界的有情，加以到处所见的人如朋友般的招呼，杂耍场般的游艺，一切的情谊与享乐都不关于金钱，更知道人类也是有情的，怎不使人得着无穷的安慰，仿佛到了另一个世界呢！

我们号称知识阶级的人真惭愧：好人只有空谈想象中的乐国，坏人便尽使阴谋来做出许多自私自利的事业。结果，我们看见的人不是奸险，便是高尚。奸险的人固然对于社会有损无益，就是高尚的人也和社会有什么关系呢。我们知识阶级的人实在太暮气了，我们的精神和体质实在太衰老了，如再不吸收多量的强壮的血液，我们民族的前途更不知要衰颓得成什么样子了！强壮的血液在哪里？这并不难找，强壮的民族的文化是一种，自己民族中的下级社会的文化保存着一点人类的新鲜气象的是一种。

七、香会的办事日期

我们若把这些香会,依了他们的办事日期,列出一表,便可知道进香的起讫的时间,和他们在进香前后的生活。可惜有许多会,没有把日期写明,我们得不到正确的调查,依然只能看到一个约略。

正月

十四日:

设坛……(下文未看明):

平安圣会。

二月

初一日:

祭山:

遵王荡平修道圣会。

初二日:

通知:

万寿善缘缝绽会(本日起)。

初八日:

启知发信:

心缘同善巧炉圣会。

十九日:

发信:

同议善缘诚献净饰香道圣会。

三月

初六日：

发信：

兴隆十八盘献粥茶老会。

初十日：

会集：

同议善缘诚献净饰香道圣会。

二十日：

起程：

遵王荡平修道圣会（至寨尔峪落宿）。

二十一日：

兴工：

遵王荡平修道圣会。

二十三日：

起程：

同议善缘诚献净饰香道圣会。

二十五日：

呈表发信：

万寿善缘缝绽会。

二十七日：

前踮先行：

兴隆十八盘献粥茶老会

二十八日：

起程：

裱糊神堂佛殿窗户。

守晚：

普兴万缘净道圣会。

二十九日：

朝顶：

同议善缘诚献净饰香道圣会。

起程：

普兴万缘净道圣会（至金仙庵落宿。）

前跶发信：

南道水泉降香粥茶老会。

公议乐善诚献粥茶棚花会。

三十日：

朝顶：

普兴万缘净道圣会（至灵感宫，净道完竣，复至回香亭斋宿，夜即谒圣）。

守晚：

南道水泉降香粥茶老会。

公议乐善诚献粥茶棚花会。

万寿善缘缝绽会。

缝绽老会。

前跶先行：

同兴南庄诚献粥茶子孙圣会。

四月

初一日：

回香：

普兴万缘净道圣会。

朝顶：

遵王荡平修道圣会。

天津全体联合会（本日起进香）。

起程：

南道水泉降香粥茶老会（至三家店仲伙）。

兴隆十八盘献粥茶老会。

同兴南庄诚献粥茶子孙圣会。

公议乐善诚献粥茶棚花会。

万寿善缘缝绽会（至北安河落宿）。

缝绽老会（至北安河落宿）。

开棚：

南道水泉降香粥茶老会。

（以下四会，均当日起程，晚至本棚，即时开棚）。

兴隆十八盘献粥茶老会。

同兴南庄诚献粥茶子孙圣会。

公议乐善诚献粥茶棚花会。

益善同缘茶棚圣会。

前跕发信先行：

公议重整合义面茶老会。

初二日：

回香：

遵王荡平修道圣会。

开棚：

子孙万代粥茶路灯老会。

诚献缝绽：

万寿善缘缝绽会（初二起，安坛设驾，诚献缝绽十四昼夜）。

缝绽老会（至本棚安驾，诚献缝绽十四昼夜）。

起程：

同心乐善诚献粥茶（到孟常岭）。

守晚：

公诸重整合义面茶老会。

初三日：

回香：

同议善缘诚献净饰香道圣会。

朝顶：

子孙万代粥茶路灯老会。

开棚：

提灯乐善诚献粥茶。

起程：

子孙万代诚献粥茶盘香圣会（宿三家店马王庙）。

守晚：

同心万代巧炉圣会。

公议志善沿路缝绽圣会。

初四日：

朝顶：

天津西窑洼公议代香会。

天津堤头村公议随路大乐会。

进供：

公议呈供献盐圣会。

开棚：

子孙万代诚献粥茶盘香圣会。

同心乐善诚献粥会。

起程：

乐善同心献花圣会。

悟善同修清茶圣会。

一心乐善清茶圣会。

金峰普照燃灯老会。

公议呈献巧炉圣会。

心缘同善巧炉圣会（由得胜门外头道行宫起）。

同心万代巧炉圣会（上北道，随意落宿）。

公议志善沿路缝绽圣会（沿路并山道来往缝绽）。

守晚：

同心长善清茶圣会

亿善合缘清茶圣会。

初五日：

朝顶：

乐善同心献花圣会。

悟善同修清茶圣会。

一心乐善清茶圣会。

公议呈供献盐圣会。

公议呈献巧炉圣会。

心缘同善巧炉圣会（中道登山）。

开棚：

公议重整合义面茶老会。

起程：

同心长善清茶圣会（至樱桃沟落宿）。

亿善合缘清茶圣会（至樱桃沟落宿）。

德缘志善献盐圣会。

守晚：

万代同春少林五虎。

永乐同春五虎少林一堂。

万缘吉庆攒香圣会。

同心助善檀香老会。

恭献鲜花老会。

万寿长青献鲜老会。

静修乐善清茶圣会。

万里云程踏车圣会。

万年永庆太狮一堂。

初六日：

回香：

乐善同心献花圣会（当日谢山）。

悟善同修清茶圣会。

一心乐善清茶圣会。

公议呈供献盐圣会。

公议呈献巧炉圣会。

心缘同善巧炉圣会。

朝顶：

同心长善清茶圣会。

亿善合缘清茶圣会。

德缘志善献盐圣会。

公议志善沿路缝绽圣会（当日回香，至灵官殿，守驾三昼夜）。

起程：

万代同春少林五虎（早至田村仲伙，午至三家店仲伙，晚至桃园落宿仲伙）。

永乐同春五虎少林一堂（由三家店，至樱桃沟落宿）。

天津阖郡公议大乐会。

万缘吉庆攒香圣会。

长寿白纸圣会。

同心助善檀香老会（至桃园落宿）。

恭献鲜花老会（已刻扬详发信，候印起程；晚宿陈家庄）。

万善长青献鲜老会（至南庄落宿）。

长寿白纸神账圣会（至周家巷落宿）。

长寿清品神茶圣会（同上）。

静修乐善清茶圣会（至北安河落宿）。

公议永善清茶圣会。

乐善合缘敬宾茶会。

万里云程踏车圣会（至北安河落宿）。

万年永庆太狮一堂（至北安河落宿）。

守晚：

攒香老会。

一心秉善毛掸清茶圣会。

同心志善诚献茶粥圣会。

永年志善献盐圣会。

公议乐善巧炉圣会。

初七日：

回京：

悟善同修清茶圣会（回香在昨日）。

回香：

同心长善清茶圣会。

亿善合缘清茶圣会（当日谢山）。

德缘志善献盐圣会。

朝顶：

万代同春少林五虎（仍宿桃园）。

永乐同春五虎少林一堂（仍宿樱桃沟）。

天津阖郡公议大乐会。

万修吉庆攒香圣会。

长寿白纸圣会。

同心助善檀香老会（仍宿桃园）。

恭献鲜花老会。

万善长青献鲜老会（仍宿南庄）。

长寿白纸神账圣会（由中北道登山，晚至涧沟落宿）。

长寿清品神茶圣会（同上）。

静修乐善清茶圣会（至涧沟落宿）。

公议永善清茶圣会。

万里云程踏车圣会（由北道登山朝顶，晚至沟沿落宿）。

万年永庆太狮一堂（至沟沿落宿）。

登山：

荣善合缘敬宾圣会。

起程：

攒香老会（至南庄落宿）。

一心秉善毛掸清茶圣会（至桃园落宿）。

金善普缘如意子孙面鲜圣会。

善缘吉庆诚献果供（至南庄落宿）。

同心志善诚献茶烛圣会（至桃园落宿）。

永年志善献盐圣会（至桃园落宿）。

公议乐善巧炉圣会。

守晚：

公议重整拜席老会。

发信：

攒香如意老会。

初八日：

回香：

万代同春少林五虎。

永乐同春五虎少林一堂（当日谢山）。

万缘吉庆攒香圣会。

长寿白纸圣会。

同心助善檀香老会。

恭献鲜花老会。

万善长青献鲜老会。

静修乐善清茶圣会（至北安河落宿）。

公议永善清茶圣会。

同心万代巧炉圣会（由中道回香，来往共五天）。

万里云程踏车圣会（由中道回香，仍宿北安河）。

下山：

万年永庆太狮一堂（仍宿北安河）。

朝顶：

南道水泉降香粥茶老会。

攒香老会(晚仍宿南庄)。

一心秉善毛掸清茶圣会(仍宿桃园)。

金善普缘如意子孙面鲜圣会。

善缘吉庆诚献果供。

长寿白纸神账圣会(仍宿周家巷)。

长寿清品神茶圣会(同上)。

同心志善诚献茶烛圣会(仍宿桃园)。

乐善合缘敬宾茶会。

永年志善献盐圣会(仍宿桃园)。

同心乐善诚献粥茶。

公议乐善诚献粥茶棚花会。

金峰普照燃灯老会。

公议乐善巧炉圣会。

起程：

攒香如意老会。

同心秉善檀香素烛圣会。

公议重整拜席老会(至桃园落宿)

初九日：

回京：

静修乐善清茶圣会(昨日回香)。

万里云程踏车圣会(同上,当日谢山)。

回香：

攒香老会(当日谢山)。

一人秉善毛掸清茶圣会（当日谢山）。

金善普缘如意子孙面鲜圣会。

善缘吉庆诚献果供。

长寿白纸神账圣会（当日谢山）。

长寿清品神茶圣会（同上）。

同心志善诚献茶烛圣会（当日谢山）。

乐善合缘敬宾茶会。

永年志善献盐圣会（当日谢山）。

公议乐善巧炉圣会。

公议志善沿路缝绽圣会（当日谢山）。

万年永庆太狮一堂。

朝顶：

攒香如意老会。

公议希贤惜字老会（至北安河落宿）。

同心秉善檀香素烛圣会。

公议重整拜席老会（仍宿桃园）。

中幡圣会（以下五会朝顶，都是我们目见）。

音乐圣会。

大鼓圣会。

狮子圣会。

拨子圣会。

初十日：

回香：

攒香如意老会。

仝心秉善檀香素烛圣会。

公议重整拜席老会。

落棚：

松棚秉意诚献粥茶圣会（目见）。

朝顶：

万诚童子跨鼓老会。

子孙万代诚献粥茶盘香圣会。

公议重整合议面茶老会。

伸信：

开山老会。

十一日；

回京：

金峰普照燃灯老会（当日谢山）。

朝顶：

万寿善缘缝绽会（仍回棚）。

缝绽老会（仍回棚）。

起程：

开山老会。

十二日：

朝顶：

开山老会。

十三日：

封表：

万寿善缘缝绽会。

缝绽老会。

朝顶：

同兴南庄诚献粥茶子孙圣会。

十四日：

落棚：

子孙万代粥茶路灯老会。

兴隆十八盘献粥茶老会。

公议重整合义面茶老会。

十五日：

止供奉：

天津全体联合会。

落棚：

子孙万代诚献粥茶盘香圣会。

南道水泉降香粥茶老会。

益善同缘茶棚圣会。

子孙万代粥茶路灯老会。

兴隆十八盘献粥茶老会。

同与南庄诚献粥茶子孙圣会。

公议重整合义面茶老会。

同心乐善诚献粥茶。

公议乐善诚献粥茶棚花会。

谢山：

万善长青献鲜老会。

十六日：

回京：

子孙万代诚献粥茶盘香圣会。

回香：

缝绽老会。

谢山：

万寿善缘缝绽会。

二十六日：

诚献惜字粥茶：

公议希贤惜字老会（彰仪门外看舟村普济宫本棚诚献四昼夜）。

二十八日至二十九日：

收焚沿途各棚香纸残文废字：

公议希贤惜字老会（至芦沟桥）。

七月（秋香）：

二十四日：

起程：

公议希贤惜字老会。

二十五日：

朝顶守驾：

公议希贤惜字老会。

起程：

金善普缘如意子孙面鲜圣会。

德缘志善献盐圣会。

同兴南庄诚献粥茶子孙圣会。

二十六日：

进香：

金善普缘如意子孙面鲜圣会。

二十七日：

回香：

金善普缘如意子孙面鲜圣会。

起程：

公议志善沿路缝绽圣会。

二十八日：

进香：

公议希贤惜字老会。

八月

初一日：

回香：

德缘志善献盐圣会。

同兴南庄诚献粥茶子孙圣会。

公议志善沿路缝绽圣会。

普兴万缘净道圣会的会启上说："在三月内将山径石坎用錾打平浮沙，扫除活石。"南道水泉降香老会说："春秋二季举行。"万寿善缘缝绽会说："春秋二次。"因为他们都没有把日期指出，所以都未写在里面。

这个表的不完备，只要看秋香就可知道。秋香固然不及春香盛，但何至只有寥寥的五个会呢？我们在这个表上，只能知道在春香以前，他们早有预备；在春香以后，他们还有些余兴；秋香的香市，大约以七月二十五至八月初一这七天为盛。

春香的热闹状况，我们在这个表上很可以看出，最热闹的是初六初七两天的起程，初七初八两天的朝顶，初八初九两天的回香。其次，是初一的起程与开棚，初四的起程，初五的朝顶与守晚，初六的回香与朝顶，初九的朝顶，十五的落棚。我们这一次去，实在是失计了；初八起程，初九朝顶，初十回香，都不是人数最多的时候。

总观他们进香的日期，可分两种。一种是茶棚，他们虽有迟至初五开棚，又有早至初九落棚的（涧沟的茶棚于初九落棚，我们所见；因不知会名，故未列入表中），但大部分都于初一开棚，十五落棚，至于普通的香客，都是来往三天；加以在会中守晚的半天，共三天半。其较为特别的，就现在所知，只有以下四会：

（一）万里云程踏车圣会——来往四天：

初五守晚。

初六起程，至北安河落宿。

初七由北道登山朝顶，晚宿沟沿。

初八由中道回香，仍宿北安河。

初九回京谢山。

（二）万年永庆太狮一堂——来往四天：

初五守晚。

初六起程，宿北安河。

初七朝顶，宿涧沟。

初八下山，仍宿北安河。

初九回香进京。

（三）同心万代巧炉圣会——来往五天：

初三守晚。

初四起程，上北道。回香中道。两道来往五日，随意落宿。

（四）公议志善沿路缝绽圣会——来往七天：

初三守晚。

初四起程沿路缝绽两天。

初六朝顶进香，当日回香至灵官殿，守驾三昼夜。

初九进京，安驾谢山。

八、香会的办事项目

进香的项目是很多的，就以上所立的标题，加以我们在会启上看到的，汇集分类，有以下诸项：

甲、进香前的预备：

（1）设坛——平安圣会以正月十四日设坛。

（2）通知——万寿善缘缝绽会以二月初二日起通知，当是发出召集会众之柬帖。心缘同善巧炉圣会作“启知发信”。

（3）发信——信件事我至今还没有了解。如同议善缘诚献净饰香道圣会以二月十九日发信，三月初十日会集，心缘同善巧炉圣会以二月初八日启知发信，四月初四日起程，这发信当然即是通知，很容易懂得的。但万寿善缘缝绽会以二月初二日起通知三月二十五日呈表发信，发信与通知对举，这就不容易明白了。攒香如意老会于起程前一日“安坛设驾，扬香发信”，此发信于守晚同时，会众已集，用不到再作通知之举，可见这确不是通知了。恭献鲜花老会以“初五守晚，初六发信，候印起程”，发信在守晚之后，起程之前，更可知道这不是通知的性质了。依我想来，或者即是“前踮先行”，发信到山上的意思。又按，开山老会的“伸信”，当即是发信的异名。

（4）呈表——万寿善缘缝绽会云“呈表发信”，可见发信时要向神灵呈献表章的。攒香如意老会云“扬香发信”(恭献鲜花老会云“扬详发信”,当是字误),扬香或即是呈表时的一种礼节。

(5)前踮先行——这虽则不能知道它的实在情形,但就字义看,很可知道这是一个先锋队,先大队而行的。我们在路上常见有挑着会担,星霜星霜地走的,却并不和会众一起走,或者前踮即是这辈人亦未可知。南道水泉降香粥茶老会说“前踮发信”,合义面茶老会说“前踮发信先行”,均比守晚早一天,疑前踮先行与发信即是一事。

(6)会集——此见于同议善缘诚献净饰香道圣会会启,缝绽老会称为“聚集”;余会已包括于守晚中。

(7)设驾。

(8)拈香——此二项各会多包括于守晚中,惟恭献鲜花老会等特提之。

(9)守晚。

乙、进香的程序:

(1)起程——恭献鲜花老会说“候印起程”,这印不知是什么印。

(2)沿路焚祠——见攒香如意老会会启。希贤惜字老会亦说:“自得胜门外头道茶棚起,沿途香道焚化香纸残文废纸,交纳钱粮。”

(3)仲伙,落宿。

(4)登山——此见于乐善合缘敬宾茶会等会启。因其分登山与朝顶为两天事之故;余会多以登山日朝顶,故已并入朝顶中。

（5）报号——希贤惜字老会会启云："至灵官殿报号。"

（6）朝顶——亦称"上顶"。

（7）守驾——希贤惜字老会会启于秋香云"朝顶守驾四昼夜，进香交纳心愿"，是他们守驾在进香之前，公议志善沿路缝绽圣会则云"朝顶进香，当日回香至灵官殿，守驾三昼夜"，是他们守驾又在回香之后。

（8）进供——此仅见于公议呈供献盐圣会，余会之进供已包括于朝顶中。

（9）进香——余会已包括于朝顶中，惟希贤惜字老会之秋香则朝顶守驾四昼夜而后进香。

丙、进香后的余事：

（1）下山。

（2）回香——此两名甚为难辨。如会启上先写下山，后写回香，则此回香系指回京；如单写回香，继言回京，则此回香系指下山。通常会启皆纳下山于回香中，惟万年永庆太狮一堂等分列之。

（3）回京——会启中包括于回香中者多；间有分列者，则以下山为回香，到城为回京。如往村中，则云"回村"。（回，亦作迴）。

（4）安驾——见希贤惜字老会，公议志善沿路缝绽圣会会启，余已包括于谢山中。

（5）谢山——亦作"酬山"。或归日，或间一日举行之。

丁、茶棚的起讫：

（1）开棚——起程前已见上。

（2）诚献粥茶。

（3）诚献缝绽——此系缝绽工所设之棚所独有。

（4）朝顶——茶棚之朝顶较迟，约在初八以后。

（5）封表——亦作“攒香封表”，以捐资人名及数目封表告神，作一结束。

（6）止供奉——此仅见于天津全体联合会，余会包括于落棚中。

（7）收粥茶——亦称“止茶”。

（8）落棚——亦称“落程”。其下与普通香会同。

戊、特殊的工作：

（1）祭山。

（2）兴工——以上二事，见遵王荡平修道圣会会启。

（3）诚献惜字粥茶。

（4）收焚沿途各棚香纸残文废字——以上二事，见希贤惜字老会会启。

九、惜字老会会启说明

惜字老会的会启，我们向张贴的人索得两张，因此可以详细地发表在这里。但因版子太旧，印得模糊，仍旧有几个看不清的字，即在钞出的字中，说不定也有几个误字。

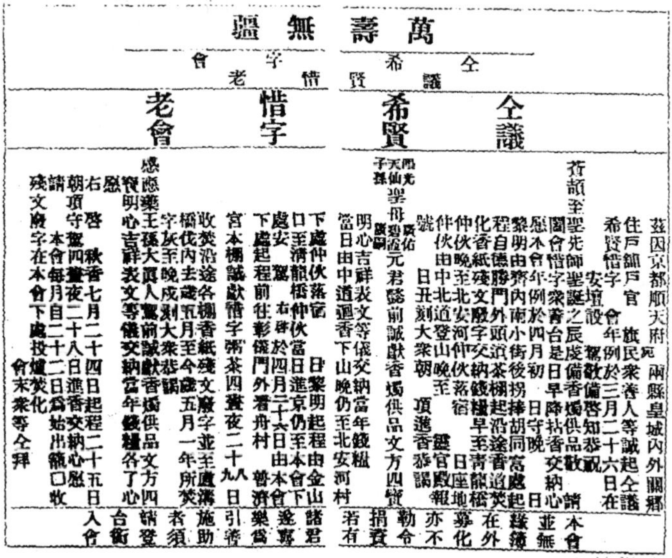
萬壽無疆

全議希賢　惜字老會

全議希賢　惜字老會

茲因京都順天府宛兩縣皇城內外關廂
住戶舖戶官旗民衆善人等誠起全議
希賢惜字會年例於三月二十六日在
安壇設虔敬備啓知恭祝
香額至聖先師聖誕之辰虔備香燭供品敬請
闔會惜字衆善台是日早降拈香交納心
懇本會年例於四月初日守晚日
黎明由齊內南小街後拐捧胡同高處起
程自德勝門外頭道茶棚起沿途香道焚
化香紙殘文殿字交納錢糧早至青龍橋
仲伙晚至北安河仲伙落宿日座地
仲伙由中北道登山晚至鑾官殿報
號日丑刻大衆朝項進香恭謁
眼光天仙子孫聖母廣佑碧霞元君廣嗣駕前誠獻香燭供品文方四寶
明心吉祥表文等儀交納當年錢糧
當日由中道迴香下山晚仍至北安河村
下處仲伙落宿日黎明起程由金山
口至清龍橋仲伙當日進京仍至本會下
處安駕右啓於四月二十六日由本會
下處起程前往彰儀門外看舟村普濟
宮本棚誠獻惜字粥茶四晝夜二十八九日
收焚沿途各棚香紙殘文廠字並至盧溝
橋伐內去歲五月至今歲五月一年所焚
字灰至晚成刻大衆恭謁
感應藥王孫大真人駕前誠獻香燭供品文方四
寶懇明心吉祥表文等儀交納當年錢糧各了心
右啓秋香七月二十四日起程二十五日
朝項守聖四晝夜二十八日進香交納心懇
請本會每月自二十二日爲始出籤口收
殘文廢字在本會下處投爐焚化
會末衆等全拜

本會並無緣簿在外募化亦不勒令捐資若有諸君[illegible]樂爲引薦施助者須請登台銜入會

启文中“惜字□会”中缺一字，篆额惟“老”字为填写的楷书。依我想来这会本名“惜字圣会”，只因年久重整，所以改名为“惜字老会”；而用的会启的版依然是旧版，所以把“圣”字挖去了。

“仲伙”二字不可解。依文义看，应是“打尖休息”之意。

“至卢沟桥伐内”的“伐内”二字疑是“投纳”之意，或文字有误。

游妙峰山杂记*

妙峰山进香专号，原意不过出两三期就完事，不意竟拖延到六期，由五月做到八月，再过几天秋香又要上市了。现在写成此文，作一个结束。从下月起，北京大学研究所国学门要出周刊了，所有继续得来的材料都将在周刊上发表：读者诸君如有讨论和投稿，都请寄到北京大学研究所为感。（周刊中风俗一部分材料，由孙伏园先生主编，件寄京报馆也可以。）

我们这一次游妙峰山，除了香会材料之外，还得到一点零星的东西。

我们从海淀雇人力车到北安河（从北安河以上都是山路，车道至此而止）。过了金山口，第一个村庄是西北旺，属宛平县的。第二个是太舟坞（坞，亦书作雾或务），村前有一道沟，沟南属宛平，沟北属昌平。这个沟实在是个车道。

我们在村中小茶馆里暂息。有一个茶桌上，围着几个娘儿们，正从妙峰走下来。我们听她们谈话：知道里边有一位闺女，是向来不出门，这次竟徒步往来，走得如此之远，因此旁边几位老婆子都诧叹她确能得到神灵的保佑。

---

* 本文原载《京报副刊》第 251 期《妙峰山进香专号》，1925 年 8 月 27 日。又刊广州中山大学"民俗丛书"《妙峰山》，1928 年 9 月。

有一位老人讲给我们听："'南有峨眉山，北有画眉山'，这是一句古话。画眉山下有个黑龙潭，慈禧太后喝潭水，觉得这水味和玉泉相同，所以把这山封了。"太舟坞到画眉山很近，我们便去游览一过，知道这个山是明朝时已经封了。

过了黑龙潭，是白家疃。但那边的人念作"ㄅㄜㄊㄞㄦ"，把"家"字吞没了。因念韩家潭念作"ㄏㄢㄊㄢㄦ"，正与此同例。

从此过去，到石窝村，经温泉村，到北安河。那里有长明寺茶棚和长明客栈。我们进了客栈，问询轿价。他们说，在初一二间，每乘轿只须二元二毛；到初六七间，来的人多了，便须三元二毛了。我们问他们"一送"怎么办，他们说一送和来回同价，因为回来的空轿并不比坐人的轻便多少。我们嫌太贵，没有坐。其实说来，从北安河到妙峰顶有三十二里，来回便六十四里，每乘轿由四人抬，每里每人的酬资不过一分二厘半，真算不得贵呢。

过了北安河，步行上金山（即旸台山），第一个茶棚是响福观。这里离北安河四里。他们说"八里一茶棚"，实在并不是一定的。沿路有妇女席地坐着，用麦秆编制花圈花篮诸物出售。茶棚中每到一香客，就替他敲磬子赞礼，所以山中常听到磬声。我们进去时，他们竟不敲，可见我们的面目终究不像个香客。

路中常有乞丐，不讨上山人，单讨下山人。他们的乞辞是："老爷（或太太）虔诚喽，带福回家喽！""带福回家"是祝辞，"虔诚"等于"可怜，可怜吧"。但香客相见，也说"您虔诚！"这虔诚的意思就等于说"您好呵！"了。有时几个香客正在道中走着，后面来了一乘轿子，他们要香客让路，也嚷"香客，您虔诚！"这虔诚的意思又变为"借光"了。寄语编纂字典的人们，你们应当在"虔诚"字下，注明妙峰山香市的言语中有这三种用法。

响福观上去是朝阳院茶棚:对着的金山庵,就是金仙汽水公司所在。再上去是玉仙台茶棚,又名瓜打石。从此,路益直益仄,都是在无路中硬凿出的路,茶棚也无从搭起,更没有歇足的地方了。听香客们说,这地唤做"三瞪眼",因为路太难走了,眼睛要瞪上三瞪呢。行十余里到庙儿洼。

庙儿洼在金山顶,有一所破庙,却没有茶棚。听人说,这几年大家穷了,承办这里茶棚的香会担负不起这笔费用了,所以今年是停施粥茶了。这真是可以忧虑的事情。从北安河到玉仙台十六里有四个茶棚,从玉仙台到涧沟(妙峰南麓)亦十六里,路最难走,而中间竟没有一个茶棚,这不是使香客太辛苦了吗?呜呼,妙峰山之香市其衰矣!

在山顶踞石小憩,虽没有粥茶,却有几副小买卖的担子。我们买了些糖菜,又吃了几碗豆腐羹。见有一人上山,三步一拜,因此走得非常慢。这时已下午六点,恐怕他到涧沟时在半夜了。

自庙儿洼西路下山,一路杏花满山,比苏州邓尉山的梅花更要茂盛。杏花丛中又间以白杨,风来时萧萧作响。杏树下又有许多未发青的玫瑰,矮小的枝干很整齐地排列着。我们欣赏风景,因此走得愈缓了。到涧沟时,已近九点。

我们一路从微黯的煤油灯的道上摸到了涧沟,忽然间得到了一个异样的刺戟。涧沟灯光既多,又有一个高二三丈的木杆,上面挂着二尺见方的八个大灯,每一个灯上写一个大字,是"天—仙—圣—母—碧—霞—元—君"。我的心竟给这个灯杆吸住了,只觉得神灵的伟大而庄严的仪态是应当崇拜的。

我们在这时都犯着饥渴了,想到茶棚里喝一碗粥。但要去喝粥似乎不应当不到神前叩头,因此相约去叩了。回转身来,取凉着的粥就喝，一喝就喝了三碗。听棚中司仪员唱道："先参驾，大家坐落再喝粥（粥，有时喝茶）；老少都来喝，带着福儿回家！"

从涧沟上山（妙峰），路也很难走，灯光又甚微，只得买了火把上去。碰见了一组右安门来的女香客，她们没有火，就沾了我们的光走了。她们问我们是不是进香的，我们说是，她们露出诧异的样子，似乎因为我们数人手中没有捧一炷香，她们却打得大包裹呢。

走了八里，到"莲花金顶"（妙峰的正名）的灵感宫（娘娘庙的正名）。那里耀眼的是汽油灯，摩肩的是人，迷眼的是香烟，扑鼻的是烟香，塞耳的是钟磬鼓乐之声，只觉得自己迷迷糊糊的，不知到了什么世界里来了。在这一个世界里，是神秘得可爱，真挚得可爱，快乐得可爱，男女老少活泼得可爱。

娘娘庙的正殿上供着三尊圣母：中间是"天仙圣母碧霞元君"，左边是"眼光圣母明月元君"，右边是"子孙圣母广嗣元君"，颇与佛殿上三世佛，三清殿上三天尊相像。

但香会单子上写眼光、子孙两圣母的很少，而除"天仙圣母懿前"之外，尚有"玉皇上帝御前"、"东岳大帝御前"、"关圣大帝驾前"、"应化天尊驾前"、"玄坛赵元帅"等等。玉皇殿在涧沟南姚家岭上，是很小的三间屋子。东岳大帝殿在回香亭。关帝殿在涧沟松棚行宫。其余不知在哪里。

回香亭在娘娘庙的西首，里面也有一个茶棚。正殿为东岳大帝，配殿为"速报"和"现报"。这使我想起朝阳门外东岳庙中这两司的香火情形来了。又有二配的：（一）科神殿，（二）鲁班、仓神、火神、库神、财神殿。正殿两壁悬着十殿阎王的画幅。

娘娘庙门上有一匾，是"普照五洲"。门口有一旗，是"天仙圣母碧霞宏德元君"。门内建着一个丈余长的高幡，写着"京西北金顶妙峰山(以上小字)天仙圣母有求必应(以上大字)”。殿前有慈禧太后写的“功侔富媪”一匾。殿柱上贴着“长春曹荫堂年例呈献衬供一堂”,可见妙峰山的信徒是吉林也有的。

在回香亭与娘娘庙之间有一个喜神殿,我们瞧不出供的神是谁。问茶棚中人,说是纣王。门外有一匾,是北京梨园全体送的。我们在那边歇息时,听他们唱道:“带福回家,吉祥语。先参驾,落了坐儿再喝粥。”

回香亭是张勋夫人重修的。去年游兰家店,见工人正在修路,他们说:“曹总统的太太捐一万元,要造马路,通汽车到妙峰山呢”。自从曹锟幽禁以来,不知道此事怎么样了。这天(初九日)在山上,听得张作霖的如夫人也来了,但我们没瞧见,不知道有没有什么仪仗,还是全和普通香客一样的。听说西北旺一带,镇威军雇工修马路即为此事。

茶棚中人对我们说:“今年的香市是特别衰败,为的是冯玉祥的军队要来抢掠,吓得许多人不敢来了。”但我看着庙儿洼的停止施茶,恐怕理由没有这样的单纯吧。可惜冯玉祥是奉基督教的,不然,何妨请他的太太们也来进香修庙,消释他们的疑虑呢。

我们的同乡来进香的,除了窑子之外,极不易见。有一个江浙口音的闺秀,穿了黄衫黄裙黄鞋,挂着黄布袋,乘着肩舆而来。她非常诚心,进了庙门,有一个石槽中满积着秽水,秽得发黑了,他先在槽内洗了手,再去点香。我看了,除了感到神力无边之外再没有别的感想,因此再想起了太舟坞村前所见的向不出门而这回竟从高峰巉岩上往来七八十里的闺女。

在庙中看烧香,见有三步一拜而来的,也有一步一拜而来的。我们从北京来,一步不停地走,也须走上一天,他们要走多少天呢?

在许多会单之中，见有特别的一纸，写着“双臂提炉，十年愿海，挂匾了愿”，下写“西便门内费景瑞参拜”。这是提臂炉来的，更难能了。

庙僧对于香客，纯任自由，一点没有干系，除了投住他们的客堂。香会进香，自已雇了吹手去，在他们行礼时奏乐。这种乐声与丧事人家的乐声是一样的，听了使人兴起悲壮而严重的情感。会众进香时，也有燃爆竹的，在山中听之，宛如炮声。又有燃鞭炮的。

香客有挂小木牌于衣襟上的，往往挂至十余方，这是寄香。

娘娘正殿的右首有小间一，供王三奶奶。青布的衫裤，喜雀窠的发髻，完全是一个老妈子的形状。据人说，这是天津人，确是做老妈子的，因修行而成神。这里边一定有一件很大的故事，所以会得从天津传到北京。但北京人的崇拜的程度究不及天津人，所以天津人在会单上必以王三奶奶与天仙圣母并举，而北京的会单上便没有。

门内左首，有一个小若龛子的三教堂，供的是一僧一道一官，算做儒释道三教的象征。天仙圣母真阔气，三教都寄在她的宇下了。

正殿的两配殿为广生殿和财神殿，使我想起了朝阳门外东岳庙中香火特盛的广嗣神殿和阜神神殿，觉得这两神真是最切人生的，无论哪一个大神必请了这两位配享，才可把自己的香火站稳了。

在店子港与茶棚中人谈话，可记得的很多。他说，烧香的人以北京、京西、天津人为最多，但多半是“苦烧香”。香客住在茶棚里，肯给多少就给多少，不给钱也可以。妙峰一带的出产，有玫瑰花、苦杏核、山核，略有小米。玫瑰约卖四毫一斤。别的东西都没有，买东西要到北安河。因此物价都比北京贵。不知为什么,此地地气特别冷,山谷里到四月还有冻瀑,杏树也挨到香市才开花呢。香路有五道,中道大觉寺现在没有多少人走,一天来往的只有十余人。中北道北安河人最多。北道沙河来的会少,但后山街(在妙峰北四十余里)上有一个万人老会是极盛的。

我们到涧沟吃饭。饭馆分荤素两种。都是支布帐、铺地席的,桌子就是炕儿。我们进的是素馆,席地而坐,颇有新意味。听他们说,今年生意不好,所以到十三日就要收了。对面的茶棚却已经收去了。我们进会时,恰巧打拳的如意老会来进香,他们要到松棚行宫里演武后才上山,因此我们吃完了就跟着去。

松棚行宫内祀协天大帝,即关帝,故俗称老爷庙。如意老会会众们到了,先在庙中参拜,后在庙内广场上试身手,也算是娱神的意思。当下看客聚了一院子,满头载福的巡警也来看热闹。他们上场了,先演枪,再演棍,再演刀;先单身演,然后两人合打。因为这是不拿钱的,所以比了拿钱的更加出力好看。

我们正在看比武时,松棚茶棚的主者林君看我们装束特异,屡次邀我们去喝茶,情不可却,只得到内堂坐了。他们既煮了香茗,又命厨子备了点心请我们吃。说是点心,其实是很好一顿饭:十六个冷碟子,五个菜,两道面点,说是西四牌楼白肉馆的烹饪呢。我们很觉得过意不去,但又拿不出多少钱来,只给与他们两元钱。他们起先不受,后来受了,拿了一张红纸来,请我们写上姓名,说收棚焚表时要把我们姓名粘在表上,通告神灵,祝祷我们的吉利咧。

我们上山时,看见下山的轿都是倒抬的,不由得一齐想起了"妾自倒行郎自看,省郎一步一回头"的句子,虽然大家不记得是哪一人的诗。这次下山,我不幸曲了左腿的筋,很不能走路,只得雇轿。但乍坐在一个绳捆破板的椅子中，杠子太长，坐椅很颤，下望层峦深壑，不由得脚软起来。轿下抢风岭，他们并不倒抬，仿佛要把我这个人从椅子里直倒出来似的，我的心又禁不住突突地跳起来了。此时没有别的念头，只怨地心为什么有吸力。但这时正在极窄的石壁之下，要把轿子掉一个方向是做不到的。我喊轿夫道，“你们停下吧，我自己走吧！”但他们不肯听，只说“没有事”。我没有办法，只得紧紧的握住了杠子，闭了眼，听他们走去。后来到了孟尝岭，地方宽了一点，才掉了转来倒抬了。

孟尝岭云聚寺是一个破庙，里面有一个茶棚。由此至樱桃沟，路极难走，但风景极好。樱桃沟的饭铺子搭在清冽活泼的泉水旁边，我们坐下吃了些粥点，泉声和泉色早已把我的胸中的烦恶涤除得干净了。往东是药王殿，我们没有去。由此经南庄、桃园，而至大水泉，再息。因为我们六点许即下山，所以走了一半路还只有九点五十分。茶棚中供的是观音大士，棚的四面挂满了二十八宿及十二生肖画像（画像各棚中均有之，但数目似有多少）。

由此至望山和十八盘。十八盘的岭上有一砖门，上镌“孟尝岭云聚寺”一额。云聚寺离此二十里，刻在这里算什么呢？过去不多路，就是西北涧茶棚。棚柱悬绣联云“茶棚提灯，申刻敬送”，“各堂贵会，概不诚献”。提灯是这一个茶棚（提灯乐善诚献粥茶圣会）的特务，不知道是怎么样的。概不诚献，同于其他茶棚的“不迎不送，不参不拜”的布告。其实茶棚里的事情无非是迎送参拜，而他们所以这样说，为的是香会人多，恐有不周到之处，启人责备，所以先假作挡驾。这和为了收礼而派出讣来，上面却写“鼎惠恳辞”很有些相像。（这件事当时曾询得他们的解释，现在记忆不详了，未知所言有误否。）

我们的轿子到了浑河,上渡船。渡船有二,一是普通钱买的,一是龙泉雾村捐给香客们乘坐的。我们头上戴着红花,所以轿夫更把我们送到香客的船去。

渡了三次浑河,就到三家店。我们在茶馆里落了坐,等步行的同伴还不来,便向轿夫打听各路的重要站口和里数。他们说的如下:

北道——妙峰——(四里)——苇子港——(四)——磕头岭——(四)——太峰口——(四)——花儿洞——(三)——双龙岭——(三)——磨石河——(四)——双水泉——(一)——车营——(三)——聂家庄——(二五)——沙河——共五十五里。

中北道——妙峰——(八)——涧沟——(八)——庙儿洼——(八)——瓜打石——(八)——金仙庵——(一)——朝阳院——(三)——响福观——(四)——北安河——共四十里。

中道——妙峰——(八)——涧沟——(八)——罗布地——(四)——上平台——(四)——寨儿峪——(八)——大觉寺——(三)——北安河——共三十五里。

北安河至西直门——北安河——(八)——温泉——(六)——杨家庄——(四)——冷泉——(十)——红山口——(三)——安河桥——(八)海淀——(十二)——西直门——共五十一里。

南道——妙峰——(八)——涧沟——(十二)——樱桃沟——(二)——南庄——(二)——桃园——(五)——大水

泉——(五)——西北涧——(二)——陈家庄——(六)——攒子沟——(四)——琉璃渠——(二)——三家店——共四十八里。

三家店至香山——三家店——(五)——五里陀——(二)——高井——(五)——磨石口——(八)——黄村——(五)——夏庄——(三)——嘉庆寺——(二)——杏山口——(四)——魏家村——(六)——门头村——(三)红山口——蓝旗营——共约五十里。

可惜我们没有明细的地图可以依据，我们无法画成一幅“妙峰山进香地图”。

归来之后，又听得一句关于妙峰山的歇后语：“妙峰山的娘娘，照远不照近。”又听得妙峰山有跳沟的事，凡是诚心求一件事的，竟从山上跳下沟涧去，以表示自己的决心，如此，可以得到神灵的保祐，他会命鬼使神差送回家，不受丝毫的伤损。但是若与上句话联合起来看，还是留心着自己的籍贯，提防这位娘娘的忍心不照近，听你活活地跌死的好呢。

1925 年 8 月 24 日

东岳庙的七十二司*

本年阴历元旦,我和潘介泉先生同游朝阳门外东岳庙。那天进庙烧香的人真不少,而烧香最多的地方只有两处,一是广嗣神殿,一是阜财神殿。这也奇怪:到广嗣神殿去烧香的大都是贫苦的妇人,而阜财神殿则衣饰豪华的特多。我见了很痛心,觉得有钱的还要有钱,无钱的偏要多子,未免太苦了。这两个神殿立在两庑的中间,两庑是七十二司所在,我很疑心这原是两个司——1. 子孙司;2. 财帛司——因为向来烧香的人特多,很小的一间屋子里容不下,故特建两个殿供养着,而这两个地方也就不称"司"而称"神殿"了。

我和介泉归来之后,大家默想七十二司的名目,固然记忆力不好,记不完全,但总算想出有一半以上了。写出如下:

Ⅰ自然界:

胎生　卵生　湿生　化生　水族　飞禽　畜生

Ⅱ人事:

忠孝　忤逆　盗贼　掠剩　捕拿贼盗　阴谋　杀生

放生　行污　施药　积财　增延福寿　斋僧道　三

---

* 本文原载《歌谣周刊》第50号,1924年4月13日。

月长斋 黄病 □□疾痛 僧道

Ⅲ阴司：

土地 城隍 地狱 磨勘 都签押 善报 恶报

十五种善死 十五种恶死 枉死 催行 索命 见

报 速报 无主孤魂 □状 □禄

Ⅳ神怪：

山神 山林鬼神 魍魉 妖怪

我们看了，未免要批评他们分类的不周密。如疾病中有多少项目，何以特别提出黄病，而其余完全并入疾痛一司？又如既有山神司，又有山林鬼神司，也觉得重沓了。但我们很有趣，我们可以从此窥见他们的头脑，他们对于自然界和人事界有如何的想象力。

我很想再去一回，把未曾记得的二十余个司名补看一下，使我可以得到一个全份的名目。但我真没有工夫。

前年，我的祖母病故，照例，子孙都要到东岳庙去烧七香（这个风俗各处都同的吗？）因此，我把苏州东岳庙的司名，记出几个在笔记簿上。这回把北京的司名一对，却甚不相同。可见东岳大帝虽只有一个，但他的司官是随地而异的。又可见得道教里对于七十二司的名目是没有统一的，不像佛教里罗汉名目的一致。

苏州的司名我记得不多，抄录如下：

吉祥如意司 招财仙官财帛司 财帛司 时运司 五路通达司 福寿司 利市仙官 善簿恶簿案 受生功德案 十三科 病司 冤仇咒诅案 蛇王司斩邪张元帅 时疫纠察司 呕吐血光司 眼目司 筋骨疼痛司

在此，可见北京的司名较为整齐，苏州则较为拖沓。又北京的司均叫“司”，苏州则或叫“司”，或叫“案”，或不名司案而单举一个人名或职名（如斩邪张元帅、利市仙官）。

可惜东岳庙我只到得一二回，不能作详细的论列，又可惜我只到得北京和苏州两处的东岳庙，不能作详细的比较。我想，若各处的读者都能把本地的东岳庙的样子写寄到本校研究所国学门风俗调查会来，使得有工夫的人做一个详细的研究，倒也是一件很有趣味的事。读者诸君，你们都高兴吗？

1924 年 4 月 11 日

又按，泰山之祀自周秦以来未尝废绝，故东岳庙实有甚悠久之历史。我很想考它一下，可是有心而没有时间。今将《汉书》一则，《日知录》一则录下，借见一斑。

《汉书·郊祀志》云：“始皇之上泰山，中坂遇暴风雨，休于大树下。诸儒既黜不得与封禅，闻始皇遇风雨，即讥之。于是始皇遂东游海上，行礼祠名山川及八神，求仙人羡门之属。八神将自古而有之，或曰太公以来作之齐，所谓‘齐以天齐’也。其祀绝莫知起时。八神：一曰天主，祠天齐，天齐渊水居临菑南郊山下下者。二曰地主，祠泰山梁父。盖天好阴，祠之必于高山之下畤，命曰畤；地贵阳，祭之必于泽中圜丘云。三曰兵主，祠蚩尤；蚩尤在东平陆监乡，齐之西竟也。四曰阴主，祠三山。五曰阳主，祠之罘山。六曰月主，祠莱山。七曰日主，祠盛山；盛山斗入海，最居齐东北阳，以迎日出云。八曰四时主，祠琅邪：琅邪在齐东北，盖岁之所始。皆各用牢具祠，而巫祝所损益圭币杂异焉。”

从这一则看，东岳（天齐）原是齐国的上帝。假使战国的局面由齐去统一，那么，现在玉皇（或玄穷高上帝）的地位就给东岳大帝所占有了。《汉书》上说，“八神将自古而有之”，又说“其祀绝莫知起时”，可见其由来之遥远。“天齐”二字的解释，苏林注“当天中央齐也，”颜师古注“谓其象神异，如天之腹齐也。”天齐渊，师古注：“临淄城南有天齐水，五泉并出盖谓此也。”

《日知录·论东岳》云，尝考泰山之故，仙论起于周末，鬼论起于汉末。左氏《国语》未有封禅之文，是三代以上无仙论也。《史记》、《汉书》未有考鬼之说，是元、成以上无鬼论也。《盐铁论》云，古者庶人鱼菽之祭，今富者祈名岳。望山川，椎牛击鼓，戏倡舞象，则出门进香之俗已自西京而有之矣。自哀平之世而谶纬之书出，然后有如《遁甲开山图》所云泰山在左，亢父在右，亢父知生，梁父主死，《博物志》所云泰山一曰天孙，言为天帝之孙，主召人魂魄，知生命之长短者。其见于史者，则《后汉书·方术传》，许峻自云尝笃病三年不愈，乃谒泰山请命。《乌桓传》“死者神灵归赤山”，赤山在辽东西北数千里，如中国人死者魂神归泰山也。《三国志·管辂传》谓其弟辰曰：“但恐至泰山治鬼，不得治生人如何？”而古辞《怨诗行》云，齐度游四方，各系泰山录。人间乐未央，忽然归东岳。陈思王《驱车篇》云：“魂神所系属，游者感斯征。”刘桢赠《五官中郎将》诗云：“常恐游岱宗，不复见故人。”应璩《白一》诗云：“年命在桑榆，东岳与我期。”然则鬼神之兴其在东京之世乎？

我们常听见“东岳主生杀之权”一类的话，读了这一则，可见这种话头在汉魏时已然。这种话头是齐国原来有的呢？抑到了汉代方始加上去的呢？这个问题现在无从解决。但在这一则上，可以得到一个很好的证明：东岳是中国未有阎罗王时的阎罗王。阎罗王本来是从佛教中流入的。有人说阎罗即是埃及的尼罗河。埃及的宗教说好人死了受赏，恶人死了受罚，又说人的灵魂会投入畜生的胎里，过了几时再投做人，这些话都是与阎罗王法典的《玉历钞传》上的话相同，这个假定很可成立。我们知道东岳大帝是管鬼的，又知道阎罗王是管鬼的，究竟他们在权限上是否冲突？我们看道教里，把十殿阎罗塑在东岳旁的旁殿，阎罗王成了东岳大帝的下属。又看佛教里，没有东岳大帝，只有阎罗王。从此说来，一个人作了鬼，在道教的范围里要受二重的管辖，在佛教里则要只受一重的管辖。究竟一重呢？还是两重呢？这个问题，我们固然无法找一个鬼来问问，但从历史的证明上，我们可以说：阎罗王未入中国之先，鬼是东岳管的，阎罗王入了中国，鬼是阎罗王管的；但东岳的势力还在，所以阎罗王做了东岳的层属。道教本是集合各时代的信仰而成的，所以古代的东岳、后起的阎罗王，都会聚在一块。佛教没有受多大道教的同化，所以阎罗王依然保持他治鬼的主权。

东岳庙游记*

我近年来为了古史的研究，觉得同时有研究神话的必要。其一，古史的本身本来是神话，至少可以说它是带着神话性的，所以必得先了解了神话的意义，然后可以了解古史的意义。其二，古代的史书与神话本是一物，后来渐渐地分开来了；分开之后，神话依然发展，它的深入人心始终和古人的古史观念一样，不过因为不见采于史书，仿佛像衰歇似的；我们要了解古代神话的去处，要了解现代神话的由来，应当对于古今的神话为一贯的研究。

我们要研究古代的神话，有史书、笔记、图画、铭刻等等供给材料，要研究现代的神话，有庙宇、塑像、神祇、阳阴生、星相家、烧香人等等供给材料。我对于研究神话的兴趣是发生得很早的。当我七八岁时，我的祖父就把新年中悬挂的“神轴”上的神道解释给我听，所以我现在对于神道的印象中，还留着神轴的型式。这神轴上，很庄严的玉皇大帝坐在第一级，旁边立着男的日神，女有月神。很慈祥的观音菩萨是第二级，旁边站着很活泼的善财和龙女。黑脸的孔圣人是第三级，旁边很清俊的颜渊捧着书立着。第四级中的人可多了：有穿树叶衣服的盘古，有温雅的文昌帝君，有红脸的

* 本文原载《歌谣周刊》61号，1924年6月29日。

关老爷，有捧刀的周仓，有风流旖旎的八仙，又有很可厌的柳树精在八仙中混着。第五级为摇鹅毛扇的诸葛亮、捧元宝的五路财神。第六级为执令旗的姜太公、弄刀使枪的尉迟敬德和秦叔宝，伴着黑虎的赵玄坛。第七级为歪了头的申公豹，踏着风火轮的哪吒太子，捧着蟾蜍盘笑嘻嘻的和合，瞋目怒发的四金刚。第八级中是神职最小的了：有老惫的土地公公，有呆坐在井栏上的井泉童子，有替人管家务的灶君。以上所说，因为纯恃记忆，恐不免有许多错误（如神的阶级应当和官的阶级一样，分为九等，但这里我只想出八等来），但大概是不错的。这个神轴的印象在我的脑子里，确是一件很有趣味的东西。那时候听祖父的讲说，似乎觉得天地间的布置非常完美：各种的性格都有，各种的才具都有，各种的面貌也都有，使我对于宇宙的想象有丰富的愉快。后来年纪大了些，知道这些神名和神迹多半是靠不住的，我们不值得去理会，所以对它渐渐的轻蔑下来。到近来，它的价值我知道了，颇觉得有重新理会的价值了，但又牵于一切的事务，深深感受到时间缺乏的痛苦，只虚存此愿而已。

从上面的一节话看，我们要对于近代人心目中的神话，作一个粗浅的历史解释，是很容易的。我们且把这些神道分作几部分：第一部分，是中国古代原有的神，如玉皇（即上帝）、日神、月神，以至最末了的土地和灶君。第二部分，是真的人，他们有赫赫的功业和德行，只因为民众的崇拜过度，遂把他们神话化了，如姜太公、孔圣人、关老爷、诸葛亮。第三部分，是本国中边远的民族传进来的，如盘古（这一部分想来还多，只是我们不知道）。第四部分，是随了佛教而传进来的，如观音菩萨、哪吒太子、四金刚。第五部分，是本国后起的神，如赵玄坛、和合、申公豹、八仙。我们若能做一番详细的考查,一一寻出他们的出处,再排出他们的先后,真是非常的有趣,真不知可以帮助我们了解古人的古史观念到怎样的程度。

道教本来是一个杂糅各种神道的宗教,无论什么东西它都可以容纳。要是基督教进来得早一点,我敢说基督在道教里的地位一定可以和孔子相等。这只要看现在承受道教的正统思想的世界宗教大同会就可见。所以道教真是一个只有崇拜,没有思想的宗教。道教的经典我现在尚未能看,只是从苏州的玄妙观、北京的东岳庙领略一个道教的大意。这两个地方都是神道的总汇处。现在先说玄妙观。玄妙观在苏州城的中心,是宋朝时造的,占有很大的地方,有两个大殿,许多庙宇。前面的大殿是三清殿,石筑的露台拥着七楹的高殿,大有太和殿的气概。后边是弥罗宝阁,现在烧了,记得幼时去过,看见七楼七底之中塑着无数的神像。大殿的东边,是东岳殿、火神殿、财神殿、三官殿、祖师殿、机房殿、斗姆宫。大殿的西边是雷祖殿。大殿的后边是蓑衣真人殿、李祖师殿和方丈。这许多殿的里边,还有无数小殿,总一个玄妙观计算,房屋当不在三千间以下,我每走过这地,总觉得这是一个宗教史的宝藏,它正候着我们去发掘和研究。只是我太不能干,又没有空闲,又没有同志,这个宝藏只是空空地鼓动我的歆羡之心!

北京的东岳庙的规模固然不能及玄妙观大,但至少可以说是北京人的迷信的总汇。他们的生活上无论起了何种的不安,或生了何种的要求,都可以到东岳庙里去请求解决。我自从在本刊上发表了《乐岳庙的七十二司》一文之后,总想再到朝阳门外去看一次,做较精密的调查。阴历四月二十八日,是神仙生日,沈兼士先生说那天东岳庙有庙会,庙会日子是各殿洞开的,我就和我的同事胡文玉、刘澄清二先生前往参观。哪知一到庙门口,依然冷清清的，这天并没有庙会。我们就把殿宇的匾额抄了出来，画成两个草图，于是我知道七十二司的数目是错的，应当是七十六司。于是我可以修正上一次的分类了：

甲、人事：

正直　忠孝　修功德　子孙　长寿　积财　悯众　施药　放生　官职　曹吏　看经　斋僧道　僧道　三月长斋　较量　阴谋　欺昧　举意　行污　杀生　堕胎落子　词状　宿业疾病　苦楚　黄病　枉死　忤逆　贼盗　掠剩　财物　毒药

乙、自然界：

胎生　卵生　湿生　化生　畜生　飞禽　水府　水族

丙、神怪：

风伯　城隍　土地　真官土地　门神　山神　山林鬼神　无主孤魂　魍魉　精怪

丁、阴司：

行雨地分　地狱　所生贵贱　注生贵贱　生死　十五种善生　十五种恶死　勾生死　催行　引路　促寿　索命　行瘟疫　见报　速报　恶报　善报　生死勾押推勘　取人　还魂　追取罪人照证　增延福寿　注福　都察　推勘　磨勘　都签押

这四个类是我们勉强分的，在他们的意想中决不是那么一回事。我们以为鬼、神、人、物应当分开，但他们必然以为宇宙是混然的一体，不能分的。我们以为分类应当立了一个纲领，再事支分缕析，但他们哪能懂得这个！所以用我们的眼光去批评他们，他们的罅隙就显著得可笑了。人事中,“婚姻”和“行旅”是何等的大事,但他们却没有。自然界中,“五谷”和“树木”是何等的需要,但他们也没有。既然有了“三月长斋”,何以没有“终身长斋”?既然有了“胎生”、“卵生”,何以又有“畜生”、“飞禽”?“山神”之与“山林鬼神”、“土地”之与“真官土地”有什么的区别?最可笑的,既有“所生贵贱”,又有“注生贵贱”,难道所生贵贱司中是没有注册的吗?死的一方面,似乎重叠的太多了:有“促寿”,有“取人”,有“催行”,有“引路”,有“生死”,有“十五种恶死”,有“勾生死”,有“生死勾押推勘”,不知它们的权限是怎样分法?至于生只有“十五种善生”而无“十五种恶生”,死只有“十五种恶死”而无“十五种善死”,不知他们又作如何解释?总结一语,这七十六司乃是人类贪生恶死的心理的表现,可怜它表现得太卑怯了!

各司门口均钉有木牌,说明大意。别的来不及抄,只抄得善生恶死的说明。今转录于下:

甲、十五种善生:

1. 所生之处常逢善王。
2. 常生善国。
3. 常值好时。
4. 常逢好友。
5. 身报常得具足。
6. 道心纯熟。
7. 不犯禁戒。
8. 所有眷属恩义和顺。
9. 资具财食常得丰足。

10. 恒得他人恭敬扶接。

11. 所有财宝无他劫夺。

12. 意欲所求皆悉成遂。

13. 龙天善神恒常拥卫。

14. 所生之处见佛闻法。

15. 所闻正法悟甚深义。

乙、十五种恶死:

1. 饥恶困苦死。

2. 枷禁杖楚死。

3. 冤家仇对死。

4. 军阵相杀死。

5. 虎狼恶兽残害死。

6. 毒蛇蚖蝎所中死。

7. 水火焚漂死。

8. 毒药所中死。

9. 蛊毒害死。

10. 狂乱失念死。

11. 山树崖岸坠落死。

12. 恶人厌魅死。

13. 邪神恶鬼得便死。

14. 恶病缠身死。

15. 非分自害死。

这种对于生死的态度,只有贪婪和卑怯,把愚人的要求写得很清楚了。我上一次的文中,疑阜财神殿和广嗣宝殿原是财帛司和子孙司升上去的。现在知道不然。两庑原有积财司与子孙司，这或者是因为两司的香火盛，所以特别造这两司以应需要，而原来的司并不撤销，这两个殿里，匾额非常得多，只因殿门锁着，未得点数，其余七十六司的匾额数目如下：

(1)官职——69　　(2)长寿——25

(3)增延福寿——21　　(4)宿业疾病——19

(5)曹吏——5　　(6)积财——4

(7)还魂——3　　(8)放生——3

(9)子孙——1

匾额最多的两个司是"见报"和"速报"。别的司都敞着，只有这两司是闭门加锁。我们把两司门外的匾额数着，见报司已有十五方，速报司已有十七方。这可见里面匾额之多了。我们问看守的人："到这两司烧香的，为的是甚么？"他说："凡有失掉财物的人，或是被人冤屈的人，都到见报司烧香，若要报得快一点，就加烧速报司的香。"我们笑道："烧见报司的香是寄平常信，加烧速报司的香是在平信邮资之外加贴邮票寄快信。只是见报司的司官，他必然因为另有速报司，不肯把他的公事快办了！"

每一司的门口都有一个铁制的香炉，但不全是同时代所制造的。铸得最多的人是明神宗的母亲。上面刻着"大明圣母慈圣皇太后李圣诚造，万历岁次己酉孟夏吉日，慈宁宫管事提督太监王臣呈奏"，又有"万历甲寅，信女成国夫人朱明常氏喜舍"的炉子。

我们把七十六司游了一周，时间已不早了，即到各处匆匆地走一遭。里边值得注意的，有玉皇阁底下的娘娘殿，寝宫东面的正一殿，及西院的月下老人祠。娘娘殿中有九位娘娘，有的是送子的，有的是管痘花的，惜门锁着，否则可以看看他们对于妇人的观念的全部。正一殿中居中的是张天师，天师左边是大成正圣（孔子），天师的右边是药王，这也不知有何意义。月下老人祠是很小的一间屋子，但挂了四十余方的匾额，已不能再加挂了。上边的联语，依然是西湖上的“愿天下有情人都成了眷属，是前生注定事莫错过姻缘”。

这一次所得，大略如此，所有不详细的地方，且等着将来的“三探”吧。

1924年6月25日

顾颉刚先生学术年表*

1893 年(光绪十九年)

5 月 8 日(农历癸巳年三月二十三日)出生于苏州。

1894 年(光绪二十年)

祖父教识方块字。

1895 年(光绪二十一年)

母亲教读《三字经》、《千字文》,写描红字。

1896 年(光绪二十二年)

叔父教读《诗品》。

1897 年(光绪二十三年)

叔父教读《天文歌略》、《地球韵言》、《读史论略》等书。

1898 年(光绪二十四年)

听祖父讲苏州掌故旧闻,得到了初步的历史的认识。

先从叶某读《大学》,后从顾介石读《中庸》。翻览《万国史记》、《泰西新史揽要》、《万国演义》等。

1899 年(光绪二十五年)

从顾介石师。

---

* 本年表由王煦华撰写,范猛整理。

1900 年(光绪二十六年)

从顾介石读《论语》、《孟子》。读《左传》。深思好疑,曾积零碎材料自成"古史"一篇。课余阅《三国演义》。

1901 年(光绪二十七年)

从张承胪读《诗经》,师赞其悟性甚好。

1902 年(光绪二十八年)

从陆惠刚读《左传》。从陆颂侯读《东莱博议》。从孙延管读《读史论略》、《学堂日记》。

1903 年(光绪二十九年)

从胡耿侯读《左传》。读《古文翼》。始作文,首篇《赵盾弑君论》颇有可取处。购《西洋文明史要》,购书自此始。

1904 年(光绪三十年)

继续读《古文翼》。博览群书,喜读梁启超、蔡元培文章,颇受其文风影响。读《天演论》等反封建之书,喜议论时事。读《纲鉴易知录》。

1905 年(光绪三十一年)

从包叔馀读《礼记》,因善作论时事文颇获赞誉。所作《送江督文》、《近代官吏论》,为师所称赞。

1906 年(光绪三十二年)

以《徵兵论》第一名入元吴高等小学。泛览《二十二子》、《汉魏丛书》。受《国粹学报》影响,有志于国学,深服章炳麟。

1907 年(光绪三十三年)

自读《唐诗三百首》、《六朝文絜》。

1908 年(光绪三十四年)

入苏州公立中学就读。与叶圣陶等组织诗社,作诗、习字,互相唱和。

1909 年(宣统元年)

始作笔记。从祖父读《尚书》、《周易》、《礼记》。有志于辨别《虞书》、《夏书》之真伪,积极搜罗材料。

1910 年(宣统二年)

报考江苏存古学堂,未取。与叶圣陶等编《哀思录》。

1911 年(宣统三年)

组织"国学研究会",油印《艺兰要诀》等研究会丛书。

1912 年

加入中国社会党,任支部文书。主编《学艺日刊》。入上海神州大学,后因事退学。

撰《社会主义与国家观念》(刊于《社会党日刊》1912 年 3 月 18 日),《妇女与革命》(刊于《妇女时报》第 6 号,1912 年 5 月)。

1913 年

入北京大学预科二部,努力研习德文。听学于章炳麟,成《化石停车记》。

撰《〈新世潮〉序》(钞本,不知刊否)。

1914 年

入预科一部,深受马裕藻、沈兼士影响,读书甚勤。

辑录《名伶剧谱》一册(未刊)。撰《〈古今伪书考〉跋》(刊于《古史辨》第 1 册上编)。撰《寒假读书记》附《东斋十日记》一册。

1915 年

读《新学伪经考》,编《学术文钞》。

撰《乙舍读书记》二册、《馀师录》六册。

1916 年

考入北京大学文科中国哲学门。

撰《清代著述考》手稿二十册(未刊)。

1917 年

上章士钊逻辑课。

撰《民国教育宗旨解释》(稿本未刊),《上北京大学图书馆书》(刊于《北京大学日刊》第82—87、89—93 号)。撰《敝帚集》五册、《西斋读书记》二册。

1918 年

撰《致傅孟真信》(刊于《新潮》第 1 卷第 3 号),《对于旧家庭的感想》(刊于《新潮》第1 卷第2 号、第2 卷第4—5 号)。撰《膏火书》一册。

1919 年

搜集吴歌、方言、谚语、唱本、风俗、宗教等各种材料。上梁漱溟"印度哲学"、蒋梦麟"教育学"课。

撰《中国近来学术思想界的变迁观》(刊于《中国哲学》第 11 辑)。撰《寄居录》二册。

1920 年

毕业于北京大学文科中国哲学门。读胡适之《水浒序》。被选为新潮社编辑。受聘为图书馆编目。始点读《古今伪书考》。

撰《〈庄子·外、杂篇〉著录考》(刊于《古史辨》第1 册下编),《重编中文书目的办法》(刊于《北京大学日刊》第693 号),《图表编目意见书》(刊于《北京大学日刊》第743 号),撰《答〔胡适〈询姚际恒著述书〉〕书》、《答〔胡适〈嘱点读《伪书考》书〉〕书》、《〔与胡适〕告拟作〈伪书考〉跋文书》、《答〔胡适〈告拟作《伪书考》长序书〉〕书》、《论〈朱柏山房丛书〉及〈庄子·内书〉书》(以上均刊于《古史辨》第1册上编)。

1921年

在北京大学图书馆任编目员。用《颉刚日程》记日记、阅《崔东壁遗书》。拟编《辨伪丛刊》,着手搜集材料。读胡适《红楼梦考证》,与胡适、俞平伯讨论相关问题。辑录《诗辨妄》,研究《诗经》和搜集郑樵的事实。

撰《〔与钱玄同〕论〈辨伪丛刊〉分编分类书》、《〔与胡适〕论伪史及〈辨伪丛刊〉书》、《〔与钱玄同〕论辨伪工作书》、《〔与胡适〕论伪史例书》、《〔与钱玄同〕答编录〈辨伪丛刊〉书》、《〔与王伯祥〕自述整理中国历史意见书》、《〔与胡适〕论〈通考〉对于辨伪之功绩书》、《答〔胡适论〈辨伪丛刊〉体例书〕书》、《〔与钱玄同〕论孔子删述〈六经〉说及战国著作作伪书书》(以上均刊于《古史辨》第1册上编),撰《北京大学"古器文"书目》手稿一册(未刊),《与适之先生讨论〈红楼梦〉信札》(编者改题为《〈红楼梦〉讨论通信》,刊于《中华文史论丛》1981年第4辑),《与平伯讨论〈红楼梦〉信札》(编者改题为《俞平伯和顾颉刚讨论〈红楼梦〉的通信》,刊于《红楼梦学刊》1981年第3辑)。校点《子略》(1928年9月北平朴社出版)。辑点《诗辨妄》(1933年7月北平朴社出版)。

1922年

为商务印书馆编辑教科书,并担任商务印书馆编译所编辑。始标点《崔东壁遗书》。

撰《〔与胡适〕告辑集郑樵事实及著述书》、《〔与钱玄同〕论〈诗经〉歌词转变书》、《〔与胡适〕告编著〈诗辨妄〉等三书书》、《〔与胡适〕论郑樵与北宋诸儒的关系书》(以上均刊于此后出版的《古史辨》第1册上编)，撰《〔与胡适〕论〈诗序〉附会史事的方法书》(刊于《古史辨》第3册下编)，《郑樵著述考》上(刊于《国学季刊》第1卷第1号)，撰《〈非诗辨妄〉跋》(刊于《北京大学研究所国学门周刊》第6期、《诗辨妄》附录一)，《郑樵传》(刊于《国学季刊》第1卷第2号)，《我们对于国故应取的态度》(刊于《小说月报》第14卷第1号)。作《纂史随笔》三册。

1923年

任商务印书馆编辑。与叶圣陶合编国语教科书。与郑振铎等筹备组织朴社。所撰"层累地造成的中国古史"观引起大讨论。《崔东壁遗书》全部第一次整理完成。

撰《诗经的厄运与幸运》(刊于《小说月报》等14卷第3—5号、《小说月报丛刊》第4集、《古史辨》第3册下编〔改题《〈诗经〉在春秋战国间的地位》〕)，《〔与钱玄同〕论〈诗经〉经历及老子与道家书》(刊于《古史辨》第1册上编)，《与钱玄同先生论古史书》(刊于《努力周报增刊·读书杂志》第9期、《史地学报》第3卷第1—2期合刊、《古史辨》第1册中编)，《郑樵著述考》下(刊于《国学季刊》第1卷第2号)，《〈红楼梦辨〉序》(刊于本书书首)，《元曲选叙录》(刊于《文学旬刊》第72、74、78、90期)，《〔与胡适〕论今文尚书著作时代书》(刊于《古史辨》第1册下编)，《记杨惠之塑罗汉像——为一千年前的美术品呼救》(刊于《努力周报》第59期)，《答刘胡两先生书》(刊于《努力周报增刊·读书杂志》第11期、《史地学报》第3卷第1—2期合刊、《古史辨》第1册中编)，《讨论古史答刘胡二先生》(刊于《努力周报增刊·读书杂志》第12、14—16期、《史地学报》第3卷第3、4、6期(第6节未转载)、《古史辨》第1册中编)，《答〔郭绍虞先生论孔门学风只有务外主内两派书〕书》(刊于《民铎杂志》第4卷第4号、《古史辨》第2册中编),《〈水浒后传〉的著者陈忱》(刊于《努力周报增刊·读书杂志》第17期),《答〔朱鸿寿〈询《野有蔓草》的赋诗义书〉〕书》(刊于《小说月报》第14卷第11号、《古史辨》第3册下编),《〈孟姜女故事的转变〉跋》(刊于《孟姜女故事研究集》第2册),《杨惠之的塑像》(1)、(2)(刊于《小说月报》第15卷第1号),《复舒大桢先生〈我对于研究歌谣的一点小小意见〉的信》(刊于《歌谣周刊》第38号),《从〈诗经〉中整理出歌谣的意见》(刊于《歌谣周刊》第39号、《古史辨》第3册下编)。校点完毕《诗经通论》(1958年12月中华书局出版)。

1924年

任北京大学研究所助教。编辑《国学季刊》、《歌谣周刊》。重标《崔东壁遗书》。兼任孔德学校教员,为编《国史讲话》。召开歌谣会,定其所集吴歌为专集第一种。在北京重新组织朴社。编《孟姜女专号》,作《孟姜女故事的转变》。推荐王国维入清华。

撰《〔与丁文江〕询〈禹贡〉伪证书》、《〔与丁文江〕论禹治水故事书》(刊于《古史辨》第1册下编),《东岳庙的七十二司》(刊于《歌谣周刊》第50号),《整理国史非空言所能为》手稿(不知刊否),《方言标音实例:苏州音》(林玉堂标音,刊于《歌谣周刊》第55号),《一个"全金六礼"的总礼单》(刊于《歌谣周刊》第56号、《苏粤的婚丧》),《一个光绪十五年的"奁目"》(刊于《歌谣周刊》第58号),《中国学术年表说明书》(刊于《北京大学日刊》第1506号、《民铎杂志》第3卷第3号、《晨报副刊》第152号、《东方杂志》第21卷第14期、《学灯》1924年7月16日),《吴歌甲集》(刊于《歌谣周刊》第64—68、70—72、74、77—78、80—81、84号,1926年7月由北京大学研究所国学门歌谣研究会出版),《古史杂论序》(刊于

《语丝》第 2 期),《纣恶七十事发生的次第》(刊于《语丝》第 2 期、《古史辨》第 2 册上编),《宋王偃的绍述先德》(刊于《语丝》第 6 期、《古史辨》第 2 册上编)。

1925 年

继续编辑《国学季刊》、《歌谣周刊》、《孟姜女专号》、《国史讲话》。兼任孔德学校教员,为其整理蒙古车王府曲本。

撰《盘庚中篇的今译》(刊于《语丝》第 11 期、《古史辨》第 2 册上编),《论古史研究答李玄伯先生》(刊于《现代评论》第 1 卷第 10 期、《古史辨》第 1 册下编〔改题《答李玄伯先生》〕),《春秋与孔子》(刊于《北京大学研究所国学门周刊》第 1 期、《古史辨》第 1 册下编〔改题《答〈钱玄同论春秋性质书〉书》〕),《杞梁妻的哭崩梁山》(刊于《歌谣周刊》第 86 号、《孟姜女故事研究集》第 2 册),《盘庚上篇今译》(刊于《北京平民中学半月刊》第 1—2 期、《国立中山大学语言历史学研究所周刊》第 1 集第 8—9 期、《古史辨》第 2 册上编),《孟姜女十二月歌与放羊调》(刊于《歌谣周刊》第 90 号、《孟姜女故事研究集》第 2 册),《招魂与大招》(刊于《小说月报》第 16 卷第 5 号),《杞梁妻哭崩的城》(刊于《歌谣周刊》第 93 号、《孟姜女故事研究集》第 2 册),《虞初小说回目考释》(刊于《语丝》第 31 期、《史学年报》第 3 期),《〈吴歌甲集〉自序》(刊于《歌谣周刊》第 97 号、《文学周报》第 188 期、《吴歌甲集》),《〈孟姜女故事的歌曲甲集〉弁言》(刊于本书书首、《南洋日报六周年纪念特刊 · 椰子集》),《孟姜女故事的歌曲甲集》(1925 年 9 月北京大学研究所国学门歌谣研究会出版),《〈金滕〉篇今译》(刊于《语丝》第 40 期、《古史辨》第 2 册上编),《答〔钱玄同论庄子真伪〕书》(刊于《古史辨》第 1 册下编),《上海商务印书馆五卅增刊事件》(刊于《京报副刊》1925年9月20日《救国特刊》第14期),《孟姜女故事研究的第二次开头》(刊于《北京大学研究所国学门周刊》第1期、《孟姜女故事研究集》第2册),《范杞梁的死法》(刊于《北京大学研究所国学门周刊》第2期、《孟姜女故事研究集》第2册),《歌谣中标字的讨论弁言》(刊于《吴歌甲集·附录》),《国史讲话》(1925年10月孔德学校排印),《吴声恋歌》(刊于《语丝》第54期),《唐代的孟姜女故事的传说》(刊于《中华文史论丛》1982年第3辑),《答柳翼谋先生〔论以说文证史必先知说文之谊例〕》(刊于《北京大学研究所国学门周刊》第15—16期、《古史辨》第1册下编),《论诗经所录全为乐歌》(刊于《北京大学研究所国学门周刊》第10—12期、《古史辨》第3册下编)。

1926年

编辑《北京大学研究所国学门周刊》。兼孔德学校教员,为其整理蒙古车王府曲本。《崔东壁遗书》大致编完。为日本《改造杂志》撰《苏州的歌谣》一文。在华文学校讲《秦汉统一的由来和战国人对于世界的想象》。《古史辨》第一册出版。赴厦门大学任教,开经学专书研究课。与林幽等发起成立风俗调查会。

校点《诸子辨》(朴社出版,刊于《古籍考辨丛刊》第1集)。《古史辨》第1册由朴社出版。撰《北京大学研究所国学门周刊一九二六年始刊词》(刊于《北京大学研究所国学门周刊》第2卷第13期),《〈庄子外、杂篇著录考〉案语》(刊于《古史辨》第1册下编),《瞎子断扁的一例——静女》(刊于《现代评论》第3卷第63期、《白屋说诗》、《古史辨》第3册下编),《邶风静女篇的讨论》(刊于《语丝》第74期、《白屋说诗》、《古史辨》第3册下编〔改题《〈关于《瞎子断扁的一例——静女》的异议〉答书》〕),《〈古史辨〉第一册自序》(刊于此书书首),《孟姜女故事研究》(刊于《现代评论》第二周年纪念增刊、《孟姜女故事研究集》第1册),《秦汉统一的由来和战国时人对于世界的想象》(刊于《孔德学校旬刊》第34期、《国立中山大学语言历史学研究所周刊》第1集第1期、《古史辨》第2册上编),《苏州的歌谣》(刊于《民俗周刊》第11—12期合刊),《杨惠之塑像续记》(刊于《现代评论》第4卷第82期),《〈诸子辨〉序》(刊于本书书首、《古籍考辨丛刊》第1集)。撰《北京孔德学校图书馆所藏蒙古车王府曲本分类目录》(刊于《孔德月刊》第3—4期),《春秋时代的孔子和汉代的孔子》(刊于《厦门大学国学研究院周刊》第160—161期、《国立中山大学语言历史学研究所周刊》第1集第5期、《古史辨》第2册中编),《问〔程憬〕孔子学说何以适应于秦汉以来的社会书》(刊于《古史辨》第2册中编),《〈诸子辨〉再版弁言》(刊于本书书首),《论孔子学说何以适应于秦汉以来的社会书的缘故(一):顾颉刚与傅斯年书》(刊于《国立中山大学语言历史学研究所周刊》第1集第6期、《古史辨》第2册中编〔改题《问孔子学说何以适应于秦汉以来的社会书》〕),《泉州的土地神》(刊于《厦门大学国学研究院周刊》第1卷第1—2期、《民俗周刊》第2—3期),《红枪会与八卦教》(刊于《语丝》第65期)。

1927年

厦门大学任教,编《厦门大学国学研究院周刊》。在杭州、上海搜集大量图书、碑帖。任中山大学史学系教授兼主任,开“上古史”等课程。编《国立中山大学语言历史学研究所周刊》,组织“中山大学民俗学会”。

撰《尚书讲义第一编序》(抄本未刊),《天后》(刊于《民俗周刊》第41—42期合刊),《读李崔二先生文书后》(刊于《国立中山大学语言历史学研究所周刊》第1集第11—12期合刊、《古史辨》第2册上编),《〈粤风〉序》(刊于《新生周刊》第1卷第13期、本书书首、《南洋日报六周年纪念特刊——椰子集》),《〈国立第一中山大学语言历史学研究所周刊〉发刊词》(刊于本刊第1集第1期),《二十四孝》(刊于《新生周刊》第1卷第24—25期合刊)。

1928年

继续在中山大学讲"上古史"等课程。编《国立中山大学语言历史学研究所周刊》和《民俗周刊》。与傅斯年等筹办历史语言研究所。

《苏粤的婚丧》(与刘万章合编)由国立中山大学语言历史学研究所出版。《孟姜女故事研究集》第1—3册由国立中山大学语言历史学研究所出版。撰《吴歌丙集》(刊于《民间文艺》第11—12期合刊),《答钟国楼论〈十三经〉、书籍分类与书目学书》(刊于《国立中山大学语言历史学研究所周刊》第6集第72期),《〈民俗学会小丛书〉弁言》(刊于《苏粤的婚丧》书首),《〈孟姜女故事研究集〉自序》(刊于《民俗周刊》第1期、《孟姜女故事研究集》第1册),《〈民俗〉发刊词》(刊于《民俗周刊》第1期),《清代著述考小引》(刊于《国立中山大学图书馆周刊》第1卷第1期),《清代著述考》(与马太玄、陈槃合辑,刊于《国立中山大学图书馆周刊》第1卷第1—6期、第2卷第1—6期、第3卷第1、2、5期、第4卷第3、4期、第5卷第1—3、5—6期、第6卷第5—6期合刊、第7卷第1—6期),《答何定生询〈山海经〉书》(刊于《国立中山大学语言历史学研究所周刊》第2集第21期),《圣贤文化与民众文化》(刊于《民俗周刊》第5期、《岭南大学学术论文集》),《答李萌光论鲧的传说变迁书》、《答彭炜棠论巡狩与封禅书》(刊于《国立中山大学语言历史学研究所周刊》第6集第72期),《答夏廷械论研究〈庄子〉里的孔子方法书》(刊于《国立中山大学语言历史学研究所周刊》第2集第23期),《广州儿歌甲集序》(刊于《民俗周刊》第17—18期合刊、本书书首),《〈民俗学问题格〉序》(刊于本书书首、《民俗周刊》第19—20期合刊),《〈孟姜女故事研究集〉第三册自序》(刊于本书书首),《论康有为辨伪之成绩》(刊于《国立中山大学语言历史学研究所周刊》第11集第123—124期合刊),《〈苏州风俗〉序》(刊于《民俗周刊》第21—22期合刊、本书书首),《毛诗序之背景与旨趣》(刊于《国立中山大学语言历史学研究所周刊》第10集第120期、《古史辨》第3册上编),《〈闽歌甲集〉序》(刊于《民俗周刊》第23—24期合刊、本书书首),《〈迷史〉序》(刊于本书书首、《民俗周刊》第23—24期合刊〔改题《关于迷史》〕),《天问》(刊于《国立中山大学语言历史学研究所周刊》第11集第122期),《阮元明堂论》(刊于《国立中山大学语言历史学研究所周刊》第11集第121期),《〈两广地方传说〉序》(刊于《文学周报》第337期),《〈广州谜语〉序》(刊于本书第1集书首),《东莞城隍庙图》(刊于《民俗周刊》第41—42期合刊)。

1929年

所编初中本国史教科书为国民党教育部查禁。任燕京大学国学研究所研究员兼历史学系教授,开中国上古史研究课。

校点《四部正伪》(9月北平朴社出版,刊于《古籍考辨丛刊》第1集)。撰《〈台山歌谣集〉序》(刊于《民俗周刊》第49—50期合刊、本书书首),《致选修三百年来思想史诸同学书(代序)》(刊于《桂学答问》),《本部〔中大图书馆旧书整理部〕所藏善本图书目录》(与黄仲琴合编,刊于《国立中山大学图书馆周刊》第6卷第

1—4 期合刊),《〈福州歌谣甲集〉序》(刊于《民俗周刊》第 49—50 期合刊、本书书首),《〈民俗周刊传说专号〉序》(刊于《民俗周刊》第 47 期),《〈国立中山大学语言历史学研究所年报〉序》(刊于《国立中山大学语言历史学研究所周刊》第 6 集第 62—64 期合刊),《〈泉州民间传说〉序》(刊于《民俗周刊》第 67 期、此书书首),《〈湖南唱本提要〉序》(刊于《民俗周刊》第 64 期、此书书首),《〈纪元通谱〉序》(刊于《国立中山大学语言历史学研究所周刊》第 7 集第 80 期),《〈四部正伪〉序》(刊于本书书首、《古籍考辨丛刊》第 1 集),《〈辨伪丛刊〉缘起》(刊于《辨伪丛刊》中《四部正伪》、《诗疑》、《古今伪书考》等书末尾),《〈潘博山藏黄尧圃所校贾谊新书〉跋》(稿本未刊),《〈文澜阁目索引〉序》(刊于《燕大月刊》第 6 卷第 2 期),《孔子事实的变迁》(稿本未刊),《周易卦爻辞中的故事》(刊于《燕京学报》第 6 期、《古史辨》第 3 册上编),《四记杨惠之塑像》(刊于《燕大月刊》第 5 卷第 3 期、《国立中山大学语言历史学研究所周刊》第 10 卷第 117 期)。

1930 年

继续在燕京大学开中国上古史研究课,主编《燕京学报》。被北平研究院聘为史学研究会会员兼北平志编辑委员。

校点《诗疑》、《古今伪书考》(3 月景山书社出版,刊于《古籍考辨丛刊》第 1 集)。编完《古史辨》第二册(9 月北平朴社出版)。撰《论易系辞传中观象制器的故事》(刊于《燕大月刊》第 6 卷第 3 期、《古史辨》第 3 册上编),《关于祝英台故事的戏曲》、《华山畿与祝英台》(刊于《民俗周刊》第 93—95 期合刊),《五记杨惠之塑像》(刊于《燕大月刊》第 5 卷第 4 期、《国立中山大学语言历史学研究所周刊》第 10 集第 118 期),《启与太康》(未毕,稿本未刊),《重刻

〈诗疑〉序》（刊于本书书首、《睿湖》第2期、《古史辨》第3册下编、《古籍考辨丛刊》第1集），《校点〈古今伪书考〉序》（刊于本书书首、《史学年报》第1卷第2期、《古籍考辨丛刊》第1集），《论易经的比较研究及彖传与象传的关系》（刊于《古史辨》第3册上编），《五德终始说下的政治与历史》（刊于《清华学报》第6卷第1期、《古史辨》第5册下编），《洪水之传说及治水等之传说》（刊于《史学年报》第1卷第2期），《层累地造成的传经系统小叙》（稿本未刊），《〈古史辨〉第二册自序》（刊于此书书首），《〈北平歌谣续集〉序》（刊于此书书首），《胡适〈论观象制器的学说书〉跋》（刊于《古史辨》第3册上编）。

1931 年

始研究《尧典》的著作时代问题。开《尚书》研究课并编讲义。

编完《古史辨》第三册（11月北平朴社出版）。撰《跋钱穆〈评五德终始说下的政治和历史〉》（刊于《大公报·文学副刊》第171期、《古史辨》第5册下编），《〈苏州唱本叙录〉序》、《苏州唱本叙录》（刊于《开展月刊》第10—11期合刊、《民俗学集镌》第1辑），《〔〈论商颂的年代〉〕案语》（刊于《古史辨》第3册下编），《关于汉武帝的十三州问题答谭其骧书》（刊于燕京大学《尚书研究讲义第3册附录》、《复旦学报》（社会科学版）1980年第3期），《〈古史辨〉第三册自序》（刊于本书书首），《〈管子集注〉序》（刊于《图书馆学季刊》第5卷第3—4期合刊）。撰《尚书研究讲义第一册（丙种之一）》、《尚书研究讲义第二册（戊种一至四）》。

1932 年

借钞崔永安家藏《仪礼通论》。在燕京大学、北京大学续开“尚书研究”课。出席北平史学会、北平志编纂委员会。

校点《禹贡》（刊于《尚书研究讲义》甲种之三、《说文月刊》第4卷合订本〔吴稚晖先生八十大庆纪念专号，改题《校点尚书禹贡篇》〕），《周礼正义·夏官职方氏》（刊于《尚书研究讲义》乙种三之一、二）。撰《九族问题（答张福庆书）》（刊于《清华周刊》第37卷第9—10期合刊、《张季善遗著》附、燕京大学《尚书研究讲义》第3册附录），《从〈吕氏春秋〉推测〈老子〉之成书年代》（刊于《史学年报》第1卷第4期、《古史辨》第4册下编），《周汉风俗和传说琐拾——读〈吕氏春秋〉及〈淮南子〉笔记》（刊于《民俗学集镌》第2集），《序〈西藏恋歌集〉》（刊于《民间月刊》第2卷第1期），撰《冀州境界问题》、《兖州境界问题》、《青州境界问题》、《徐州境界问题》、《扬州境界问题》、《荆州境界问题》、《豫州境界问题》（以上分别刊于《尚书研究讲义》丙种三之一、二、三、四、五、六、七），《〈春树闲钞〉跋》（抄稿），《书古文训中之禹贡》（刊于《尚书研究讲义》甲种之二、三），《〈初日楼诗驻梦词合刊〉跋》（刊于本书书首）。

1933 年

继续在燕京大学、北京大学续开“尚书研究”课。在燕京大学开“春秋战国史”课。欲在学校中开“通俗文学习作”课程，作唱本、戏剧、小说、大鼓书。

辑点《诗辨妄》（7月北平朴社出版），《书序辨》（10月北平朴社出版，收入《古籍考辨丛刊》第一集〔1955年11月中华书局〕）。校点并附辑录《左氏春秋考证》（7月北平朴社出版，收入《古籍考辨丛刊》第一集〔1955年11月中华书局〕）。校点《尚书注疏·禹贡》（刊于《尚书研究讲义》甲种三之三、《禹贡》半月刊第7期卷第1—3期〔改题《读〈尚书·禹贡〉篇之伪孔〈传〉与孔氏〈正义〉》〕）。编订《崔东壁遗书》（1936年6月上海亚东图书馆出版）。撰《〈古史辨〉第四册序》(刊于《古史辨》第4册),《五德终始说残存材料表》(刊于《清华周刊》第39卷第8期、《行素杂志》第1卷第1期、《古史辨》第5册),《燕京大学引得编纂处的引得》(刊于《图书评论》第1卷第9期),《〈辑录历代对于郑樵诗说之评论记〉案语》(刊于《诗辨妄》附录四),《汉代史第三编》(1933年燕京大学排印;后改名《汉代学术史略》,1935年上海亚细亚书局排印,1936年4月上海中国文化服务社再版;建国后改名《秦汉的方士与儒生》,1955年3月上海群联出版社修正版),《九州之说是怎样来的?》(刊于《尚书研究讲义》丁种三之二),《州与岳的演变》(刊于《史学年报》第1卷第5期、《方志月刊》第7卷第3期),《粤风的前身》(刊于《民间月刊》第2卷第8号),《题甫里殷氏藏文征明书卷》(抄稿未刊),《〈封氏闻见记校证〉序》(刊手本书书首),《〈明史纂修考〉序》(刊于本书书首),《〈尚书注疏·禹贡〉按语》(刊于《尚书研究讲义》甲种三之三,《禹贡》半月·刊第7卷第1—3期〔改题《读〈尚书·禹贡〉篇之伪孔〈传〉与孔氏〈正义〉》〕)。

1934年

在燕京大学、北京大学续开"尚书研究"课。决定创办禹贡学会。《禹贡半月刊》出版。被聘为故宫博物院理事。

编完《古史辨》第五册(1935年1月北平朴社出版)。校点《山歌》(1935年9月上海传经堂出版)。撰《春秋战国史讲义第一编民族与疆域》(1934年1月燕京大学排印),《五藏山经试探》(刊于《史学论丛》第1期),《古史中地域的扩张》、《写在〈薮泽表〉的后面》(刊于《禹贡半月刊》第1卷第2期),《两汉州制考》(刊于《庆祝蔡元培先生65岁论文集》),《说丘》(刊于《禹贡半月刊》第1卷第4期),《滦州影戏》(刊于《文学》第2卷第6期),撰《读〈风俗通义·山泽〉篇》、《读〈释名·释地〉以下六篇》、《读〈广雅·释地〉以下四篇》（以上均刊于《尚书研究讲义》），撰《读〈尔雅·释地〉以下四篇》（刊于《尚书研究讲义》、《史学年报》第2卷第1期），《题敦煌千佛洞壁画留真》（刊于《文史杂志》第5卷第7—8期合刊），《〈宋元南戏百一录〉序》（刊于此书书首、《浙江省立图书馆馆刊》第4卷第3期），《从地理上证今本尧典为汉人作》（刊于《禹贡半月刊》第2卷第5期），《〈万德懿时论集〉序》（抄稿），《〈清代燕都梨园史料集〉序》（刊于此书书首），《尧典著作时代问题之讨论》（刊于《禹贡半月刊》第2卷第9期），《〈史〉、〈汉·儒林〉及〈释文·叙录〉传经系统异同表》（刊于《古史辨》第5册），《〈古史辨〉第五册自序》（刊于此书书首），《王思任拟歌谣》、《昆曲流行秦晋》、《梁章钜记秦腔》、《北平说书分类》（刊于《文学季刊》）。

1935 年

仍任燕京大学历史学系教授、北京大学讲师。开"春秋史"课。被北平研究院聘为史学研究会历史组主任。被教育部聘为国语推行委员会委员。

撰《〈禹迹图〉说》（刊于《禹贡半月刊》第3卷第1期），《〈二十五史补编〉题辞》（刊于《禹贡半月刊》第3卷第6期、此书书首），《崔迈之〈禹贡〉遗说》（刊于《禹贡半月刊》第3卷第4期），《王素的五帝说及其对于郑玄的感生说与六天说的扫除工作》（刊于《史学论丛》第2册），《〈中国地方志综录〉序》（刊于《大公报》1935年5月23日《图书副刊》第80期、此书书首），《〈崔东壁遗书〉序》（刊于《燕京大学图书馆报》第91期、此书书首（亚东版）），《战国秦汉间人的造伪与辨伪》（刊于《史学年报》第2卷第2期、《古史辨》第7册《崔东壁遗书》〔1983年6月上海古籍出版社重版〕），

《〈山歌〉序》(刊于本书1935年传经堂版书首),《〈中国地方志考〉小序》(刊于《禹贡半月刊》第4卷第3期),《介绍三篇关于王同春的文字》(刊于《禹贡半月刊》第4卷第7期),《〈二十五史补编〉序》(刊于《开明月报》第1卷第3期、《文澜学报》第2卷第3—4期合刊、本书书首),《六月雪故事的转变》(刊于《民间文学论坛》1983年第1期)。

1936年

任燕京大学历史学系主任,并仍任北京大学讲师,开春秋史和古物古迹调查实习课。创办《史学消息》,编《史地周刊》。倡议组织的风谣学会、禹贡学会、边疆研究会成立。

主编《尚书通检》(哈佛燕京学社出版)。撰《三皇考》(与杨向奎合著,哈佛燕京社出版,收入《古史辨》第7册中编),《〈晋惠帝时代汉族之大流徙〉题记》(刊于《禹贡半月刊》第4卷第11期),《汉代以前中国人的世界观念与域外交通的故事》(与童书业合著,刊于《禹贡半月刊》第5卷第3—4期合刊),《禅让传说起于墨家考》(刊于《史学集刊》第1期、《古史辨》第7册下编),《〈中国考试制度史〉序》(刊于《燕京大学图书馆报》第89期、本书书首),《三统说的演变》(刊于《文澜学报》第2卷第1期),《卖解的歌》(刊于《歌谣周刊》第2卷第3期),《〈十七世纪南洋群岛航海记〉序》(刊于《禹贡半月刊》第5卷第5期),《跋〈河南叶县之长沮桀溺古迹辨〉》(刊于《禹贡半月刊》第5卷第7期),《夏史三论——夏史考五、六、七章》(与童书业合著,刊于《史学年报》第2卷第3期、《古史辨》第7册下编),《吴歌小史》(刊于《歌谣周刊》第2卷第23期),《墨子姓氏辨》(与童书业合著,刊于《史学集刊》第2期),《〈春秋"公矢鱼于棠"说〉跋》(刊于《中央研究院历史语言研究所集本》第七本第二分本),《有仍国考》(刊于《禹贡半月刊》第5卷第10期、《古史辨》第7册下编),《〈中国思想研究法〉序》(刊于此书书首),《〈史记〉白文本序》(刊于此书书首)。

1937年

继续开"春秋史"和"古物古迹调查实习"课。任风谣学会会长。

撰《武训讨饭兴学(大鼓词)》(刊于《民众周报》第2卷第3期),《大刀王五(鼓词)》(刊于《民众周报》第2卷第4期),《〈四库全书纂修考〉序》(刊于此书书首),《〈书经中的神话〉序》(刊于《经世》第1卷第9期、此书书首),《〈清代西藏史料丛刊〉第一集序》(刊于此书书首),《回教的文化运动》(刊于天津、上海《大公报》〔1937年3月7日〕、《月华》第9卷第6—7期、《禹贡半月刊》第7卷第4期、《晨曦》第3卷5月号),《苏州近代乐歌》(刊于《歌谣周刊》第3卷第1期),《董仲舒思想中的墨教成分》(刊于《文澜学报》第3卷第1期),《后套的移垦事业》(刊于《申报》1937年4月25日),《〈潜夫论〉中的五德系统》(刊于《史学集刊》第3期、《古史辨》第7册),《〈丛书子目类编〉序》(刊于《东方杂志》第39卷第5期),《九州之戎与戎禹》(刊于《禹贡半月刊》第7卷第6—7期合刊、《古史辨》第7册下编),《〈谣俗周刊〉发刊词》(刊于北平《晨报》1937年6月6日),《春秋时代的县》(刊于《禹贡半月刊》第7卷第6—7期合刊),《鲧禹的传说——夏史考第四章》(刊于《说文月刊》第1卷第2—4期、《古史辨》第7册下编),《边疆教育和边疆文化》(刊于北平《晨报》1937年7月7日),《〈黄可庄圣教序集联〉序》(刊于《顾颉刚先生在临洮之言论》),《边疆教育和边疆文化》(刊于《甘肃民国日报》1938年元旦特刊)。

1938 年

在临洮开办"小学教员寒假讲习会"。任云南大学文史系教授,讲上古史、经学史。编《边疆周刊》。

撰《〈黄可庄集联三百首〉序》(刊于《上游集》),《〈梅仙诗遗〉序》(刊于《文史杂志》第 2 卷第 4 期、《上游集》),《〈五凤苑汉藏字典〉序》(刊于《中国边疆月刊》第 1 卷第 5—7 期合刊、《上游集》),《〈重刊明弘治本绛守居园池记〉跋》(抄稿),《〈边疆周刊〉发刊词》(刊于昆明《益世报》1938 年 12 月 19 日)。

1939 年

在云南大学讲上古史、经学史。任齐鲁大学国学研究所主任,开中国古代史课。

重要著述:撰《西庑读书记》一册。撰《中国一般古人想象中的天和神》(刊于云南大学《上古史讲义》、昆明《益世报》1939 年 4 月 23 日《宗教与文化》新 18 期),《商周时代的神权政治》、《德治的创立和德治学说的开展》(刊于云南大学《上古史讲义》),《中华民族是一个》(刊于昆明《益世报》1939 年 2 月 13 日《边疆》第 9 期、《西北通讯》第 1 期),《东汉的西羌》(刊于《经世战时特刊》第 47—48 期合刊),《周人的崛起及其克商》(刊于《文史杂志》第 1 卷第 3 期),《商王国的始末》(刊于《文史杂志》第 1 卷第 2 期),《甘青史迹丛谈》(刊于昆明《益世报》1939 年 3 月 17 日《史学副刊》第 7 期、《时事类编》抗战四周年纪念专刊),《周室的封建及其属邦》(刊于云南大学《上古史讲义》、《文史杂志》第 1 卷第 6 期),《西周的王朝》(刊于《文史杂志》第 1 卷第 9 期),《渐渐衰亡的周王朝》(刊于云南大学《上古史讲义》),《齐桓公年表》(抄稿),《齐桓公事业分类表》(手稿),《齐桓公的霸业》(刊于云南大学《上古史讲义》、《文史杂志》第3卷第1—2期合刊),《续论“中华民族是一个”——答费孝通先生》(刊于昆明《益世报》1939年5月8日《边疆》第20期、《西北通讯》第2期〔改题《我为什么要写“中华民族是一个”?》〕),《秦晋的崛起与晋文公的霸业》(刊于云南大学《上古史讲义》),《续论“中华民族是一个”——答费孝通先生(续)》(刊于昆明《益世报》1939年5月29日《边疆》第23期),《楚庄王的霸业》(手稿),《跋〈东川夏氏所藏陈海楼手札〉》(刊于《上游集》),《暹罗改号与中国之关系》(刊于香港《天文台》第292期)。

1940年

在齐鲁大学开中国古代史和古代史实习课。创办《责善半月刊》和《齐大国学季刊》。

撰《跋〈漓水大夏水考〉》(刊于《责善半月刊》第1卷第2期),《〈刘节士冰柱雪车诗斠注〉跋》(刊于《上游集》),《燕国曾迁汾水流域考》(刊于《责善半月刊》第1卷第5期、《浪口村随笔》〔改题《燕国曾迁汾水流域》〕),《武士与文士之转换》(刊于《责善半月刊》第1卷第7期、《浪口村随笔》、《史林杂史初编》〔后二种改题《武士与文士之蜕化》〕),《〈史学季刊〉发刊词》(刊于《史学季刊》创刊号、《上游集》),《题罗希成先生所藏〈蜀石经毛诗残石〉》(刊于《上游集》),《齐大国学季刊新第1卷第1期后记》(刊于《齐大国学季刊》新第1卷第1期)。

1941年

仍任齐鲁大学国学研究所主任。任中国边疆学会理事长、文史杂志社副社长、边疆语文编译委员会委员、边疆教育委员会委员、史地教育委员会委员、中央大学史学系教授。

撰《答爱立才夫先生告编辑尚书学经过书》(抄稿),《古代巴蜀与中原的关系说及其批判》(刊于《齐鲁华西金陵三大学中国文化研究汇刊》第1卷、《论巴蜀与中原的关系》),撰《〈论诗序之作者〉按语》、《〈论六诗之"兴"义〉按语》(以上均刊于《责善半月刊》第2卷第11期),撰《英译本〈汉书·王莽传〉序》(刊于此书书首、《上游集》),《〈人类社会与民族国家论〉序》(刊于此书书首),《拟印行〈十三经新疏〉缘起(附目录)》(排印本,收于《上游集》),《黄河流域与中国古代文明》(刊于《文史杂志》第5卷第3—4期合刊)。

1942年

任中央大学教授兼出版部主任。继续开"古代文学"、"中国古代史研究"、"春秋战国史"、"《史记》研究"课,编《文史哲季刊》。仍任文史杂志社副社长,代理边疆语文编译委员会副主任委员。

撰《商人名词问题之商榷》(刊于《责善半月刊》第2卷第20期、《浪口村随笔》〔改题《商人释名——与吴庆鹏同学书》〕),《秦汉时代的四川》(刊于《学思》第1卷第8期),《古蜀王》(刊于《新中国日报》1942年5月10日《新文》第1期),《秦代的四川(十字唱)》(刊于《新中国日报》1942年6月7日《新文》第5期),撰《三代史略与周之东迁(春秋史话之一)》、《春秋以前的列国世系(春秋史话之二)》、《郑国独霸时代(春秋史话之三)》、《郑的中衰与齐的始强(春秋史话之四)》、《所谓"尊王攘夷"事业的背景(春秋史话之五)》(以上分别刊于《读书通讯半月刊》第73、74、75、76、77期),《中国古代史述略》(刊于《学术季刊》第1卷第2期)。

1943年

仍任文史杂志社副社长。任中国史学会常务理事、中国史地图表编纂社社长。

撰《左丘失明》(刊于《文史杂志》第2卷第9—10期合刊、《浪口村随笔》、《史林杂识》),《齐桓公的霸业》(刊于《文史杂志》第3卷第1—2期合刊),《〈中国边疆学会边疆丛书〉总序》(刊于《中国边疆》第2卷第1—3期合刊),《赶紧搜罗风俗材料》(刊于《中央日报》1943年12月19日《中央副刊》第6期),《读〈左传〉杂记》(刊于《真理杂志》第1卷第3期)。

1944年

仍任文史杂志社副社长。任复旦大学史地系教授,开"《史记》研究"、"春秋战国史"和"历史地理"课。任北碚修志委员会常务委员。任齐鲁大学国学研究所主任。

撰《〈风物志〉序辞》(刊于《风物志集刊》),《清初学者的政治思想》(抄稿),《〈蜀王本纪〉与〈华阳国志〉所记蜀国史事之比较》(刊于《中国史学》第1期、《论巴蜀与中原的关系》),《〈诗经通论〉序》(刊于《文史杂志》第5卷第3—4期合刊、《上游集》)。

1945年

在复旦大学开"历史地理"、"春秋战国史"、"方志实习"课,编写《春秋史要》。编《复旦学报》。任北碚修志委员会主任委员、中国出版公司总编辑、文通书局编辑所所长、国立编译馆社会教育用书编纂委员会常务委员。

撰《〈古代史专号〉编后记》(刊于《文史杂志》第5卷第3—4期合刊),《〈文讯〉复刊词》(刊于《文讯》新1号(6卷1期))。

1946年

任《文讯》主编、福德图书馆馆长、大中国图书局总经理兼编辑部主任,兰州大学教授兼史学系主任。任社会教育学院教授,开"中国目录学"、"中国古代社会史"课。编《史苑》周刊。

撰《〈禹贡周刊〉发刊词》(刊于《国民新报》、1946年3月21日《禹贡周刊》第1期),《题秀野堂第一图》(手稿未刊),《〈史苑周刊〉发刊词》(刊于上海《益世报》、1946年9月6日《史苑》第1期)。

1947年

仍任兰州大学教授兼史学系主任、社会教育学院教授、大中国图书局总经理兼编辑部主任。任南京国史馆纂修、民众读物社理事长。

撰《苏州的文化》(刊于《教育与社会》第6卷第1期、《苏州史志资料选辑》第2辑〔改题《苏州的历史和文化》〕),《〈中国边疆〉复刊词》(刊于《中国边疆》第3卷第9期),《中国边疆问题及其对策》(刊于《西北通讯》第3、4期),《读"春秋"郳国彝铭因论郳之盛衰》(刊于《中央日报》1947年8月6日《文物周刊》第46期),《〈文史杂志〉复刊词》(刊于《文史杂志》〔新〕第6卷第1期),《佛教下之西北》(刊于《西北通讯》第7期)。

1948年

仍任兰州大学教授兼史学系主任、社会教育学院教授、大中国图书局总经理兼编辑部主任。任中国边疆学会甘肃分会理事长。

撰《〈尧典〉二十有二人说》(刊于《文史杂志》第6卷第2期),《中国历史与西北文化》(刊于《西北论坛》第1卷第6期),《中国通史与边疆史料》(刊于兰州《和平日报》1948年8月8日《西北边疆》第4期),《国立兰州大学积石堂碑记》(刊于《西北世纪》第4卷第2期、《上游集》),《国立兰州大学昆仑堂碑记》(刊于《西北世纪》第4卷第1期、《上游集》)。

1949 年

仍任大中国图书局总经理兼编辑部主任。任边疆文化教育馆研究员。组织中国史地学社。任诚明文学院教授,开目录学及《左传》研究课,兼中国语文学系主任,开“中国文学史”、“传记研究”、“校勘学”课。任震旦大学教授,开“专书选读”课。

撰《尾生故事考》(刊于上海《中央日报》1949 年 3 月 18 日《集纳》),《抛采绣球》(刊于《东南日报》1949 年 3 月 20 日《文史》第 130 期),《东夷语试探》(刊于《东南日报》1949 年 2 月 27 日至 4 月 1 日《文史》第 127—131 期),《九州名义小记》(刊于《东南日报》1949 年 4 月 8 日《文史》第 132 期),《尾生故事补记》(刊于上海《中央日报》1949 年 4 月 26 日《集纳》)。

1950 年

仍任大中国图书局总经理,兼诚明文学院教授兼中国语文学系主任,开史汉比较研究课。兼任震旦大学教授,开“专书选读”和“考证学”课。任上海市文物管理委员会委员。

撰《伪东方朔书的昆仑说》(刊于《中国历史地理论丛》第 2 辑),《〈穆天子传〉及其著作时代》(刊于《文史哲》第 1 卷第 2 期),《〈禹贡〉中的昆仑》(刊于《历史地理》创刊号〔1981 年 11 月〕),《〈水经〉中的河源》(刊于《文史集林》〔《人文杂志丛刊》第 4 期〕),《昆仑和河源的实定》(未刊),《酒泉昆仑说的由来及其评价》(刊于《中国史研究》1981 年第 2 期),《〈山海经〉中的昆仑区》(刊于《中国社会科学》1982 年第 1 期),《邹衍及其后继者的世界观》(刊于《中国古代史论丛》第 1 辑〔1981 年〕),《〈庄子〉和〈楚辞〉中昆仑和蓬莱两个神话系统的融合》(刊于《中华文史论丛》1979 年第 2 辑),《从古籍中探索我国的西部民族——羌族》(刊于

《社会科学战线》第1期〔1980〕),《司马谈作史考》(刊于《周叔弢先生六十生日纪念论文集》)。

1951 年

仍任大中国图书局总经理、上海市文物管理委员会委员。任上海图书馆筹备委员。任诚明文学院兼任教授,开"《尚书》研究"课。任西北大学讲学教授。

撰《〈大诰〉校释译论》、《〈康诰〉校释译论》、《〈酒诰〉校释译论》、《〈梓材〉校释译论》、《〈召诰〉校释译论》、《〈多士〉校释译论》、《〈无逸〉校释译论》、《〈洛诰〉校释译论》(以上均为手稿未刊)。

1952 年

仍任大中国图书局总经理、上海市文物管理委员会委员、复旦大学、上海学院两校教授。任中国史学会上海分会理事。

撰《〈少室山房笔从〉题记》(手稿未刊)。

1953 年

仍任大中国图书局(8月改为大中国图片出版社)总经理、上海市文物管理委员会委员。任中国史学会上海分会第二届理事。

撰《中国古代的城市》(刊于《历史教学问题》1983年第3、5期),《〈文学山房明刻集锦〉序》(刊于本书书首),《题胡吉宣著〈玉篇〉初校》(手稿)。

1954 年

8月调北京。任中国科学院历史研究所第一所研究员、江苏省文物管理委员会委员。标点《资治通鉴》,任总校。

撰《〈苏南区文物管理委员会方志目录〉序》(刊于《图书馆杂志》1982年第1期),《〈木兰从军〉序》(刊于此书书首),《〈中国上古史演义〉序》(刊于此书书首),《〈中国历史地图集〉序》(刊于本书书首),《〈清代地理沿革表〉序》(刊于此书书首)。

1955 年

任中国科学院历史研究所第一所研究员、学术委员,苏州市文物古迹保管委员会顾问。结束禹贡学会。校点完《资治通鉴》,始点《史记》。

编完《〈古籍考辨丛刊〉第一集》(1955 年 11 月中华书局出版)。撰《〈子略〉(选录)序》(刊于《古籍考辨丛刊》第 1 集),《〈战国策〉之古本与今本》(刊于《历史研究》1957 年第 9 期),《〈秦汉的方士与儒生〉序》(刊于此书书首),《〈古籍考辨丛刊〉第一集序》(刊于此书书首),《〈古籍考辨丛刊〉第一集后记》(刊于此书书末),《〈周官辩非〉序》(刊于《文史》第 6 辑〔改题《“周公制礼”的传说和〈周官〉一书的出现》〕),《〈礼经通论〉序》(手稿未刊),《〈周官辨〉序》(手稿未刊)。

1956 年

继续校点《史记》。参加考古工作会议及讨论历史科学长远规划草案会议。参加科学史讨论会、高教部审定文史教学大纲会议(先秦西汉史组)。

撰《朝阳类聚》一册。

1957 年

继续校点《史记》。在山东大学讲《〈诗经〉的来源问题》。

撰《与辛树帜函三通为商榷〈禹贡制作时代的推测〉》(刊于《西北农学院学报》1957 年第 3 期)。撰《息壤考》(刊于《文史哲》1957 年第 10 期)。该年 4 月至 1961 年所做的笔记后辑为《汤山小记》22 册。

1958 年

参加国务院科学规划委员会古籍整理和出版规划小组成立会。当选中国民间文艺研究会常务理事。指导朝鲜研究生研究古朝鲜史。

校点完《史记》(1959 年 9 月中华书局出版)。

1959 年

与苏联越特金商译《史记》。

撰《读尚书笔记》六册。全文注释《禹贡》(刊于《中国古代地理名著选读》第 1 辑)。撰《〈山海经〉说明》(手稿未刊),《读了〈义和团故事〉之后》(刊于《民间文学》1959 年 2 月号)。

1961 年

整理旧读书笔记。审核《辞海》经学、经学史、哲学和历史地理条目。

编订《史林杂识初编》(1963 年 2 月中华书局出版)。撰《〈古朝鲜研究〉序》(刊于《民间文学》1961 年 9 月号),《武王的死及其年岁和纪元》(刊于《文史》第 18 辑)。

1962 年

仍任中国科学院历史研究所第一所研究员。任编审、图书委员会委员。调刘起釪协助整理《尚书》。

撰《〈箧书盛影录〉序》(刊于此书书首),《〈尚书大诰〉今译》(刊于《历史研究》1962 年第 4 期),《〈逸周书·世俘篇〉校注、写定和评论》(刊于《文史》第 2 辑),《〈史林杂识〉初编小引》(刊于此书书首)。

1963 年

参加中国科学院哲学社会科学学部委员会第四次扩大会议。

撰《中国史料的范围及其已有的整理成绩》(油印本,手稿),《为了迎接社会主义文化高潮,应建立中国古籍研究所,并大量出版古籍,供应全国以至全世界人民的需要》(排印本)。

1964 年

在北京大学为古典文献学专业上“经学通论”课。

1965 年

为何启君讲中国历史。

撰《由蒸报等婚姻方式看社会制度的变迁》(刊于《文史》第14—15 辑)。

1966 年

继续为何启君讲中国历史并为修养病人讲北京历史。

撰《王伯祥先生〈书巢图卷〉后记》(刊于《文献》第 8 辑),《周公东征史事考证》(稿本未完,其中《“三监”人物及其疆地》与《周公执政称王》刊于《文史》第 22、23 辑)。

1967—1970 年

动乱中仍偷暇读书、写笔记。

1971—1973 年

受命主持标点《二十四史》。

撰《耄学丛谈》。

1974 年

撰《甲寅杂记》一册。

1975 年

撰《乙卯杂记》一册。

1976 年

撰《丙辰杂记》一册。

1977 年

撰《为杨惠之塑像问题题陈从周所绘〈角直闲吟图〉》（刊于《中国历史文献研究集刊》第1集），《〈秦汉的方士与儒生〉重版前言》（刊于1978年上海古籍出版社此书首）。撰《读尚书随笔》二册、《耄学丛谈》一册。

1978 年

任中国社会科学院历史研究所研究员。调王煦华为助手，帮助整理一生的积稿。

撰《〈盘庚〉三篇校释译论》（与刘起釪合作，刊于《历史学》季刊1979年第1—2期），《〈尚书·甘誓〉校释译论》（与刘起釪合作，刊于《中国史研究》1979年第1期）。

1979 年

任中国社会科学院历史研究所学术委员、中国文学艺术界联合会全国委员、中国民间文艺研究会副主席、中国红楼梦学会顾问、《红楼梦学刊》编辑委员、《历史地理》顾问。与钟敬文等倡议建立民俗学及有关研究机构。继续整理校订旧稿。

撰《〈尚书·西伯勘黎〉校释译论》（与刘起釪合作，刊于《中国历史文献研究集刊》第1集），《“圣”“贤”观念和字义的演变》（刊于《中国哲学》第1辑），《我是怎样编写〈古史辨〉的?》（王煦华整理，分上下两部分，分别刊于《中国哲学》第2辑、第6辑，又《古史辨》第一册上海古籍书店影印本），《柳毅传说与遗迹》（刊于《书林》1979年第1期），《嫦娥故事之演化》（刊于《书林》1979年第2期），《〈尚书·汤誓〉校释译论》（与刘起釪合作，刊于《郑州大学学报》〔社会科学版〕1980年第1期），《“夏”和“中国”——祖国古代的称号》（与王树民合作，刊于《中国历史地理丛刊》第1辑）。读

《左传》,写读书笔记《读〈左传〉杂记》。

1980 年

任《文献》丛刊顾问。整理旧稿。

撰《〈梁启超年谱〉序》(刊于此书书首),《论巴蜀与中原的关系》(1981 年四川人民出版社出版),《〈尚书·微子〉校释译论》(与刘起釪合作,刊于《社会科学阵线》1981 年第 2 期),《战国中山国史札记》(顾洪整理,刊于《学术研究》1981 年第 4 期)。

12 月 25 日,因脑溢血逝世,遗体献给中国医学科学院供解剖研究之用。

顾颉刚先生对民间文学、民俗学的研究及贡献

王煦华

顾颉刚先生在学术上的贡献,最突出的当然是古代史和历史地理。但是他对民俗学及民间文学的研究,也有卓越的贡献。他是由于"从戏剧和歌谣中得到研究古史的方法","想用了民俗学的材料去印证古史","解释古代的各种史话的意义",作为"历史的研究的辅助"而研究民俗学及民间文学的。顾先生研究的项目有三:(一)孟姜女的故事;(二)吴歌;(三)神道和社会。下面就从这三个方面来说明他对民俗学的研究及贡献。

一、孟姜女的故事

孟姜女故事是我国著名的民间故事,从春秋到现代,已有2500多年的历史,广泛流传于全国各地。前代学者对它流传的历史已加以注意,如宋代的郑樵,在《通志·乐略》中指出:"杞梁之妻,于经传所言者不过数十言耳,彼(稗官)则演成万千言。"清代的姚际恒则指出未有杞梁妻故事时,孟姜一名已成为美女的通称,在《诗经通论·郑风·有女同车》中说:"是必当时齐国有长女美而贤,故诗人多以'孟姜'称之耳。"顾先生就是受了他们二人言论的启发而

从事孟姜女故事材料的搜集和研究的。他在《〈古史辨〉第一册自序》中说:"我惊讶其历年的久远,引动了搜集这件故事的好奇心。事情真奇怪,我一动了这个念头,许多材料便利落地奔赴到我的眼前来。我把这些材料略略整理,很自然地排出了一个变迁的线索。"这个变迁的线索,也就是他在《答李玄伯先生》信中所说的:"她(孟姜女)起初是却君郊吊,后来变为善哭其夫,后来变为哭夫崩城,最后变为万里寻夫。"于是他在1924年冬天,写成《孟姜女故事的转变》一文。这篇论文在《歌谣周刊》发表以后,学术界给以极高的评价。刘复在给顾先生的信(《孟姜女故事研究集》第三册题作《敦煌写本中之孟姜女小唱》)中说:"在《歌谣》六十九号中看见你的《孟姜女》一文的前半篇,真教我佩服得五体投地。你用第一等史学家的眼光与手段来研究这故事;这故事是二千五百年来一个有价值的故事,你那文章也是二千五百年来一篇有价值的文章。"后来在《吴歌甲集·序》中又说:"前年颉刚做出孟姜女考证来,我就羡慕得眼睛里喷火,写信给他说:'中国民俗学上的第一把交椅,给你抢去坐稳了。'"另外还有很多人的赞扬,这里就不一一列举了。他们为他提供研究的材料:唱本、宝卷、小说、传说、戏剧、歌谣、诗文,也络绎而至。于是顾先生把这些材料,编为《孟姜女专号》,在《歌谣周刊》上刊载,共出了九期,引起了人们的重视。魏建功在《〈歌谣〉四十年》一文中说:"专号成绩丰富多采的是顾颉刚先生主编的《孟姜女》。顾先生用研究史学的方法、精神来对旧社会认为'不登大雅之堂'的故事传说进行研究,一时成了好几十位学者共同的课题,有帮助收集歌谣、唱本、鼓词、宝卷和图画、碑版的,有通讯分析讨论故事内容的。远在巴黎留学的刘复教授见到专号,忙忙抄回伯希和拿走的敦煌卷子里唐人《云谣集·虞美人》

词中有关孟姜女的资料,很令人兴奋。从那时起,人们对现行故事传说的源远流长,认识更加明确。《孟姜女》共出过九期,最典型地体现了人们自发自愿、肯想肯干、互相启发、不断影响的范例。”①《歌谣》停刊后,顾先生还继续在《北京大学研究所国学门周刊》中编刊《孟姜女故事研究》八期。在他的倡导下,对这个故事展开了热烈的讨论和研究,与他讨论孟姜女故事的通讯达38篇,在发表时顾先生大都加了按语,这些按语都有他自己的见解,促进了当时民间文学研究的开展。

1926年春,顾先生在写《古史辨》第一册《自序》时,将两年来搜集到的孟姜女的故事分时分地开一篇总账,为研究古史方法举一旁证的例,写了三万多字关于孟姜女故事的研究,他自己觉得犯了腹蛊之疾,把《自序》的前后文隔断了,后来就把这一部分抽出,题为《孟姜女故事研究》单独发表。此文把两千多年来的文献记录和遍布全国各地的各种民间传说、文学、艺术材料,整理出历史和地理两个系统,为孟姜女故事的研究,做出了划时代的杰出贡献。

顾先生对孟姜女故事的研究,为什么会得到人们那么高的评价呢?只要把它和清人的研究作比较,就可以清楚地看出来。如顾炎武的《日知录》卷二十五“杞梁妻”条和朱书的《游历记存》追寻这个故事的变迁,对谁始说哭,谁始说崩城,谁始说崩长城,已分别得很清楚,可见清人已大致掌握了这个故事演变的踪迹,然而,他们以为“诸史并无妇哭城崩事”,“孟姜女哭长城,所在附会”,不足信。为什么会这样的呢?这是由于他们把故事传说当作历史事实。顾先生在《孟姜女故事研究》中说:“从前的学者,因为他们看

① 《民间文学》,1962年第2期。

故事时没有变化的观念而有'定于一'的观念。……他们要把同官和澧州的不同的孟姜女合为一人,要把前后变名的杞梁妻和孟姜女分为二人,要把范夫人当作孟姜女而与杞梁妻分立,要把哭崩的城释为莒城或齐长城,都是。但现在我们搜集了许多证据,大家就可以明白了:故事是没有固定的体的,故事的体便在前后左右的种种变化上。例如孟姜女的生地,有长清、安肃、同官、泗州、务州(武州)、乍浦、华亭、江宁诸说;她的死地,有益都、同官、澧州、潼关、山海关、绥中、东海、鸭绿江诸说。又如被她的死法,有投水、跳海、触石、腾云、哭死、力竭、城墙压死、投火化烟,及寿至九十九诸说。又如哭倒的城,有五丈、二三里、三千余丈、八百里、万里、十万里诸说。又如她哭崩的城的地点,有杞城、长城、穆陵关、潼关、山海关、韩城、绥中、长安诸说。寻夫的路线,有渡浍河而北行、出秦岭而西北行、经泗州到长城、经镇江到山海关、经杞城关到潼关诸说。又如他们所由转世的仙人,范郎有火德星、娄金狗、芒童仙官诸说,孟姜有金德星、鬼金羊、七姑星诸说。这种话真是杂乱极了,怪诞极了,稍有知识的人应当知道这是全靠不住的。但我们将因它们的全靠不住而一切推翻吗?这也不然。因为在各时各地的民众的意想中是确实如此的,我们原只能推翻它们的史实上的地位而决不能推翻它们的传说上的地位。我们既经看出了它们的传说上的地位,就不必用'定于一'的观念去枉费心思了。"又说:"清刘开《广列女传》的"杞植妻"条云:'杞植之妻孟姜。植婚三日,即被调至长城,久役而死。姜往哭之,城为之崩,遂负骨归葬而死。'……民间的种种有趣味的传说全给他删去了,剩下来的只有一个无关痛痒的轮廓,除了万免不掉的崩城一事之外确没有神话的意味了。……所以若把《广列女传》所述的看作孟姜的真事实;把唱本、小说、戏本……中所说的看作怪诞不经之谈，固然是去伪存真的一团好意，但在实际上却本末倒置了。”顾先生的这些精辟论述，说明在顾先生以前的清代学者都是把故事传说混同于历史事实，所以他们虽然掌握了故事传说的演变踪迹，但由于是从历史事实的角度来研究的，就不能理解这些演变踪迹的意义，从而做出正确的解释，反而以为到处是附会怪诞不经之谈了。顾先生则把它颠倒过来，从故事传说的本身来研究，从它“前后左右种种变化”上来研究，从而在清代学者所追寻到的演变踪迹的基础上，做出更详尽精确的分析和论述。所以刘复称赞他的文章是“二千五百年来一篇有价值的文章”，绝非虚誉，而是确切的评价。

顾先生收集孟姜女故事资料达五十年之久约一百万字，解放后，姜又安曾帮助他整理达十年之久，贺次君又为之作注。1962 年民间文艺研究会曾想为之出版《孟姜女故事资料集》而未果。可惜在十年动乱中都散失了。在他 1966 年 11 月 16 日的日记中有以下记载：“得又安信，知其所整理《孟姜女资料集》放在雁秋家，当雁秋家被抄，人被驱逐时，稿件堆在院里，当作废纸，及今两月，已不堪问。当此搜集五十年，整理十载，共约百万字之稿废于俄顷，可胜叹惜。”我 1978 年来北京后，顾先生和我谈起此事时，总是感叹不已。幸而在他逝世后，整理遗稿时发现了一份《孟姜女故事资料集目录》初稿，上面有顾师红笔批注的许多意见。我就照着这个目录和意见重辑。俾他日能出版，使顾先生的遗愿得以实现。同时还在上海图书馆找到了《孟姜女集》，这是顾师和郭绍虞师寻找了多年，而一直没有觅得的。

二、吴　歌

顾先生搜集、整理与研究吴歌，是受了1918年北京大学征集歌谣的影响。他在《吴歌甲集·自序》中说："民国七年，先妻病逝。我感受了剧烈的悲哀的刺戟，就得了很厉害的神经衰弱的病症……只得休了学在家养息。……说不尽的闷怅；而《北大日刊》一天一天的寄来，时常有新鲜的歌谣入目。我想，我既经不能做用心的事情，何妨试把这种怡情适性的东西来伴我的寂寞呢！想得高兴，就从我家的小孩子的口中搜集起，又渐渐推至邻家的孩子，以及教导孩子唱歌的老妈子。我的祖母幼年时也有唱熟的歌，在太平天国占了苏州之后又曾避至无锡一带的乡间，记得几首乡间的歌谣，我都抄了。我的朋友叶圣陶、潘介泉、蒋仲川、郭绍虞诸先生知道我正在集歌谣，也各把他们自己知道的写给我。所以我一时居然积到了一百五十首左右。""八年五月，我妻殷履安嫁来；我告她这件事，她也很高兴，当七月中她归宁至甪直镇的时候，就从她的家中搜集到四五十首。于是我的箧中的吴歌有了二百首了。""大约从八年二月到九月，这八个月中，是我出力搜集歌谣的时候。我总喜欢把事情的范围扩大，一经收集了歌谣就并收集谚语，一经收集了谚语又联带收集方言方音。这一年中随手的札记，竟积到了十余册。……我对于歌谣的工作时间实在仅仅是这八个月。"这是顾先生自己关于搜集吴歌最详细的记述。他说了所搜集吴歌的来源，和他搜集吴歌的确切年月，这都是《〈吴歈集录〉的序》和《〈古史辨〉第一册自序》中所没有的。但他搜集的吴歌首数在其他的文章中，却有不同的说法。在《〈吴歈集录〉的序》、《吴歌小史》和《我的歌谣》三文中都说有三百来首；在《苏州的歌谣》和此序中却都说是两百首。那么他究竟搜集到多少首呢？

顾先生搜集的吴歌，现在遗留下来的稿子，仅有他亲手抄录的《吴歌杂录》三册，这三册封面上所写的年月，分别为“八年四月”、“九年一月”、“九年四月”，第三册后面有十六页的空白，末尾还抄录了一封邓仲澥的来信，内容是送还《吴歌杂录》，并评价其中几首吴歌。由此可见，顾先生搜集的吴歌，抄录入册的都在这三册之内。这三册总共抄录了一百九十八首（其中有两首是吴谚）。因此，他所说的“我的箧中的吴歌有了二百首”，当是专就这三册所录的而言。我在编辑《吴歌集》时，曾仔细核对了《杂录》和《甲集》，发现《甲集》的一百首，在《杂录》中仅有九十六首，《悃懒迷迷吃筒烟》、《金风玉露动秋凉》、《秋天明月桂花香》和《牡丹开放在庭前》等四首，《杂录》中并未录入；又他在《语丝》第54期上发表的《吴声恋歌》八首，仅有一首《摸摸倷个手来软绵绵》是《杂录》中有的，发表在《民间文艺》第11—12期合刊上的《吴歌丙集》六首，《杂录》中一首也没有，可见录入《杂录》的，并非是他所搜集到的全部吴歌，尚有一部分因为忙而一直没有抄录入册。因此，三百来首这一数字，乃是包括未抄录入册的而言。1920年12月12日，他在给沈兼士的信中说：“我在去年，先辑吴歌，后来连带及于吴谚，又连带及于吴语。有许多尚在日记簿中，没有录出。若统行录出，已有十四五册之多。”这些日记簿现在都佚失了。由此可见，顾先生所搜集的吴歌，未抄录入册的，在几十年来的变动中已损失了一百首左右，这是非常可惜的。

顾先生搜集吴歌的事，郭绍虞先生在《晨报》上介绍后，许多人就要求顾先生把这些材料发表，他同意了，自己没有工夫抄写，就由郭先生每天代为抄出几首，登在《晨报》上，从1920年10月起到12月，连续登载了三个月。这时报纸上登载歌谣还是创举，很能引起人们的注意，而《晨报》又是学界所看的报纸，于是顾先生就以搜集歌谣出了名，大家称他为研究歌谣的专家。1922年12月，歌谣研究会创办了《歌谣周刊》，顾先生就抄集了一部分，编为《吴歌甲集》，在周刊上连续登载了近一年（第六四至九五号）。1926年7月，又印成专书出版。

顾颉刚先生整理吴歌是非常严肃认真的，认为整理歌谣要切切实实做一番文字学的工夫，把它当作终身之业。他在《〈吴歈集录〉的序》中说："我这件事情虽然做了一二年，终不敢宣布出来。为什么呢？因为里边实在有许多解不出的句子、写不出的文字、考不定的事实。我想，要彻底地弄他清楚，必得切切实实做一番小学功夫，拿古今的音变、异域的方言，都了然于心，然后再来比较考订，才可无憾。这件事情不是几年里所能做的，所以我已经拿了这部《吴歈集录》算做终身之业了。"由于顾先生整理的《吴歌甲集》严肃认真，不仅有详细的注释，而且在附录中有对其中的某些问题的理论探讨，所以在《歌谣周刊》刊出后，就受到学术界的注意和重视。胡适的序说："颉刚收集之功，校注之勤，我们都很敬佩。他的《写歌杂记》里有许多很有趣味又很有价值的讨论（如论"起兴"等章），可以使我们增添不少关于《诗经》的见识。……这部书的出世真可说是给中国文学史开一新纪元了。"刘复的序中也说："现在编印这部《吴歌集》，更是咱们'歌谣店'开张以来第一件大事，不得不大书特书的。"胡、刘的推崇备至，显示出这本书不是一般的吴歌资料集，而是一部有价值的学术著作了。所以在此书出版六十年之后,钟敬文先生还在《孟姜女故事论文集·序》中,称赞说:“在民间文艺学的另一个重要方面——歌谣学,他(顾颉刚)也做出了卓著的贡献。它就是那部在二十世纪二十年代中刊行的《吴歌甲集》。我们这样说,并不仅仅因为那部集子的出世时间比较早些和所收集的资料相当丰富。它的优点还另有所在。这个在五四新文化运动后出版比较早的、地区性的歌谣集子,有比较详细的注释、解说,和对篇中所涉及的某些问题作了理论探索(《写歌杂记》,并附有编者师友的专门性的研究、讨论文章)。这些文章,使它不只是个一般性的歌谣资料集,而是具有较高的科学价值的歌谣学著述了。”在顾先生的倡导下,《吴歌甲集》出版后,虽能引起苏州各地的人士的兴趣,能使他们帮助采集各乡村的“道地”民歌(根据我收集到的材料,1918 年到 1949 年,收集、整理发表的吴歌约有一千首,并已把它编成《吴歌集》),但是不论王翼之的《乙集》也好,或者王君纲的《丙集》也好,或者其他人辑录发表的也好,都没有详细的注解,更谈不上理论的探索,只是一般性的歌谣资料集而已。所以在 1918 年以后的三十年代里,《吴歌甲集》是这个时期的歌谣学的代表作是当之无愧的。

顾先生在《〈古史辨〉第一册自序》中说:“我搜集苏州歌谣而编刊出来,乃是正要供给歌谣专家以研究的材料,并不是公布我的研究歌谣的结果。”可是事实上并没有像他所希望的那样,有专门研究吴歌的歌谣专家出世。就我搜集到跟顾先生同时的研究吴歌的文章来看,他人写的仅有那寥寥可数的几篇,而且是跟随在顾先生的文章后面写出来的,或增订他的缺失,或发挥他的看法,或受他的影响,不能卓然自成一家与之抗衡。因此,顾先生虽是作为他研究历史的辅助而兼治吴歌的,但是他这方面的成就仍是独步于吴歌研究这块园地之中,领袖群芳。

顾先生除了编刊《吴歌甲集》之外,对吴歌的研究主要有两个方面:一是吴歌形式和意义的演变;二是吴歌的历史。

顾先生在搜集吴歌的过程中,看到了歌谣的形式和意义的变化现象,引起了研究的兴趣。他在《〈古史辨〉第一册自序》中说:"很奇怪的,搜集的结果使我知道歌谣也和小说戏剧中的故事一样,会得随时随地变化。同是一首歌,两个人唱着便有不同。就是一个人唱的歌,也许有把一首分成大同小异的两首的。有的歌,因为形式的改变以至连意义也随着改变了。"这一发现激起了他在这个领域中拓地万里的雄心,但他以后的境遇,并没有给他实现这一雄心的条件,使他能够进行深入的研究,写出像《孟姜女故事的转变》和《孟姜女故事研究》那样有分量的文章。他在这方面的研究,在《古史辨》第一册《自序》中曾举过一个例子。他把《忽然想起皱眉头》和《佳人姐妮锁眉尖》两首吴歌(《吴歌甲集》第八四、八五首)作了比较后,指出:"这二首都是小老婆怨命的歌,都是从一个地方采集来的,又都以皱眉起,而自叹青春,而推想前生,而埋怨爹娘,而咒诅大娘,而伺得偷情的机会,末尾也都以紫藤花盘缠枯树作比喻:可见是从一首歌词分化的。但中间主要的一段便不同了:上首是老相公承受了她的情意而她登床;下首是丈夫酣睡未醒而她孤身独立,看月自悲。究竟这首歌的原词是得恋呢,还是失恋呢,我们哪里能知道。我们只能从许多类似的字句里知道这两歌是一歌的分化,我们只从两歌不同的境界里知道这是分化的改变意义。"可是,他这方面的研究,也就仅举了一个例,开了一个头就中止了。我之所以仍把它列为他的研究的一个主要方面,是因为他这方面的研究虽未取得重大的成果,但仍是开创者。这项研究很重要，希望今后的吴歌专家们能继续从事研究，做出应有的贡献。

顾先生对吴歌的形式与意义的演变虽未能作深入的研究，但在吴歌历史的研究上，却做出了卓越的贡献。吴歌的历史，前人从未作过系统的研究，顾先生的《吴歌小史》，从战国的吴歈越吟，一直叙述到现代铺陈景致的民歌，源源本本，实是吴歌史的开创之作。但也就免不了有所遗漏，所以陆侃如、顾廷龙续起增补，而赵万里、李家瑞也为他核补了材料。顾先生自己则又写了《苏州近代乐歌》，以说明乐歌与民谣有不可分离的关系。此后，他还在读书笔记中写了不少有关吴歌的笔记，预备以后补入，可惜这一愿望在他有生之年里未能实现。

顾先生又以为，歌谣与唱本没有严密的界限，都是民众抒写的心声，歌谣有从唱本上来的，而唱本也有写录歌谣的。两者的区别，不过歌谣有些出于妇人孺子之口，篇幅短，较富于天趣，而唱本则多出于略识字的男子之手，较富于理智能作长篇的叙述罢了。这些东西是民众生活的最亲切的写真，应当努力地收集起来。当北京大学搜集歌谣之后，他就注意到地摊上的唱本，曾在苏州收集四次，得到两百册，曾和他的表弟吴立模合作《苏州唱本叙录》，记载它的格式与事实，但没有能作深入的分析研究。

冯梦龙的《山歌》是明末的一部苏州歌谣总集，在吴歌史上占有重要的地位。1935 年，顾先生写的《〈山歌〉序》详细地论述了《山歌》的丰富内容及其文艺价值。认为它所反映的背景是当时民间的情形，所表现的文字也是民众的情绪与思想。它“拨开礼教的瘴雾，把亿万被压迫者的梦想和呼声流传给我们，于是，那数百年前怀着满腹悲哀的民众在这部书里复活了！”因此，这篇序也是他论述吴歌史的重要论文。

三、神道和社会

顾先生研究神道的兴趣,是游历了苏州和北京两处的东岳庙引起的,其目的则是为了古史的研究。在《东岳庙游记》一文中,他说:"我近年来为了古史的研究,觉得同时有研究神话的必要。其一,古史的本身本来是神话,至少可以说它是带着神话性的,所以必得先了解了神话的意义,然后可以了解古史的意义。其二,古代的史书与神话本是一物,后来渐渐地分开来了;分开之后,神话依然发展,它的深入人心始终和古人的古史观念一样,不过因为不见采于史书,仿佛像衰歇似的;我们要了解古代神话的去处,要了解古代神话的由来,应当对于古今的神话为一贯的研究。"他为此拟定了以下的研究步骤:"先从《楚辞》、《国语》(包括《左传》)、《山海经》、《汉志·郊祀志》等书入手,认识道教未起时的各地的神道。更把佛教的神和道教的神作比较,将受了佛教影响而成立的道教的神道认识了。再把各地的神道互相比较,认识在不统一的道教之下的各种地方性的神道。"①可是作这样的研究,不能单靠书籍,必须亲到各地调查考察,搜集材料。后来顾先生的境遇并不具备这样的条件,因此,他的愿望毕生未能实现,在这方面就只写了《东岳庙七十二司》和《东岳庙游记》两篇文章。在《东岳庙游记》中,他对近代人心目中的神话,作了简明的历史解释,他说:"我们且把

① 《〈古史辨〉第一册自序》。

这些神道分作几部分:第一部分,是中国古代原有的神,如玉皇(即上帝)、日神、月神,以至最末了的土地和灶君。第二部分,是真的人,他们有赫赫的功业和德行,只因为民众的崇拜过度,遂把他们神话化了,如姜太公、孔圣人、关爷、诸葛亮。第三部分,是本国中边远的民族传进来的,如盘古(这一部分想来还多,只是我们不知道)。第四部分,是随了佛教而传进来的,如观音菩萨、哪吒太子、四金刚。第五部分,是本国后起的神,如赵玄坛、和合、申公豹、八仙。我们若能做一番详细的考查,一一寻出他们的出处,再排出他们的先后,真是非常的有趣,真不知可以帮助我们了解古人的古史观念到怎样的程度。"顾先生这个历史解释对研究我国神道的起源和发展的历史,是开创性的,对以后我国神道的研究起着启蒙的作用。

顾先生对社会(祭祀社神的集会)的研究,是从讨论禹为社神引起的。古代祭祀社神的仪式,现在已经见不到了。但乡村祭神的集会、迎神送祟的赛会、朝顶进香的香会,实际上是祭祀社神集会的变相,可以从中看到一些古代社祀的影子。北京城西北八十里的妙峰山是一个北方有名的香主,每年阴历四月初一至十五为进香期。1925 年的会期中,顾先生和北京大学国学研究所风俗调查会的同人前往调查了三天,作了较详细的调查和带研究性的记录。这个调查报告在《京报副刊》上陆续刊出,共出了六次《妙峰山进香专号》,后来中山大学把这些专号编成一册《妙峰山》出版。

妙峰山香会调查报告,以顾先生的《妙峰山的香会》为最详细,对香会的来源、组织以及明、清两代和本年的香会情况都有详尽的记录。在《京报副刊》登出后,就引起社会的注意,得到好评,对顾先生的评价则更高。如江绍原在《北大风俗调查会〈妙峰山进香专号〉书后》中把妙峰山香会的调查报告，视作调查的样板。他说："对于全中国现在的民众法术宗教，都像他们对于妙峰山进香的样子，作调查研究功夫。这不但可以使我们了解现在的中国社会，而且说不定对于过去的了解也有所贡献。"对顾先生的调查报告，认为是绝无仅有的有价值的材料，他说："现今的民众宗教的研究，则顾颉刚先生的妙峰山香会调查，在邦人中只怕是绝无仅有的。……如果顾颉刚早生几千年，而且多托生中国若干次，由他调查记载古中国的民礼民教像他此刻的调查记载妙峰山的香会，则我们写中国法术宗教史的人，真不知可以多出多少有价值的材料，真不知可以省多少心思也。"傅彦长在《中华民族有艺术文化的时候》一文中认为顾先生的调查报告其功绩在《古史辨》之上，他说："关于这种民族的艺术文化底调查报告，就我所看见的，以厦门大学教授顾颉刚先生所著的《妙峰山进香》等论文为最详细。……顾先生以研究古史著名，然而他的伟大在古史方面的还在其次，而在研究民族的艺术文化方面，其伟大的力量，在现代中国我还没有见过第二个人可与他相比。他不怕辛苦，亲自到民间去调查，用最热烈的同情心与最恳切的了解力来报告我们，使向来不受圣贤之徒所抬举的民众增高他们的地位，其功实在他所著的《古史辨》之上。"而何思敬在读《妙峰山进香专号》中，则称誉顾先生代表了时代精神，说："颉刚先生在我们中国学术界中确是一个霹雳，这想是大家都感到的。……《妙峰山专号》不是一个人的著作，更不可以对于一人之表示包括其他的作者，但颉刚先生的精神不独我一个人，想大家都承认是一个时代的所谓时代精神（Zeitgeist），而他便是这个精神的代表选手。"这些高度的赞誉说明顾先生妙峰山香会调查的科学价值。但此后他未有机会作其他地方的社会调查，因